文春文庫

罪人の選択

貴志祐介

JN019332

文藝春秋

目次 contents

夜の記憶 7
呪文 53
罪人の選択 139
赤い雨 213
解説◉山田宗樹 337

罪人の選択

夜の記憶

Memory of the Night

a―1

強い違和感の中で彼は目覚めた。

まだ遠い現実の残滓《ざんし》が意識の中を漂っているようだった。

彼は、腹腔の中で内臓をぐるりと取り巻いている無数の嚢《ふくろ》を膨らませて、静かに海底から浮き上がっていった。しばらく行ったところで、比重を海水とバランスさせて静止する。

周囲は、完全な暗黒だった。

強酸性の海水は彼の体にそって流れ、渦巻き、渦をほどきながらゆっくりと離れていった。彼はその中に危険を示す信号が含まれていないか嗅ぎ出そうとした。

辛い。えぐく、いがらっぽい味。ぴりりと刺すような感触。微かな硫黄の臭い。

彼の体表に散在する味蕾《みらい》に似た細胞は、海水にわずか数ｐｐｍしか溶けていない物質をも感じ取ることができる。だが、どうやら不審なところはないようだ。

彼は、体の後部にあるたくさんの泳行肢《えいこうし》を震わせて、ゆっくり前進を開始し、前部にあるイソギンチャクに似た触角《アンテナ》を傘のように広げた。そして全身の感覚毛を一斉に逆立てる。

それと同時に、世界の様相は一変した。

感覚毛が起き上がるのに合わせて周囲の漆黒の暗闇が薄れてきたのである。

彼は、花弁のように波にそよぐ二十六本の触角の中央にある三枚の発振板を露出させた。発振板からは短い間隔で閃光がきらめいて、サーチ・ライトのようにあたりの物体を照らし出した。

まず近くの空間が、そこを流れている無数の微粒子が輝いて、海底が闇の中からその姿をあらわにする。光はあっという間に海底を走り海中を飛ぶ。そして遠く離れたものを次々と映し出す。岩。砂地。奇妙な海草。流線型をした生き物。

光は彼から遠ざかるにつれて速度が緩慢になり、遥か遠方にあるものはかなり遅れて捕捉した。

それは、離れたところから見ると、彼を中心として次々と光の球が生み出されているかのようだった。

光球は瞬時に数万倍の大きさに膨脹し、世界を照らし、やがて減衰して消滅してしまう。だがその時には次の球、そしてまたその次の球がコマ落としのフィルムのように世界を断続して浮き上がらせた。

彼の世界はシャボン玉のように誕生し、成長して、消滅する。それはあたかも宇宙が一定のリズムで明滅しているかのようだった。

光の彼方にはまだ世界は存在せず、光が消える時には世界もまた滅びる。繰り返し、繰り返し、世界は彼を中心に作り続けられていた。

ここには、本当の意味での光は存在しなかった。

ここでは音が光なのだった。

彼はいま、みずからが発した超音波のエコーを「見て」いるのである。

音波の運べる情報量は光のそれにはとうてい及ばないため、彼が得る映像は色彩も微妙な陰影もない、粒子の荒いスライド写真のようなものに過ぎなかった。

だがその反面、この世界の「光」は手ざわりに近い触感を伝えることができ、またX線のような透過力をも備えていた。

彼の前方五十メートルばかりのところを、ひらひらと泳ぐ扁平な生き物が横切った。彼はその生き物のトゲだらけのざらざらした表皮をありありと感じ取ることができた。その一方、生き物のほうは光に「触れ」られるのを嫌って身を翻し、姿を消してしまった。

彼は、短い旅を終えて仲間の住む「町」へ戻ろうとするところだった。水流に乗ってかすかに伝わってくる熱の斑《むら》と海底の地形から目的地はすぐ近くだとわかったが、それは同時にきわめて危険の多い場所にさしかかったことをも意味している。

彼は光を発振し続け、体中に分布する感覚毛は全方向から帰ってくるエコーを拾い上げ、八つの巨大な神経節が絶えずその結果を解析していった。

海中には、実に様々な形の遊泳生物《ネクトン》が行き来している。最小限の動作だけで造作なく長い距離を移動する流線型のもの。鈍重だが飛行船のように悠然と進む円筒形の生き物。優美に体の端を波うたせる扁平な生物。球に近いもの。そして細長いもの。

全方向に気を配っている場合、彼に見ることのできるのは対象のおぼろげな輪郭＝形だけであるといってもよかった。そしてその形こそが、ここではすべてに優先する意味を担っていた。

たいていのものは彼の種族にとって脅威とはならないが、丸いものと細長いものだけは、しばしば不吉の印だった。特に後者は、捕食者《プレデター》に特有といってもよい体型なのだ。世界は常に闇の奥に敵意を秘めているように思われた。

しばらく泳いでいるうち、巨大神経節の一つが何かの映像をキャッチした。その映像は、ぼんやりとした不安の思いとなって彼の心をしめつけた。

彼は泳ぐのをやめると、片側の泳行肢だけを動かして、不安を感じた方向へパラボラアンテナのような頭部を向けた。

光が減衰し消えつつある遥か彼方で、細長いヒモのようなシルエットが、うごめきながら点滅しているのが見える。

「蛇」だ。

彼は慌てて光の出力を落とし、腹腔内の嚢をしぼませてゆっくりと海底へ降下していった。彼は蛇に見つからないように祈ったが、混乱したように動いていた蛇の形はしだいに小さく収束し、遂には上下にぶれる点となった。

こちらへ向かってくるのだ。

彼の発振板が二度三度と閃くと、空＝海面に反射した光が擬態のための映像を作り出した。

蛇はそれには見向きもしなかった。それはゆるがぬ確信を持って、一直線に彼を目指していた。

もはや一刻も猶予はできない。

鰓《えら》から海水をいっぱいに吸い込むと、三つ叉の尾のようになった出水管から勢いよく噴射する。海水の強い抵抗を受けた彼の体は、最初はぎくしゃくと進んだが、徐々に噴流は連続して出されるようになり、ぐんぐんと加速がついた。

頭部の触角と全身の感覚毛をたたんでしまうと、周囲は再び完全な闇に包まれた。今や、前方から伝わってくる熱だけが方向の目やすである。そしてスピードは、体にそって流れる水流によってようやく知覚される。

この盲滅法《スタンピード》の暴走は、彼の種族にとっては命がけの非常手段だった。何かに激突してしまえば、重い彼の体は致命的な損傷をこうむることだろう。

彼は暗黒の海中を驀進《ばくしん》していた。

皮膚を形成する柔かい物質はぶるぶると激しく震えて、一瞬ごとに変化する波形のシワを体表に刻み、乱流を打ち消して水の抵抗を最小にした。

藻の細片や、微小な生き物の群塊、その他わけのわからないものが水流に翻弄されながら後方へと飛び去っていった。

その姿は、無限の虚空をひたすら飛び続けるロケットに似ていた。

彼の記憶の中に、一つの情景が甦りつつあった。

b—1

八月の太陽は地獄の業火のように照りつけ、息もできないほどだった。光。光。光の洪水。閉じた目蓋が熱を含み、今にも燃え上がりそうだ。一瞬の後には焼けた砂が足をこんがりとロースト し始める。

三島暁《たかし》は、自分がいままでいかに不健康な生活を送っていたのかを思い知らされていた。何ヶ月も人工照明とホロ・スクリーンの茶色の文字にしかさらされていなかった目は、太陽はおろか真白な浜辺の砂を直視することさえできない。しかも足の裏が過敏になっていて、波打ち際までおりて行く間にも針で突かれたようにちくちくと痛み始める。

彼は両こぶしを握りしめ、海までぶざまに飛び跳ねて行かねばならなかった。

生ぬるい水に足をひたしたとき、彼は思わず安堵の溜め息をついた。そのままざぶざぶと海水の中へ分け入って行き、くずれ落ちるように首までつかる。

水圧に胸を圧迫されて満腹したアシカのようにぱくぱく口をあけて喘いでいると、沖から織女《オリメ》が戻ってくるのが見えた。力強いクロールでまったく疲れた様子を見せない。

ふと彼女を見失ってしまいきょろきょろしていると、不意に背後から声がした。

「どうして泳がないの。気持ちがいいわよ」

彼はあやうく飛び上がりそうになった。

「泳ぐさ。いま海水と日光の皮膚感覚を楽しんでいるところなんだ」

「へーえ」

彼女はひやかすような目で彼を一瞥《いちべつ》すると、空を振りあおいだ。つられて上方を見た彼の視界は大空の輝くような青に染まる。太陽は無言の暴力で、彼の網膜を灼いた。

「なんで君は平気なんだ」

彼は、涙の滲む目を押さえてうめいた。視界の中を不定形の模様がぐるぐると飛び回っている。

「あなたが感覚亢進剤《スパークラー》を三錠ものむからいけないのよ。見て。ありのままの自然は、こんなに素敵なのよ」

思わずまた空を見上げそうになって、彼はあわてて目を閉じた。

「もう少したったら見てみるよ。君はもうひと泳ぎしてきたら」

「でも大丈夫なの」

「平気だよ」

彼は見えすいた虚勢を張った。

「思い出をつくるためだからね。少々のことは我慢しないと。たしかに、今は少しばかり眩暈《めまい》がするけど、すぐに慣れるよ」

「慣れるってことは、薬をのむ前の状態に戻るってことじゃないの」

一瞬返答につまった彼を残して、彼女は泳ぎ去った。

たしかに三錠は多過ぎたなと彼は思った。唇をなめると身震いするほど塩辛い。おまけに直射日光を受けている頭からは今にもジリジリと煙が上がりそうな気がする。

それでも、昨日はこの薬のおかげで素晴らしい思い出が作れた。彼は微笑する。

モーツアルト。ショパン。ガーシュイン。オールドフィールド。いにしえの楽聖の作品は常に彼を感動させたものだが、昨日はそれ以上だった。最後の曲が終わってから一時間以上、彼は滂沱《ぼうだ》と涙を流し続けたのだった。

そして、あの絶滅寸前の果物の数々。彼の舌の上には、まざまざとそれらの味が甦った。

腐敗した玉ネギのようなドリアン。気が狂いそうになるほど甘いマンゴスティン。石膏に味つけをしたようなバナナ。

もっとも、と彼は考えた。必ずしも全部が全部美味だったとも言えないようだ。

しかし、その後のメイン・ディッシュは正真正銘の素晴らしさだった。ワインも合成ではなく本物だった。そしてそれらにも増して素晴らしかったのは、夜も更けてから……。

「何ひとりで思い出し笑いしてるの。気持ち悪いわね！」

突然海水を浴びせかけられて、彼はのたうち回った。少し目に入ったのだ。

浜辺でランチを食べてから、二人は小舟に乗って礁湖《ラグーン》を探険に行った。船体と舷外浮材《アウト・リガー》の間の覗き窓から、エメラルド色の海中は信じられないくらいくっきりと見渡せる。バイオ・アートを思わせる脳サンゴ。銀鱗を閃かせ泳ぐ小魚の群れ。威嚇的な分厚いハサミを持った大きなエビ。真紅のヒトデ。極彩色のウミウシの仲間。

何かを見つけるたびに子供のようにはしゃぐオリメにつられ、彼もつかの間われを忘れていた。

突然彼女はうつむいて、口をつぐんだ。

「どうしたの。気分でも悪い？」

「いいえ。そうじゃなくて……」

彼女は振り返った。

「こんな素晴らしい景色も、もう見納めかと思って」

「まだ機会はあるかもしれない」

「ええ。私たちにはね。でも私たちの思い出には……」

「そうだね。でも一度きりだから思い出は美しいんだ。さあ、もうそんなことを考えるのはよそう」

彼女はそれには答えずに、首から金鎖で下げているお守り《アミュレット》に触れた。それは親指くらいの大きさの白い直方体で、側面にはたくさんの突起と穴が交互に並んでいた。

「みんな、この中に入ってしまうのね」

「オリメ……」

「ねえ。私たちのしていることは、単なる感傷だと思う？　無意味な自己満足に過ぎないのかしら？」

「思わないよ」

彼は、お守りに触れている彼女の手をたたいた。

「思わないからこそ、わざわざここまで来たんだ。スパークラーをのんでふらふらになっているんじゃないか」

「ええ」

彼女はやっと微笑んだ。

「一緒に行くんだものね。思い出をいっぱい引き連れて。白鳥座の……どこだった？」

「61番星」

「そう。白鳥座の61番星」

彼は、無邪気に笑う彼女から目をそらした。嘘をついているため、かすかに胸の奥が痛むようだった。

a—2

彼は速力を落とし、暗黒の中で静止した。

海水の温度はかなり上昇している。町はもう間近であろうと推測できたが、正確な自分の位置はわからない。蛇はかなり引き離しているはずだったので、彼は再び触角をジャクのように広げ感覚毛を逆立てた。

周囲がまたぼんやりと明るくなった。夢の中のような異様なコントラストをもった世界が彼を包んだ。

海底はなだらかな斜面になっているらしかったが、遠くまで見通すことはできない。彼の真下にある地面は光球によってスポット・ライトを当てたように丸く浮き出ていたが、円の外側の部分はもう薄暗くてよく見えなかった。

底の方の温度が高いために、音波が上方にねじ曲げられてしまうのだ。対流も激しくて、遠くの映像は陽炎《かげろう》のように揺れた。

彼が泳行肢を使ってゆっくりと進むと、スポット・ライトも明滅しながら海底の不規則な形に合わせて前進した。

海底には、ところどころに、チューブ状の底生生物《ベントス》が生えていた。ときおりライトの中に堅い鎧に身を包んだ小動物が捉えられたが、たちまち軟泥を蹴立てて逃走する。あとには泥の微粒子の煙だけが残った。

(Blip, blip, blip……)

彼は呟いた。

ぼんやりとした危険信号が彼の中にともっていたが、それに対してどう反応してよいのかわからなかった。

より鮮明な画像を得るために、彼は触角をほとんど直角に広げ、体軸を中心にのろのろと回転しながら進んだ。放射状にぴんと伸ばされた触角は、メリー・ゴー・ラウンドのように回り、水になびいた。

前方に、何かが漂っている。

彼は対流の陽炎と低い地鳴りのような音＝光に悩まされながらも接近し、それが生き物の死骸であることを確かめた。それは彼が「鱒《マス》」と呼んでいた魚型生物《イクチオイド》で、腹の皮が破裂した風船のようにだぶだぶに引き伸ばされて裂けていた。触手が房状になっている頭部はすでに硬直して、死後かなり経過していることを示している。

彼は光の出力を最大にし、あたりを探った。すると、大小さまざま、無数の鱒の死骸があたりを漂流していることを発見した。

長い戦慄が彼の神経系を駆け抜けた。

彼の泳行肢はぴくりとも動かず、流れに身をまかせていた。

(今は鱒の産卵期だったのだ)

(その産卵場の真只中に俺は迷い込んでしまった)

斜面に沿った速い流れが彼を押し流していく。

(動いたら《卵》の注意をひく。このまま産卵場の外へ出るまでは死骸のふりをしなくてはならない)

秤《はかり》に新たな分銅が乗せられたように、突然神経系に大きなストレスが加わるのを感じる。それは後方から来る映像に由来しているらしい。彼はそっと向きを変えてその映像を触角に拾い上げ、そしてどうしようもないジレンマに直面した。

不吉な細長いシルエットが、視界の中を踊っていた。

全力疾走する野獣のように体全体を柔軟な背板節で上下に振って、まっしぐらに彼の方を目指してくる。

ふだんはまばらに感覚髭が生えているだけののっぺりとした頭部からは、今や数百本もの糸のような「牙」が突き出され、彼の体に喰い込む瞬間を待ちうけていた。

水の抵抗を消すために体から分泌している粘液が、蛇のまわりに何重もの渦巻きのような光背を作り出している。それは蛇の体を離れて周囲の海水に溶け込む際に、太陽のフレアのような模様になって彼の心を金縛りにした。

(逃げなくてはならない)

(動いてはならない)

(逃げなくてはならない)

鰓蓋が痙攣《けいれん》しているように閉じたり開いたりを繰り返す。しかし遂にそれが吸水しようといっぱいに開かれたとき、蛇と彼とのちょうど中間地点で一群の気泡が立ちのぼる。

そして鰓蓋は再び堅く閉ざされた。

素早いピッチで体を上下に振りつつ肉迫してきた蛇が気泡の中を通過しようとしたとき、泥が爆発したように弾けた。煙幕を通して無数の小さな球体が蛇を覆い隠すのが見える。

それらは数珠つなぎになって彼の発する音波を受けてきらきらと輝く。まるで蛇が全身をたくさんの宝石で飾り立てられているかのようだった。

爆発で起こった水流に運ばれてみるみる遠ざかりながら、彼は蛇が弱々しくもがき苦しみ、どんどんしぼんで行き、遂には皮だけになってしまうのを見守った。

獰猛な捕食性卵群は、血の匂いを嗅ぎつけて、あちらこちらでもぞもぞと身動きを始めている。いたるところで泥が数十センチも盛り上がって、卵塊がいくつも頭をもたげていた。中にはフライング気味に水中にポンと飛び出して、そのまま海底に落ちて様子を窺っているものもいた。

彼らに取りつかれると、浸透圧を自在に変えられる強靭な膜を通して体液を全部吸い上げられてしまうのだ。

だが幸い、無数の鱒の死骸とともに潮流に運ばれて行く彼の姿は、卵群には見えないようだった。

彼は海底火山のすそ野にある広大な産卵場を抜け出ると、山の反対側へ向かった。大地の底から響く微かな音が、彼の体の深奥に伝わってくる。「町」はもう間近だった。

b―2

短いスコールが去ったあとは、意外に乾燥して涼しい夕方がやってきた。

山から吹きおろす風を受け、椰子がざわざわと葉を鳴らしている。玄関わきにある紫色のライトのまわりにはオオミズアオに似た大型の蛾を含めて数種類の昆虫が乱舞していた。

三島は、開け放しの戸口から入り、調理場をのぞいてみたが誰もいなかった。ラウンジへ行って長椅子に腰をおろす。そこからだと海岸の景色が一望にできた。長い砂浜の向う側はずっとごつごつした岩に覆われて、ところどころに木が生えている。空には帰巣しようとする海鳥が、二羽、三羽、と見える。疲れている目には薄明の穏やかなブルーが心地よく、灯をつける気はしなかった。

明日でこの地上の楽園を去らなくてはならないかと思うと、心に切ないような疼きが押し寄せてくる。もう一度来るチャンスがあるとはとても思えなかった。

今や地表に降りることも協会によって厳しく制限を受けている時代だった。今回のような特例でもなければ、こんな場所で休暇を過ごすなどということは一生夢で終わっていたことだろう。

そして明日はその代償を支払わねばならない。彼は深い溜め息をついた。明日は軌道エレベーターに乗ってコロニーに帰るのだ。そして彼と彼女の記憶・人格のすべてをちっぽけな共生《シンビー》チップに詰め込み、そのあとは再び今までどおりの平凡な日常生活へと戻ることになるだろう。

しばらくの間は、という意味でだが。

彼は無精ヒゲの浮いた顔を撫でた。最期がいつ頃になるのかは知らなかった。できれば、彼もオリメも気づく間もなく終わってほしいと思った。

そして、チップの方はどうなるのだろうか。彼には予想もつかない。それはつまるところ生命体のエネルギーで動く素子の寄せ集めに過ぎない。

だからそれには感情がない、と協会の技術者は言った。それは、人間の記憶と心的反応のパターンを記録する。そして一定の刺激に対してそれぞれ定まったやり方で反応するのだ。それは機械的なものだ。感情とは言えない。

だが、人間の脳だって機械みたいなものじゃないか、と彼は思う。片方は蛋白質でできているというだけの差だ。どこが違うというのだろう。

少なくとも一つは決定的な差がある、と記憶の中の技術者が言う。――チップは狂わないということです。これにはホルモンもビタミンもいっさい関与しない。可動部分すらない。新たな記憶は、本来の脳の方へ貯えられる（そちらは記憶の貯蔵庫としてしか機能しない）。つまりチップは全く変わることがない、発狂する余地がないということです。――技術者は嬉しそうに笑った。

発狂する余地がない――それは逃げ道がないということじゃないだろうか……。

彼は自分から陥ってしまった思考の罠に腹をたてて、憤然と立ち上がると電気をつけた。外はもう完全に暗くなっている。

（オリメはいったいどこへ行っているんだ。それにイップ爺さんもッ、飯の仕度もせずにどこへ飛び出していったんだ）

彼がいらいらと歩き回っていると、表でがちゃ、がちゃ、がちゃと鉄製の門扉を閉める音がした。

「オリメ？」

彼の声に応えて、両手いっぱいに荷物を抱えたイップ老人が入ってきた。

「ミシマさん。今晩はご馳走ですよ。どうですこの海老は。それにこちらの……」

「イップさん。オリメはどこへ行ったんですか」

年老いた小柄な中国系の管理人は、陽に焼けた顔を皺だらけにして笑った。

「おや、二階にいなさると思いましたがね。私が出る時、手紙を持って上がっていかれましたが」

「手紙？」

「今日の午後届いたんですわ。雑誌や何やかや四、五通ありましたよ」

三島は階段を上がって、寝室のドアをノックした。応答はない。ドアを開けた彼の目に、床の上に散乱した紙束が飛び込んできた。

ゆっくりベッドの脇へ行き、紙束を拾い上げてベッドに腰をおろす。ここで手紙を読んでいたのだろう。サイドテーブルの上の旧式のスタンドは点けっ放しになっていた。

紙束はすべてコロニーからの郵便物だった。定期購読中の雑誌が一部。オリメの姉からのものが一通。三通目は住宅局からで、三島夫妻が今よりも広い住居に移る資格を獲得したと告げていた。

四通目は、封筒だけしかなかった。コロニーの医療局・感覚知覚研究所からで、三島夫妻親展となっている。

一瞬、背筋を冷たいものが走った。中身を探して床の上を見回すと、部屋の奥の壁際に、くしゃくしゃに丸められた金属箔が落ちていた。

大またに歩み寄って、箔をそっと伸ばす。文面は彼が恐れていたとおりだった。

2096＊8＊24
心理特性レポート6-A-3
先般インターコロニー行政管理局及び地球人《テルリアン》協会での依頼により実施しました心理特性テストの結果につき、左記の通り御通知申し上げます。
記
■被験者
a　三島暁　29歳　♂
b　三島織女　22歳　♀

■テスト種類　異種感覚適合B・N法
■テスト実施日　2096＊7＊31
■結果
a　内向性分裂質。視覚聴覚PⅢ型。サンプル群では、次の二タイプに親和傾向が認められた。
S・4
T・8
b　両向性躁うつ質。聴覚視覚LⅣ型。サンプル群では次の一タイプにのみ親和傾向が認められた。
J・11

彼は手紙を投げ捨て、階段を駆けおりた。行政管理局か医療局の手違いで、テスト結果が直接被験者に郵送されてしまったのだ。結局、お役所仕事《レッド・テープ》は人類が滅びるまで生き延びるのだろう。

「ミシマさん、どうされました」

「オリメが。いないんです」

「あれからまた出ていかれたかな。でもすぐに戻って来られますよ……」

彼は性急にイップ老人を遮った。

「どこかへ行ってしまったんだ。心当たりはありませんか。ここからどこか遠くへ行くとしたら」

老人は首を傾《かし》げた。

「一人で島を離れたとすると、ボートかもしれませんなあ」

「ボート？」

「大昔のジェット・ボートが五台ばかり北の入江に置いてあるんです。今じゃ、乗る人も滅多にないが……。あ、キーは小屋の中に掛かってますから。食事は。ミシマさん。食事はどうしますか？」

老人は戸口から三島の背中に向かって叫んだ。

「ミシマさん。絶対喧嘩しちゃだめですよ。女は、かっとなると後先考えませんからね。ミシマさん……」

a—3

海水の味がしだいに慣れ親しんだものに変わりつつあった。温度はますます高く、流れも激しくなっている。

（"Just the place for a Snark!"）

彼は緊張がしだいにほぐれてゆくのを感じながら、泳ぎ続けた。安全な場所まであと一息だった。

途中から突然急勾配に変わった斜面にそって大回りして行くと、やがて完全に視界を遮る巨大な岩壁につきあたった。もう間違いない。

嚢の中にガスが満ちてゆき、胴中がぶざまに膨らんだ彼の体はどんどん上昇した。それはアルプス越えの気球のように着実に岩の頂点へと接近していき、そしてゆっくりと到達する。

突然、視界が大きく開けた。

彼は、地平線まで続く壮大な景色を目の前にしていた。地鳴りと沸騰した水の音が乱反射して、あたり一帯をあかあかと照らし出している。

そこには大小さまざまの火山が連なっていた。大部分は休止中か死んで冷えきっていたが、中にはあぶくとともに熱湯を噴き出しているものもあった。

高さは、周囲がごくわずか隆起しているのに過ぎないものから、上端が海面すれすれまであるもの、海面を突き抜けている超特大のものまでバリエーションに富んでいる。

険しい山肌にはかつて溶岩流がえぐったと覚しき溝が幾筋も刻み込まれ、ところどころに奇怪な形をした岩が天から降ってきたかのように投げ出されていた。

そして、それらの山々の間を縫うようにして、巨大な谷が口を開けていた。

彼の体をびりびりと震わせている光は、そこから発しているのだった。

彼はゆっくりと降下していった。遥か下方の岩肌には、これまで通った場所からは想像もつかないくらい多種多様な生き物が繁茂しているのが見える。無数の触手を熱水流になびかせているもの。規則正しく間隔を置いて直立している中空の円筒。網状になって岩と岩の間を橋渡ししているもの。そろそろと回転しているマリモ状の物体。等々。すべては大地から与えられる熱をエネルギーの源泉として、生命の歯車を回しているのである。

そして彼と彼の種族も同様に、地熱を起点とするエネルギーの開放定常系の一部に過ぎないのだった。

彼は偉大な大地の生殖器官《ヴァギナ》にそって進んだ。そのスケールの前では、彼自身など無に等しかった。

谷の底からは熱せられた水流が轟音とともに上昇して、熱と光の壁を形作っている。壁の向う側はまったく見通しがきかない。彼は熱湯に触れて巻き上げられることを恐れてかなりの距離を保っていたが、それでも右半身はひどく熱くなっていた。

今度は下方に、彼の同胞たちの命の糧である麦畑が一面に広がっているのが見えた。「麦」というのは数種類のバクテリアや藻類と共生関係にあるポリプ状の生物で、冷たい不毛の土地からでも地中深く何百キロも伸ばした根によって地熱を奪い、彼の種族に貴重な食糧を提供しているのだ。

彼は麦畑の中に目印を見つけて、鳶のように大きく輪を描いて降下する。麦がざわざわと動き、町への入口を開けた。兵隊麦が何本か緊張して伸び上がるが、彼が外敵でないと知って毒液を噴出する穂先のノズルを閉じた。

彼はトンネルの中を、冷たい水流に運ばれていた。トンネルは、何本かが合流したりまた分岐したりしながら、町へと通じている。

再び遠い記憶が甦りつつあった。

それは言い知れぬ懐しさで彼の心を満たした。

だが、ほどなく彼は町へと到着した。

町は死んだ火山の中にあった。四囲はそそり立つ岩壁であり、海面は火口に丸く縁取られて見える。火口の上部はあまりにも海面に近いため、誰もそこを乗り越えて出入りすることはできなかった。それはまったく自殺に等しい行為だからである。町と外部を結ぶものは何本かのトンネルだけだった。

彼を運んできた冷水流は、海底の川となって火口の底を横断している。彼は流れに乗って町に近づくのを待った。やがて前方右側に見覚えのある形が幽霊のように現れると、彼は流れの外に出た。

冷水流を見おろす斜面に、動物の脂身を思わせるような不規則な形をした白く巨大な塊がへばりついていた。さしわたしはもっとも広い部分で数百メートルはありそうだった。薄い半透明の膜を何層にも重ねたように見える表面は、長時間水中にあった死骸のようにところどころがささくれて、ちぎれた膜の切れ端が波にはためいていた。塊全体も、仔細に見るとプディングのように柔かく揺れている。

これが彼の仲間の住む町なのだった。

町を構成する膜は音波をよく伝えるらしく、内部を住人が動くさまは、彼の発する光が外からは脈打つように光る点となって見えることでありありとわかった。町全体も常に振動しており、ぼんやりと発光している。

彼は町を右手に見ながら、ゆっくり通り過ぎていった。火口の中では光の出力を絞るのが不文律で、たくさんの住人が町のまわりを泳いでいるのが蛍のように見えた。

この巨大な構築物は、実は、たった一体の微小な水棲虫の体組織から生み出されたものなのである。

火山の岩の窪みに棲んでいる十本足のこの虫は、ポリプの死骸や藻クズを食べて成長し、繁殖期になると、背部にある海綿状の組織がボール状に肥大して配偶者を呼ぶ。その際には火山に一斉に花が咲いたような景観を呈すのだった。

彼の種族が新たに町を建設するときには、以下のような方法を用いる。まずこの虫を捕獲して、後々祟ることがないように一種のお祓《はら》いを行う。それから生きたまま、海藻より抽出した薬液に浸けておき、最後に虫の中枢神経を彼らの吻管《ふんかん》の中に隠れている毒針で刺すのだ。刺された虫は時おりかすかに肢を震わせる以外は完全に麻痺してしまうが、そのうち背部の海綿状の組織がホルモンによる呪縛から解き放たれて狂ったような増殖を始める。

虫自体はあっという間に養分を喰いつぶされて干からびてしまうが、一度成長を始めた組織はその後も海水から有機物を取り込んで膨脹を続ける。放置しておけば自重に耐えられなくなって流れ出してしまうまでになり、最後はばらばらになって百キロ四方の海中を粉雪のように舞うのだ。

通常は適当な大きさまで育ったところで、熱湯を浴びせてやる。すると、死んで縮み膜状になった組織《ティッシュ》は、無数の小房《セルブロック》を備えた理想的な集合住宅になるのだった。

向うから点滅する光がやってきた。彼はさらに光を暗くした。

たがいに正常な個体間距離（双方を海水に溶けた分泌物の味によって識別するのが困難である間隔）を取って向き合うと、相手は彼を誰何《すいか》する信号を送ってきた。同じ種族の間では相手にいきなり光を浴びせるのは最も忌むべきこととされている。

彼がみずからを示すサインを送り返すと、相手は慌てて後退し、彼との間を正しい距離に調節し直した。彼は自然の摂理に反した「穢《けが》れた」存在だったからだ。相手は自分が部族の中で高い地位にあることを誇示するディスプレイを行うと、再び質問を始めた。

彼らの使う言葉は、三枚の発振板からの光＝音の干渉によって作り出される、さまざまな立体画像だった。暗黒の中に鮮かな幾何学的模様が描き出された。模様は短い光跡を引き、消えたあともしばらくは残像のようなものが漂っていた。

最初に彼の前に提示されたのは大きな正十九角形だった。次いで波型の線。奥行き（時間を示す）を持った四角錐の点滅。

これを翻訳すると、以下のようになる。

（〝死の暗き淵より蘇った者〟よ。いつから——どのくらいの間——いつまで町を遠ざかっていたのか？）

彼の答え。

（硫黄の泉から八度熱い水が噴き出る間だ。たった今帰ってきた）

（なぜ、安全な町から遠ざかったのか？）

彼は、苦心して答えを組み立てた。

（町は、現在は安全だが——しだいにその度合いは小さくなり——耐えがたい危険の充満する場所へと変わる。新しい虫をつかまえる時期がさし迫っている。そのための場所を探していたのだ）

（なぜ、安全が危険へと変化するのか？　新しい虫をつかまえる時期は、神と長老とが決めることだ）

（短期的で、あまり重要でない危険は、この周囲に多くの捕食者が集まりすぎたことだ。長期的でより致命的な危険は、火の山の噴火だ。長期的な危険を避けるためには集団で移住しなければならないが、短期的な危険が増大するに従って移動は困難なものになる）

（新しい虫をつかまえる時期は、神と長老とが決めることだ）

（私の論点を長老に伝えてほしい。〝水の上から来た人々〟は、私の忠告に従うよう長老を説いたはずだ）

相手は、ゆっくりと向きを変えた。たくさんの泳行肢が忙しく動くさまが、町の光をバックに黒いシルエットとなって見える。町へと向かいかけて、再び頭部をこちらへねじ曲げた。

(お前は穢れた存在だ。お前は不自然で異質だ。〝水の上から来た人々〟がお前を通じて我々にもたらそうとしているのは、恵みではなく災厄だ。なぜお前は蘇ったのか？)

彼は部族の有力個体である相手が去るのを見届けてから、再び泳ぎ出した。

彼らの栽培する麦が地中何百キロメートルも根を伸ばして、地熱の伝わる径路を変えてしまい、最終的に噴火を誘発するなど大規模な環境破壊の要因となっていることを、いったいどう説明すればよいのだろうか。

麦は、宿主を必ず殺してしまう寄生虫のように畸型的な存在である。本来は、短い繁栄のあと絶滅していたはずだったが、恰好の飼主にめぐり会うことによって飛躍的に分布を広げつつあった。それも最初は食糧を提供するだけだったのだが、しだいに防衛などさまざまなサービスにもプレゼンスを得つつある。

相互依存を断ち切るのなら今のうちだ、と彼は思った。さもなければ、やがてこの惑星は居住可能な場所を失い、死の星と化すだろう。

略奪的な農業を放棄して、持続可能な社会を作り上げること。そのために必要な手立てを彼は考えていた。

(第一に改革の足枷となっている勢力を取り除いていかねばならない……)

彼は町へ入ることを許されないため、ねぐらにしている岩陰へ帰った。この場所を彼の「古い脳」は強烈な印象とともに記憶していた。彼は、ここで死んだのだから。

海底に大小さまざまな岩の破片が、当時そのままの状態で散乱している。

突然の閃光。熱。激しい波の動揺。そして砕け散った海底の岩。未知の物質の焦げる味。恐怖の臭い。それから暗黒。弾き飛ばされた岩の下敷きになって、彼は息絶えたのだった。

彼が別の存在と共に目覚めたとき、彼を蘇らせた外星人たちはもう立ち去ったあとだった。ささやかな置きみやげを残しただけで。

砂に半分埋没するようにして、金属製のカプセルが傾いでいる。彼は開けっ放しのエア・ロックから長く重い体をなめらかに滑りこませた。

機械はどれも、強酸の中で百年以上動き続けるように設計されている。彼が触角をコンタクトさせると、地震予報機はマグマの活動の高まりを告げた。

もし移住を行うとなれば、このカプセルは遺棄せざるを得ないだろう。

そうなったら？

何も変わらない、と彼は考えた。もう、これがなくともやっていける。それに、彼が特別愛着を感ずべき理由もない。これは、そもそも地球のものですらないのだ。

b―3

月明かりを受けて油を塗ったようにつややかに光る海面を、真っ黒なジェット・ボートが疾走していた。

左舷の方に月が丸い影を落としていた。その部分だけは、スポット・ライトを浴びているようにひときわ眩く輝いている。それはどこまでもボートと併走してくるようだった。

三島は立ち上がって時おりレーダー・スクリーンを見ながら、懸命に夜目をきかせようとしていた。

風を真向から受けてすっかり冷たくなり、感覚の失せてしまった顔と腕をこすりながら目を凝らすのだが、それらしい船影は見当たらない。

(ボートのキーが一つだけ無くなっていた。オリメが乗って行ったのはまず間違いないだろう)

飛沫が、したたかにシャツを濡らした。彼は腰を落とすと、前方の島影を凝視した。このあたりには、岩と島の中間ぐらいの岩礁が点在しているのだ。

(イップ爺さんが言ったように、オリメは頭に血がのぼり後先考えずに飛び出したのだろう。今頃は少し頭も冷えて、どこかで途方にくれているのかもしれない)

ジェット・エンジンの単調な唸り声は、なぜか彼自身の気持ちを落ち着かせるようだった。それは何となく彼と行動を共にしている頼もしい仲間を思わせた。

彼は速度を落とすと、大きな岩礁のまわりを左に回った。レーダーに、動いている物体の反応が現れる。

（いた！）

彼の二、三百メートルほど先を、同じような形のジェット・ボートが走っている。それは月光のスポット・ライトに照らされて、乗っている人の姿までくっきりと見えた。

「オリメ！　聞こえるか。僕だ。返事をしてくれ」

無線には応答がなかった。距離をつめようとして彼がスピードを上げると、前のボートも加速した。

夜の海に二条の白い航跡を残しつつ、二台のジェット・ボートは追いかけっこを続けた。彼は夢中で操縦桿を握りしめていたが、何分たった頃だろうか、ふと腕の力を緩めた。

目が慣れてきたせいなのか、海の姿は少し前とは大きく様変わりしていた。

墨を流したように真黒に見えた海は、波の形が月光で金色に縁取られ、その間を赤や青や緑の光がたわむれている。

彼は、自分の感覚が異常に鋭敏になっているのに気がついた。それは感覚亢進剤《スパークラー》の作用とは根本的に異なっていた。ずっと自然で、かつはるかに深く、そして優しかった。

百メートルも先にいるオリメの姿が、髪の毛一本に至るまで鮮明に見える。彼女の鼓動や体温が伝わってきそうな感じすらした。

対照的に、自分の手足の感覚からはまったく切り離されていた。ただ意識だけが限りなく透徹してゆくような感覚があった。鳩尾《みぞおち》のあたりから痺れるような感触が突き上げてくる。わくわくするような、むず痒いような、熱いような快感。

夜は輝いていた。海も光で満ちていた。波のリズムも、水を切る音も、エンジンの咆哮も、すべてが渾然一体となって調和していた。それはまさに完璧な瞬間だった。彼は陶然として我を忘れた。もはや彼はオリメを追っているのではなかった。追う彼と追われるオリメとは一体だった。共に今という時間を共有して、そしてそれが永遠に続くことだけを願っているのだった。

しかし、ほどなく均衡は破られ彼は我に返る。前を行くボートは彼をふり切ろうとして、ジグザグに走り始めていた。

彼は深呼吸をすると、冷静に前のボートの先を読んで最短距離で追跡した。しだいに間隔が縮まり、一度ズーム・アウトしたように遠ざかったオリメの姿が再び近づいてくる。彼女は一度も振り返ろうとしない。

そして、月明かりの追跡《チェイス》は突然、あっさりと終わりを告げた。

オリメのボートのエンジンがいきなり火を噴いて停止したのだった。彼のボートは彼女を追い抜き、大回りをして戻ってきた。

彼女は悄然としてシートに座っている。彼は静かにボートを接舷すると、呼びかけた。

「いまそっちへ行くよ」

「来ないで!」

彼女は振り向いた。

「あなたは嘘つきだわ。ずっと私をだましてたのね」

「君をだますつもりはなかった」

「なぜ、どうして……?　あなたは私たちのテスト結果は同じだって、必ず同じ星へ行けるからって言ったのよ」

彼女はしゃくり上げた。

「そうなる可能性もあった。そうなると思ったんだ。君を心配させたくなかった」

「嘘つき！」

彼がボートに片足をかけて差しのばした手を、彼女は振り払った。

「最初から、みんな嘘だったのよ。あなたは結果がどうなろうと、気にもかけなかったんだわ。最後まで私をだますつもりだったのね」

悔し涙がぽろぽろと彼女の頬をつたった。彼は無言のままで、二台のボートを固定《ロック》する。波は二人を同じリズムで上下に揺すった。嗚咽をこらえる彼女の息づかいのように。

「私は、あなたと一緒だって、信じて、機械に、心を吸い取られるところだった。そして、気がついてみると、まわりは。まわりは、全然見たこともない世界で、私はひとりで……」

彼女は堰を切ったように泣き出した。彼は目をしばたたくと、ボートの縁に片足をかけて彼女の側に乗り移った。少したたらを踏んでから向き直り、ためらいがちに手を伸ばす。

「オリメ」

彼女は一歩退いた。

「違うんだ。聞いてくれ。共生《シンビー》チップなんだよ。君じゃない。君の記憶と人格とを受け継いではいるが、まったく別の存在なんだ。君がどこかへ行くわけじゃない」

「私が行くのよ」

彼は、オリメが他者に自我を投影する性向を持っていたことを思い出した。友人の不幸は、わがことのように悲しんだ。身の回りの細々としたものには全部愛称をつけ、幼児のような執着を示した。ペットのオオウミガラスが死んだときの騒ぎといったら……。

「共生《シンビー》チップは君じゃない。オリメ。考えてごらん。君が首から下げているのがチップだ。小さな白い直方体。それがチップなんだよ」

「私だわ」

「君じゃない。機械なんだ。なぜ、わからないんだ」

彼は一歩前へ踏み出そうとして、彼女の視線にあってたじろいだ。

「わかっていないのはあなたよ」

彼女の目は、じっと彼を見つめていた。

「あなたの記憶を持つもの。あなたのように考えるもの。それはあなたなのよ。私たちはみんな、共感する心を失ってしまったの？　私たちは、いったいいつから機械みたいになってしまったの？」

「共感することは、もちろん大事だよ。でも君が言っているのは感傷に過ぎない」

彼は諭すように言ったつもりだったが、実際には言葉は苦々しげに響いた。

「チップは君じゃない」

「私だわ」

彼は長く息を吐いた。満天の星は冷たくまたたいている。足元がゆっくり揺れ動くのが、妙に彼を不安な気持ちにさせた。

「じゃあ、チップに同情している君は誰なんだ？」

「過去の私よ」

「チップと同時に存在することになる君は？」

「未来の私」

「それじゃあ、チップは？」

「もう一つの、未来の私よ」

まるで頭を殴りつけられたような気がした。自らを偽ってきたのは、考えたくない事実に目をふさいできたのは、彼自身だった。

「未来の私とチップとは、あるいはまったく別の存在かもしれないわ。でもそれは両方とも、今の私の未来なのよ。そしてその一方の未来に、私たちはとりかえしのつかないことをしようとしているんだわ」

彼女はまだすすり上げていたが、声音はしだいに落ち着いてきていた。

「しかし、我々にはそうするしかないんだ」

彼は、自分の口調が苦しげにかすれるのを聞いていた。

「それは人類に対する我々の義務なんだ」

「人間性に対する冒瀆《ぼうとく》だわ」

「なぜだ？　我々には人類の文化を伝える義務があるんじゃないか？　我々がここで生き、考え、そして死んでいったという事実を伝える使命を課せられているんじゃないのか？」

「記録が残るわ。無数のディスクやロッドやキューブに詰め込まれた、私たちの精神の結晶が」

「記録はいずれ失われ、風化する。第一奴らがそんなものを顧みると思うのか？」

「たとえ私たちが滅びたとしても……」

彼女の髪は風の中で舞い、震えていた。

「私たちが生きたという事実に変わりはないのよ」

「忘れ去られた事実はもはや事実とは言えないさ」

「人は死んでも、生きたという事実は残るのよ。それは思い出す人が一人もいなくなっても変わらないわ」

彼は溜め息をついた。ボートの手摺を指でこつこつと叩く。

「本当は、君にはすまないと思ってるんだよ。僕だって決していい気分じゃない。しかし、誰かが犠牲になるよりないんだ」

彼女は両手で顔を覆った。

「どうして私たちは滅ぼされるの？　私たちがどんな悪いことをしたって言うの？　なぜ、誰にどんな権利があって……？」

「しかたがないさ」

彼はそっと彼女を抱きよせた。

「我々は敗れたんだよ。軍事的にも。外交的にも。もう人類の絶滅に異を唱える種族はいない。我々に残された選択肢は、ただ静かに最期の時を迎えることだけだ」

「まだ戦うことはできるわ」

「ああ。だが得るものは何もない。終末を早める以外にはね」

彼は無念さに言葉をつまらせた。

「我々は地球を能《あた》う限り自然な状態で引き渡すことを条件に、ようやく共生《シンビー》チップの件を認めさせたんだ。行先はどこも文明の前段階にある種族が何らかの困難に直面している惑星らしい。そこで我々が大きな貢献をすることができれば……」

「そうすれば？」

「あるいは、人類は再生されるかもしれない」

彼女はそっと身をふりほどくと、彼に背を向けて海を見つめた。夜目にも指が真白になるほど手摺を強く握りしめている。

「君と僕とは、数少ない適性の持ち主なんだよ。君にとってそれがどんなに辛いことかは、よく知っている……」

彼は、そっと彼女の両肩に手を置いた。なぜ自分が彼女を苦しめなければならないのか。そんな思いが頭をかすめた。彼女を愛し、少しでも苦しみを取り除いてやりたいと、いつも思ってきたのに。

海面でチラチラと揺れる月の光が、視界の中でぼやけて、拡散した。ボートの腹に当たる水の音だけが耳の中に響いている。彼は自分の掌で感じている柔らかな肩が、そのかすかな温もりが途方もなく貴重なものに思えた。それらを永遠に失ってしまった自分の姿を、彼は一瞬かいま見、そして恐れた。

彼は両手に力を込めた。離すんじゃない。絶対に離すんじゃない。さもなければ、二度と戻ってはこない。永遠に……。

だから、彼女が振り向いたとき、彼が感じたのは悲しみでしかなかった。

彼女の答えはきまっていたからだ。

「わかったわ」

濡れた頰に、かすかな笑みを浮かべて言う。

「遠い星へ、行きましょう」

a―4

彼《チップ》は、狂わない。

変わらない。

慣れることもない。


「何だい、それは？」

「キャッチコピーさ。ちょっと思いついたんだがね、語呂がイマイチかな」

共生《シンビー》チップの設計者である生命工学者は微笑した。

＊

町の住人たちが巨大な輪を作り、めいめいがばらばらに光を発振し続けていた。光の球は瞬時に膨脹し、闇の中へと拡散して行く。輪の中央には一個体が遊弋《ゆうよく》していた。所在なげにたゆたっていたかと思うと突然向きを変えて素早く噴水して進み、また止まっていたずらに泳行肢をさまよわせた。

この個体はこれから処刑されるのである。罪状は〝死の暗き淵より蘇った者〟のメッセージを長老に伝えなかったことだった。

彼は少し離れたところからこの光景を見ていた。べつだん何の感情も湧かなかった。罪を犯したものは罰を受ける。これはほとんど宇宙に遍在しているルールだった。

ネオン・サインのように輝く絵文字で「浮刑」が宣告された。執行吏が進み出て、罪人を取り囲み、死者の嚢で作った浮袋をいくつも装着する。同時に、輪を作っている住人たちが光の発振を同調させはじめた。点滅が目まぐるしく続く。

光は日頃のタブーを破り、最大強度にまで上げられた。住人の光は干渉し合って定常波となり、あたりは静止したまばゆいばかりの光輝に包まれた。彼は、自分の柔らかな外皮が微かに震動しているのに気がついた。

住人たちは、たがいの光に煌々《こうこう》と照らされながら、呪術的なリズムで花弁のような触角を開閉する。対照的に中央に取り残された罪人は触角も感覚毛もすべて折りたたんで、死んだように動かない。

浮袋に執行吏の吻管がさしこまれると、徐々に膨らんでいった。やがて、浮袋はゆらりと浮き上がり、ぴんと直立する。

一呼吸おいて、罪人は海底を離れた。そのまま、あきれるほどゆっくりと上昇して行く。住人たちの光は強く一方に絞られ、どこまでも罪人を追っていった。

頭上へと向けられた光は火口に丸く縁取られた広く平らな海面を照らし出した。その中をケシ粒のように小さくなった罪人が、地上からのサーチ・ライトに照らし出された爆撃機といったおもむきで遠ざかって行く。

突然海面から火口いっぱいに巨大な嘴《くちばし》が現れて罪人を一呑みにしたが、次の瞬間にはもう見えなくなっていた。

神の裁きが下ると、次に海面から波が押し寄せてきた。住人の輪は上下に激しく揺れる海水の中で散り散りになったが、やがて混乱は収まり再び暗黒が周囲を支配する。

静寂。そして時間。

彼は静かに海中を泳いだ。

彼は無限の宇宙のような暗黒の中にぽっかりと浮かんだ恒星だった。

彼の世界はシャボン玉のように生まれ、成長し、消滅する。それはあたかも宇宙全体が一定のリズムで明滅しているかのようだった。

光の彼方には未だ世界は存在せず、光の通り過ぎたあと世界もまた消え失せる。繰り返し、繰り返し、万物は彼を中心に創造され続けていた。

その中をさまざまなものが通り過ぎていった。

「犬」が、繊毛《せんもう》を美しく波打たせながら横切った。「猫」が、傘のような体を開閉しながら視界をかすめて行く。

遠くを「人々」が行き交っている。「通り」にはたくさんの「木々」が枝や触手をうごめかせ、頭上には無数の「鳥」が凍りついたように硬直していた。

影が動いている。それは彼の方を向いて笑っていた。彼はそれを見たように思った。だが分からない。本当に見えているわけではないのだから。

そのことを考えると、彼はいつも息苦しさに似た感情の発作に襲われた。たしかに見ているような気がする。しかし本当に見えるわけではない。

ここには光は存在しないからだ。ここでは音が光なのだった。

冷汗に似た感覚。吐き気に近い思い。

狂気にそっくりな気分。

しばし凝固した彼の脳裏に、遠い過去の幻が浮かんでは消える。何かが聞こえてきた。

それは常に夜の闇の中から……。


暗黒の中で、時計だけが規則正しく時を刻んでいる。無限に続く時間を偏執的に切り刻み、自らの支配下に置こうとしているかのように。

彼はひとりで机に向かって座り、時計の音に耳をすませていた。両手を見つめる。ゆっくりと開閉してみる。それは光を浴びて白く光っていた。机の上のスタンドからは、非現実の光が球形の領域を闇の中から切り抜いている。

光。

光は存在しない。

暗闇がイメージを蚕食《さんしょく》してゆく。彼は椅子から腰を浮かせかけた姿勢のまま消えていった。そしてすべてが暗転する。

時計の音。

そう、あれは不思議な感じだった。音を「聞く」というのは。だが……

音は存在しない。

時計はずっと停っていた。

あれは何という言葉だったか。誰もいない部屋で夜中に発する、小さなコトリという音を示すのは。

誰もいない世界に生まれる、小さな思考の泡を示すのは……？

彼は触角と感覚毛をたたみ、暗黒の中で宇宙船のように体を回しながら姿勢を制御する。そして出水管から勢いよく海水を噴射するとぐんぐん体を加速した。

体にまとわりついて消えない不快な「味」が押し流されていった。あらゆる感覚に対して自我を閉ざすときにだけ、彼はつかの間の自由を得る。

人類の祖先も太古の海の中でずっと夢を見続けてきたのだろう、と彼は思った。

そうして遥かな未来に、遠い地球の記憶がこうして名も知らぬ異星の海の中で甦ることもあるのだ。

彼はさらに速度を加えた。

オリメはどこにいるのだろうか？

すべてが想像を絶していた。未来永劫にわたって二度と交わることのない二本の思考線。

おたがいにとって存在しない二つの世界。

そして……!?

水流が激しく彼の体を震動させていた。それは、彼を何かから洗いきよめてくれるような気がした。

彼は全速力で海中を飛翔していた。

消えることのない、人間としての記憶が彼を苦しめていた。それはこの星での生活という現実に打ち込まれた楔《くさび》となり、どうしようもない混乱をもたらした。目覚めるたびに、彼は遠い現実から抜け出して、地球にいるのではないと自分に納得させなければならなかった。

だが……。

信じられるだろうか。

人間であったということ。音を聞いて、光を感じ、二本の足で歩み、掌で物に触れること。あれは何という豪奢で贅沢な経験だったことか。

その中でも一つのイメージが、彼の中で確かな存在感をもって息づいていた。それは彼が海中を全速力で疾駆するたびに鮮かに甦り、強い感情で彼の心を満たすのだ。

頬を打つ潮風。波の響き。海の匂い。月光のきらめき。まさに完璧な瞬間だった。

二人で海上を疾走した、あの夜……。

呪文

Incantations

1

「金城《かねしろ》さんは、地球へ行ったことがあるの？」

タミが、丘の上のシロツメクサを摘みながら、可憐な声で訊《たず》ねる。

「あるよ」

私は、掌の微細な動きで目の前にヴューースクリーンを広げた。タミから見れば、何もない空間を触っているように見えるはずだが、後ろを向いているので、不審に思われずにすむ。好奇心の塊《かたまり》のような少女だから、納得のいくまで説明してやるのは大変な作業になるのだ。

「じゃあ、日本も？」

「もちろん。それが専門だからね」

ＡＩメールが一通来ていた。差出人は、もちろん、グエン・ディン・ＢＭ・リュウだった。内容も、いつもの通り、フィールドワークの進捗《しんちょく》状況に対する苦言と質問の山に違いない。タミが見ている前で、幽霊と会話するわけにもいかない。私は、指をスナップして、ヴュースクリーンを閉じた。

「ねえ、日本って、どんなところ？」

タミが、目を輝かせながら、振り返った。

私は、ちらりと彼女の顔を見て、目をそらした。いい子なのだが、このご面相にだけは、なかなか慣れそうにない。

面長《おもなが》で鷲鼻《わしばな》、分厚い瞼《まぶた》に覆われたドングリ眼《まなこ》は、一言で表現するなら、マクベスの魔女といったところだった。それ以上に強烈な印象を与えるのは、顔の膚である。だぶつき気味に垂れ下がっており、面長に見えるのも、たぶんそのために違いない。遠目にも日に焼けて荒れたような色合いだったが、近くで見ると、まるでタンニンを塗った鞣《なめ》し革のような感じである。その上、黒い染料で目の回りを縁取って、頬や首にも隈《くま》取りのような模様が描かれている。子供にだけ描かれる魔除《まよ》けらしいが、私の知る限りでは、古代の日本に、こんな風習はなかったはずだ。縄文時代くらいまで遡《さかのぼ》れば、別なのかもしれないが。

アマテラス第Ⅳ惑星、通称『まほろば』の住人は、ほぼ全員が同じような不気味な顔貌の持ち主だった。テラフォーミングによって、機械装置の助けなしでも呼吸し、生活ができる環境を作り上げたとはいえ、長期にわたり生存し子孫を残していくためには、遺伝子操作で人体を改造するのが最も安上がりな方法である。この特異な顔つきも、そのために支払った代償だったのだろう。

この惑星が抱える問題は、恒星アマテラスから降り注ぐ強烈な紫外線と、地表に露出している鉱脈が発する微量の放射線、人畜に対する何種類もの病害虫だった。アマテラスⅣを植民惑星化した際には、元々存在していた生命体は、バクテリアに至るまで一掃してあり、あらためて移入したのは、人にとって有益無害な生物だけのはずだった。にもかかわらず、数世代が経過した頃になって、突然、有害に変異した病害虫に悩まされるようになるのは、多くの植民惑星で見られる困った現象である。

「日本か……。いいところだよ。今は列島全域が自然・文化遺産保護区に指定されているから、山々は緑に覆われ、清浄な水が流れている。八百万《やおよろず》の神々が坐《いま》す場所っていう感覚が味わえるね」

そう言ってから、不用意に微妙な話題へと踏み込んでしまったことに気がついた。タミの表情が、目に見えて曇ったからである。

「神って……？　もしかして、地球にも、**マガツ神**がいるの？」

「いや、そういうわけじゃない。神々にも、いろいろいてね。いいことをしてくれる神も、悪いことをする神もある。そのすべてが、地球に……日本にいるんだ。八百万《やおよろず》っていうのは、数が多いことの譬《たと》えなんだよ」

小さな虫が私の顔めがけて飛んできたが、目に見えないシールドにより弾き飛ばされた。ここでは**マガツ蠅《ばえ》**と呼ばれている、不快な吸血昆虫だろう。アマテラスⅣで顔の皮膚を露出して生活することを考えただけで、ぞっとする。

「金城さん。これあげる」

タミはすぐに気持ちを切り替えたらしかった。にこにこしながら、私の方へ歩いてくる。手には、シロツメクサを編んで作った冠を持っていた。わざわざ、私のために作ってくれたのだろう。

「金城さん、じゃなくて、名前で呼んでくれていいよ」

「本当？　でも、何て呼べばいいの？」

「黎明《れいめい》か……それとも、イシドロって呼んでもいいけど」

「名前が二つあるの？　すごいね」

タミは、いつも、素直に感心してくれる。

「石泥《いしどろ》って、ちょっと変だけど」

私は、咳払いした。

「フルネームだと、金城・イシドロ・GE・黎明っていうんだよ」

「へー。かっこいい。GEっていうのも名前？」

「いや。GEっていうのは、私のIDネームで、ギャラクシーエステートの略なんだ」

「ギャラクシー……エステート？」

「所属している星間企業《インターステラ》の名前だよ」

「星間企業《インターステラ》って？」

タミが花冠を差し出したので、私は地べたに腰を下ろした。彼女の身長は、十一歳という年齢にしてはやや低いように思ったが、おそらく、この惑星では標準なのだろう。タミの手とシロツメクサの冠は、危険がないとシールドに認識されたため、弾かれることはなかった。頭に被《かぶ》せられた花冠からは、新鮮な草の臭いがした。

「ありがとう。……星間企業《インターステラ》っていうのはね、とても大きな企業――会社のことなんだよ。会社って、わかる？」

「うん。まほろばにもあるよ。土地改良組合とか、まほろば農機具販売とか」

「まあ、似てないこともないかな」

星間企業《インターステラ》を個人商店に毛が生えたような組織にたとえるのは、シロナガスクジラとプランクトンを一緒くたにするようなものである。

「黎明さんは、そのGEっていう会社で働いてるの？」

「いや、そうじゃないんだ」

どう説明すればいいか、どこまで本当のことを教えるかは、一考を要するところである。

「大昔は、個人は国っていう組織に属してて、他の国に旅をするときなどは、所属する国が発行した旅券を持っていたんだ。いざというときには、必要な保護を受けられるようにね。今も、国や惑星政府という組織は存在するけど、その力が及ぶのは、せいぜい一国の中か、一つの惑星の上に限られる。銀河全域どこへ行っても個人を保護できるのは、星間企業《インターステラ》だけなんだ」

タミは、きょとんとしていた。かみ砕いて話したつもりだったのだが、やはり難しすぎたのだろうか。

「……でも、じゃあ、わたしたちは、どこの星間企業《インターステラ》に属してるの？」

どうやら、この子の頭脳を過小評価していたらしい。鋭すぎる質問に、私はあやうく絶句しかけた。

「今はまだ所属していないんだよ。まほろばにいる限り、必要ないからね。将来他の惑《ほ》星《し》に行くことになったら、話は別だけど」

「そうかー。じゃあ、そのときは、黎明さんと同じのがいいな。ＧＥ」

無邪気にそう言うタミを見て、少し胸が痛んだ。

「それで、黎明さんは、まほろばに何を調べに来たの？」

これも気をつけなくてはいけない質問だが、話題が変わったことにほっとする。

「植民惑星の文化について、調査するように依頼されたんだ」

「文化って？」

「全部だよ。生活の様子とか、毎日何をしてるとか、そんなこと」

「ふーん」

「そうだ。タミちゃんに、頼みたいことがあるんだけど」

「何？」

「この村を案内してくれないかな？」

「いいよ！」

タミは、喜び勇んだ表情になった。

「何が見たいの？　公民館は、もう見たでしょう？　あとは、お祭り広場とか……それとも、深泥沼《みどろぬま》は？」

「まほろば神社へ行ってみたいんだけど」

タミは、いっぺんに萎《しお》れた。そうなると、もう老婆の顔にしか見えなくなる。

「神社の方は、あんまり行っちゃいけないんだよ」

「別に、中に入らなくてもいいんだ。外から見るだけでも」

「うーん。でも……」

タミは、うつむいてしまった。あまり困らせるのも可哀想だったが、神社は、早い機会に、どうしても見ておきたかったので、大人と厄介な交渉をするより早道だと思ったのだ。

「じゃあ、タミちゃんは、そばまで行かなくてもいいよ。どこにあるのか、場所だけ教えてくれればいいんだけど」

ちょうど、そのときだった。

ぐらぐらと大地が揺れた。地震だ。ここでは、日に二回くらいの割合で有感地震があるが、過去四日間に体感した中では一番大きかった。震度3強というところだろうか。

タミは、ひどく怯《おび》えた表情になった。

「だいじょうぶ。ただの地震だ。すぐに、おさまるよ」

そう声をかけても、タミの耳には入っていないようだ。首から提げているお守りを着物の上から握りしめて、口の中で何やらぶつぶつと呟《つぶや》いている。その目は、大地ではなく、遥《はる》か天空へと向けられていた。


神社へ通じる道は生い茂る熊笹や雑草によって半分覆い隠されており、獣道かと見まがうような状態だった。タミは無言のまま先導し、私もあえて無駄口は利かなかった。

すると、急に、タミが立ち止まった。

「あそこだよ」

視線を向けないようにした不自然な姿勢で、前方を指さす。

木々の向こうにあったのは、奇妙な物体だった。高さ五mほどある赤い柱が二本、やはり五mほどの間隔を空けて立てられている。垂直というより、やや左右に開いているようだ。先端には石造りのブロックのようなものが嵌《は》められており、二本の柱の根元は、一本の赤い材木で貫かれていた。

しばらくは、それが何であるのかわからなかったが、倒立した鳥居であるのに気がついた瞬間、小さな衝撃を受けた。

「あれは何かな？」

「**逆さ鳥居**だよ」

タミは、あたりまえじゃないかというように答える。

ということは、本来の鳥居とは上下逆という認識はあるのか。単に、『サカサトリイ』という名称を覚えているだけなのかもしれないが。

「神社に入るときは、あそこをまたいでいくの？」

鳥居の笠木《かさぎ》の部分は地面に埋まっているらしいが、貫《ぬき》の上を踏み越えていくというのは、あまりにも不敬な感じがする。

「うん……。でも、勝手に入っちゃいけないんだよ」

「どうして？」

「あそこは、不浄の場所だからって」

古代日本文化の専門家からすると、耳を疑うような言葉ばかりが飛び出してくる。私は、**逆さ鳥居**のそばに行って、神社の内側を覗《のぞ》き込んだ。うっそうと木々が茂っているために、ほとんど何も見えなかったが、石碑のようなものが立っていた。表面には、風化した文字が見えるが、視力12・0の私でも、肉眼では、何と書いてあるのかまではわからない。

「タミちゃんは、神社に入ったことはあるの？」

「うん」

タミは、うなずいた。

「村の人みんなで集まって、お祈りしてるときとか」

「じゃあ、ご神体を見たことある？」

「ご神体？」

「神様の像とか、そういうものだけど」

タミは、当惑した面持ちになった。

「**マガツ神**の顔が見たいんだったら、別に神社に行かなくても……」

「そこで、何をしてる！」

突然、背後から、厳しい叱声が響いた。振り返ると、茶色い作務衣《さむえ》を着た白髯《はくぜん》の老人が、険しい表情でこちらを睨《にら》みつけていた。アマテラスⅣへ到着してすぐに、一度挨拶しただけだったが、たしか忌部《いんべ》という名前で、この神社の神官だったはずだ。タミと比べてもずっと日焼けして染みだらけで、年老いたチンパンジーを思わせる。真っ黒な顔に白い髯《ひげ》が逆立っている様は、古代の能面も連想させた。

「ここは、みだりに立ち入ってはいかん場所だ。……タミ。一人で神社へ来てはいかんと、あれほど言っておいたろう？」

「ごめんなさい」

タミは、顔をくしゃくしゃにして、泣きそうになった。

「タミちゃんを怒らないでください。私が、無理にお願いしたんです」

忌部老人は、黄色く濁った目で、じろりと私を見た。

「金城さん、でしたな。儂《わし》らは、あなたの調査に協力すると申し上げてある。見たいものがあれば、おっしゃっていただければ、できるかぎりの対応はいたします。しかし、いくらYHWH《ヤハウエ》から来られたとはいえ、郷に入れば郷に従えっちゅうこともあります。勝手気儘《きまま》に、どこへでも出入りお構いなしというわけにはいかんのです」

「申し訳ありません」

私は、深く頭を下げた。この惑星上では、過ちに対してはただちに非を認める、日本式の謝罪が肝要である。

「たいへん、不作法をいたしました。今後、このようなことは二度といたしませんので」

忌部老人の怒りは、少し収まったようだった。ついつい批判的な口調でYHWH《ヤハウエ》の名前を出してしまったことで、背筋に冷たいものを感じているのだろう。

「……いや、少し儂も言いすぎました。ですが、今後は、必ず、正田《まさだ》か儂を通すようにしてください」

「わかりました」

タミの様子を見ると、さっきの地震の時と同じように、着物の上からお守りを握りしめている。それから、お守りを引き出そうとした。

「タミ！　何をしてるんだ？」

忌部老人が、あわてて声をかける。

「だって、黎明……金城さんがここに来るように仕向けたんだって、絶対、**マガツ神**の仕業でしょう？　だから」

「むろん、そうだ。しかし、今はいかん。……お客さんの前だ」

忌部老人の制止で、タミは、不承不承お守りを出すのを止めた。私が、それがお守りだと知っているのは、前に一度だけ外に出しているところを見たからである。首にかけた紐の先には、小さな像のようなものが付いていたが、周囲にいた大人たちの表情から、それについて訊ねることは憚《はばか》られた。後でそのときの映像をチェックしてみたのだが、残念なことに、像の背面しか映っていなかったので、ほとんど何もわからなかった。

「どうか、ひとつ腹を割って教えてくださらんか。金城さんは、本当のところ、何を調べにおいでになったんですか？」

私たちを送りながら（というより、ちゃんと神社から遠ざかるかどうか監視しながら）、忌部老人が訊ねる。

「前にお話ししたとおりですよ。植民惑星のうちで、外部との交渉がそれほど頻繁でないところには、他に類を見ない独自の文化が生まれていますから。それらが失われないうちに文化人類学的な見地から調査を行って、記録にとどめるのが、私の仕事です」

私は、外交交渉用の微笑を浮かべて、表向きの理由を述べ立てた。

「なるほど。おっしゃるとおり、まほろばは、ここ八十年ほどの間、外部との交易実績は、ほとんどない」

忌部老人は、乾燥したラテックスを思わせる分厚く皹《ひび》だらけの顔に、さらに深く皺《しわ》を刻む。

「しかし、あなた方が儂らの文化などに本気で興味を持っているとは、とても思えんのです。あなたをここへ送り込むのも、恒星間飛行のペイロードを考えるなら、莫大な費用がかかる話ですし」

「ご存じのように、YHWH《ヤハウェ》は、とてつもなく金持ちですからね」

私は、冗談めかして言った。

「金持ちというのは、無駄金を使わんから金持ちなんでしょうが。……いや、これは別に、YHWH《ヤハウェ》を批判して言ってるわけではないのですが」

「わかっています」

「あなた方からすれば、本来、こんな辺境の植民惑星など、どうでもいいはずだ」

忌部老人は、ねちっこく恨みがましい口調で言う。

「儂の祖父母は、人類が宇宙に羽ばたく先駆けになるという誇りを胸にまほろばへの移民に応募しました。しかし、現実は違っていた。どれほど環境を作り替え、苦労に苦労を重ねて田畑を耕しても、ここが理想郷になるなどということはありえなかった。まあ、古い言葉で言えば、儂らは棄民だったんです」

「そんなことは……もちろん、ご苦労なさったのはわかります。しかし、移住に際しては、数世代は自給自足が可能なキットが無料で貸与されているはずです。これは、人類の発展のためにYHWH《ヤハウェ》の好意で提供されていることを、お忘れにならないでください」

私は、忌部老人を宥《なだ》めようとした。

「古代の地球では、たしかに棄民政策というものが存在したようです。人口の増加に経済発展や食糧生産が追いつかなかったとき、口減らしのために移民を奨励したんです。しかし、今の状況は、それとはまったく違います。どの惑星も、食糧難というわけじゃありません。ほとんどの政府は、むしろ、積極的に人口を増やすための施策を行っています」

私は、タミの方を見やった。来たときとは打って変わって暗い表情で、とぼとぼと後ろを付いてくる。

「まほろばでも、かつて、有望な放射性元素や希土類などの鉱脈が見つかったということで、いくつかの星間企業《インターステラ》から調査団が訪れたことがあったんです」

忌部老人は、溜め息交じりに述懐した。

「まだ儂が生まれる前のことですが。しかし、結局は期待はずれに終わりました。もう少し埋蔵量が多く、ほんの少しこの惑星が大消費地に近ければ……。まほろばの人間は、みな、そう思っとりますよ。あれさえものになっとれば、まほろばは今とは見違えるような発展を遂げとったはずだと」

たしかに、もし有用な地下資源が見つかって[redacted]の後のアマテラスⅣの運命は、大きく変わっていたはずだと思う。巨大星間企業《インターステラ》、YHWH《ヤハウェ》かシヴァ、ペルセウスなどの尖兵があっという間に押し寄せて、開発の準備を整える。そして、植民者たちに対して、馬鹿馬鹿しいくらいの安値で、鉱区の権利譲渡を迫るのである。星間企業《インターステラ》の申し出に応じた場合、いつのまにか自分たちのものでなくなった植民惑星の自然が完膚《かんぷ》無《な》きまでに破壊されて、根こそぎ収奪されていく様子を、合成麻薬か酒浸りになりながら、心ゆくまで見物する権利が与えられる。応じない場合は、即座に抹殺されるだけである。星間企業《インターステラ》には、個性の違いはあるものの、非情という点では、同じ卵塊から生まれたピラニアのようにそっくりなのだ。

2

二人と別れると、私は、宿舎にしている建物に戻り、ヴュースクリーンを広げた。

とりあえずは、スーツに記録された映像と音声をチェックしてみる。

まず、地震が起きた瞬間。ぐらぐらと地面が揺れて、タミが怯えたように立ち竦《すく》んでいる。私がかけた声は、まったく耳に入っていない。首から提げたお守りを着物の上から握りしめ、口の中で何かぶつぶつと呟いているようだ。

スクリーンを操作し、音声を増幅する。精霊《デーモン》AIが、タミの喋《しゃべ》り方の癖と舌や唇の動きを参考に、発せられたとおぼしき言葉を推測して補正した。

「**マガツ神**。**マガツ神**。とっくに祟《たた》りを止めなけりゃ、おまえの頭をちょん切るぞ……」

じっと空を見上げながら、切れ切れの震える声で、タミは、そう唱えていた。

さらに、精霊《デーモン》が、タミの声と表情、無意識の動作などに含まれる緊張を分析し、超自然の存在に対する畏怖《いふ》、安全への希求、不当な迫害に対する怒り、報復の欲求という、四種類の異なる感情を検出したと報告する。

次に、まほろば神社の石碑の映像を呼び出した。

アップにしても、風化した文字を読み取るのは至難の業《わざ》だった。精霊《デーモン》が映像を分析して、元々彫られていたと思われる文字の候補を、順番に当て嵌《は》めていく。

「神社。日本神話。**マガツ神**……」

私がヒントになる言葉を与えていくと、やがて、二つの言葉が浮き出してきた。

『八十《やそ》禍津《まがつ》日神《ひのかみ》』と『大禍津《おおまがつ》日神《ひのかみ》』である。

古事記では、この二柱の神は、黄泉の国から帰ってきた伊弉諾尊《いざなぎのみこと》が、禊祓《みそぎはらえ》をした際に、洗い落とされた穢《けが》れから生まれたとされている。そのために、人間の社会に災厄をもたらす障礙神《しょうげしん》としての性格が強い。

やはり、タミが口にした**マガツ神**とは、『禍津《まがつ》』神を意味していたようだ。

しかし、それにしても、あまりにも腑に落ち[redacted]い。

メールを呼び出して開くと、部屋の中央にグェン・ディン・BM・リュウの分霊《ダブル》が現れた。小柄な学者然とした男で、椅子に浅く腰掛けて足を組んだ。浅黒く額の高い顔に、いつもの悠揚迫らぬ笑みを浮かべている。

「金城・イシドロ・GE・黎明さん。こんにちは。アマテラスⅣでのフィールドワークの進捗状況は、いかがですか？」

「本日、収穫がありました。後ほど、ご報告しようと思っていたのですが」

私は、さっき得たばかりの情報を開示する。

「なるほど……。これは、ある種、典型的ですね」

リュウの分霊《ダブル》は、眉間に縦皺を寄せた。

「**諸悪根源神**信仰は、奇妙なことに、どの宗教、文化からも派生してきます。これまでに、キリスト教、ユダヤ教、イスラム教、ヒンズー教、ゾロアスター教バージョンなどが確認されていますが、今回は、その日本神道版というわけですね」

「ですが、私には、疑問があります」

私は、胸につかえていた違和感を、率直に吐露することにした。リュウの鋭い頭脳なら、何らかの解答を与えてくれるのではないかと期待したのだ。もちろん、喋っている相手は、本物のリュウではなく、メールに添付されたAIにすぎないのだが。

「たしかに、日本神話においては、八十《やそ》禍津日神《まがつひのかみ》と大禍津日神《おおまがつひのかみ》は、祟り神とされています。しかし、それがただちに**諸悪根源神**信仰へと結びつくのは、普通に考えればありえないことなんです」

「なぜですか？　元々の信仰でも災厄をもたらす神だったのなら、むしろ、自然な流れかと思いますが？」

リュウの分霊《ダブル》は、本物そっくりの反応を返してきた。

「古代日本の信仰の特徴では、元々は障礙神《しょうげしん》、障阻神《しょうそしん》、祟り神であったものであっても、手厚く祀《まつ》った場合は、福をもたらすと考えるものなんです」

私は、七福神と呼ばれている幸運の神々《ラッキー・ゴッズ》の多くが元々は祟り神であったことや、菅原道真、平将門などという人物を例に引き、恐ろしい悪霊ほど、祭り上げることで何とか祟りを逃れようとした、古代日本の特異なメンタリティについて説明した。

「なるほど、たいへん興味深いですね。YHWH《ヤハウエ》が、今回のミッションを、古代日本の精神文化の専門家である金城さんにお願いしたのは、そのあたりのこともあってでしょう」

リュウの分霊《ダブル》は、人差し指で顎《あご》を撫でて、首をかしげた。そこまで真に迫った模倣をする必要があるのかと思うが、考えるときの本物の癖を忠実になぞっている。

「それで、現時点での金城さんの仮説は、どういうものですか？」

「日本人の伝統的な精神性で、**諸悪根源神**信仰に最も親和性があるのは、『甘え』であると思います。農村型共同体の濃密な人間関係の中で醸成された、自分の気持ちは必ず相手にもわかってもらえるはずだという、願望と根拠のない信頼が混淆《こんこう》した感情です」

「それが、**諸悪根源神**信仰とどう関係してくるのですか？」

「多くの宗教においては、信者は、全能の神を両親と同一化し、無力な自分自身を赤ん坊と重ねます。それが行き着いた先が、この惑星における信仰の奇妙な表現になるのではないでしょうか。不本意な状況に置かれたとき、それをすべて神のせいであるとみなして、なじるのです。さらには、神を呪詛し、攻撃さえしますが、むろん本気ではありません。それでもなお、神は、無限の寛容と忍耐により、最後にはすべてを抱擁し許してくれるのではないかと信じているのです」

リュウの分霊《ダブル》は、私の意図を見透かしているかのように、薄く笑った。

「金城さんは、アマテラスⅣで発生した**諸悪根源神**信仰は、たとえばキルケゴールⅢで悲劇をもたらしたようなものとは質が異なっており、無害だとおっしゃりたいわけですね？」

「その可能性は、捨てきれないと思います」

「なるほど。……しかし、残念ながら、捨てきれないでは不充分ですね」

「と言いますと？」

「YHWH《ヤハウェ》の総務部では、予防措置の準備を行うことを決定しました」

それは、鈍器で頭を殴られたような衝撃だった。

「どんな措置ですか？　……まさか」

「石打《ラピデート》ちです」

リュウの分霊《ダブル》は、こともなげに言う。

「アマテラスⅣが、近い将来深刻な害悪を波及させる可能性がある以上、石もて追うこともやむを得ないというのが結論でした」

「ちょっと待ってください！　今も申し上げたように……」

「私に抗弁しても、しかたがありません。これは、ＹＨＷＨ《ヤハウェ》本体の総務部会議で正式に決められたことですから」

リュウの分霊《ダブル》は、両の掌を開いてみせた。

「石打《ラピデート》ちを中止するためには、アマテラスⅣにおける**諸悪根源神**信仰には、いっさい危険がないということを、金城さんが証明する以外にありません。引き続き、ミッションに全力を尽くされることを希望しておりますよ」

リュウの分霊《ダブル》は、本物そっくりの慇懃《いんぎん》無礼な微笑を浮かべ、スイッチを切るような動作をして、唐突に消えてしまった。

私は、しばらくの間、茫然としていた。

まさか、いきなり石打《ラピデート》ちとは……。

たしかに、最も後腐《あとくさ》れがなく、後々のことまで考えるとコストがかからない方法だろう。アマテラスⅣは、星間経済の基準では、ほぼ無価値な植民惑星にすぎない。ここから発生した有害な信仰が銀河全域に悪影響を与える可能性を考えれば、早めに抹殺してしまった方が得策というのも、よくわかる。

しかし、それでもなお、私の胸には割り切れないものが残った。経済原則以外に、我々が準拠しなければならないものは、本当に何もないのだろうか。

今さら、道徳主義者《モラリスト》を気取るつもりはない。私自身、過去に、YHWH《ヤハウエ》の尖兵となって、同様の行為に荷担したこともある。

にもかかわらず、今回に限ってこれほど強い抵抗を感じるのは、アマテラスⅣの住民が、あまりにも哀れに思えたからだろうか。それとも、このひどく貧しくみすぼらしい惑星が、私の遠い父祖の文化を、細々とながら受け継いでいるからなのか。

……とにかく、私の今の使命は、フィールドワークを完遂することだ。

私は、頭を振って、感傷を追い払った。

結果として、アマテラスⅣを救うことができれば、儲けものだろう。無理だったとすれば、それは、最初からどうしようもなかったことなのだ。

調査官であるグエン・ディン・BM・リュウの機嫌を損ねることを想像しただけでさえ、気分が悪くなるほどだった。彼のIDネーム、BMは、負材管理《バッヅ・マネージメント》社という素っ気ない名前の企業を表している。YHWH《ヤハウエ》の子会社としては上位1000社にも入っていなかったが、あらゆる環境下における負材《バッヅ》全般の処理を請け負う超巨大組織であり、ちっぽけな一個人や小さな植民惑星の政庁などから見れば、神にも等しい絶大なる力を有しているのだ。

同社が処理を行う負材《バッヅ》は、正の価値を持つ商品《グッズ》の対極となる概念である。再利用が難しい廃棄物から、ウィルスや有害生物、社会にマイナスの影響を及ぼす人間や、星間企業《インターステラ》を敵視する思想、さらに、ときには、植民惑星丸ごとという場合まであった。

今回のミッションのためにYHWH《ヤハウェ》から支給された備品の中には、昆虫捕獲用のキットも含まれていた。

キットとはいっても、どの惑星上でも活動できるよう半ば機械化された、クモやトンボ、ムシヒキアブなどの詰め合わせである。その中から私は、どんな飛翔昆虫も絶対に逃さないスマートな網を張るという、アカガネグモをチョイスした。アカガネグモ自体は、くすんだ銅色をした見栄えのしないクモにすぎなかったが、その網は、粘菌並みの運動能力と刺激に反応する限定的な智能を持ち、かかった獲物の自由を無数の粘球で奪い、すばやく捕獲する能力がある。

アカガネグモから獲物がかかったという信号を受けたので、巣を見に行った。興奮して、ひどく波打っている生きた巣の中央では、一匹の昆虫——**マガツ蝿**がもがいていた。

人や家畜の血を吸う上に、致死的な伝染病を媒介するため、この惑星では嫌われ者だが、ほとんど羽音を立てないという長所も持っている。とりあえず、こいつを使ってみることにしよう。

マガツ蝿は、ツェツェ蝿のような長い口吻《こうふん》を持った昆虫だったが、透明な羽根を通して、背中に奇妙な線があるのが見えた。歪んではいるが、一応、文字のように読める。

それも、アルファベットらしかった。撮影して、ヴュースクリーン上で映像を引き伸ばしてみると、このような模様だった。

Pestis pestis

蝶《ちょう》の羽根によくあるように、たまたま文字列に見えるだけで意味はないだろうと思ったが、念のため精霊《デーモン》に確認してみると、『pestis pestis』には、古代ラテン語で、黒死病や、破壊、呪いなどの意味があるという。

しかも、人為的に描き加えたものではなく、遺伝情報に基づいて発生した自然な模様だと、精霊《デーモン》は付け加えた。それが文字になっている理由は不明だが、この昆虫からは、特に有害な細菌やウィルスは検出されなかったらしい。

私は当惑したが、ここで考え込んだところで、容易に結論は出そうになかった。予定通り、**マガツ蠅**を生体改造キットに放り込んで、『スパイ』と入力する。

改造に要したのはほんの一、二分だったが、生体改造キットから這《は》い出した**マガツ蠅**は、複眼の間に超小型カメラと、腹部に高性能マイクを備えていた。こちらの命令通りに動き、数十㎞離れた場所からでも鮮明な映像と音声をヴュースクリーン上に転送することができるのだ。

私は、スパイ蠅に命じて村の中を飛び回らせ、情報を収集させることにした。

最初にヴュースクリーンに映し出されたのは、畑の風景だった。一人の農夫が、畝《うね》の間を回り、芽を出し始めた作物に如雨露《じょうろ》で液肥のようなものをかけている。信じられないことに、機械の助けは一切借りておらず、完全な手作業だった。

「ああ、これはこれは、おはようございます。とてもよいお日和で」

無表情に農作業をしていた男が、突然、深々と腰を折ると、生まれてこの方ずっと風雨に晒《さら》し続けたような黒く皺だらけの顔に笑い皺を刻み、愛嬌たっぷりの声を出した。どうやら、別の男が、畑の横を通りかかったようだった。

すでに昼に近く、おはようございますと言うような時刻ではなかった。空には分厚い雲がたちこめており、太陽とスペクトル型が似た恒星であるアマテラスは、どんより陰っていた。よいお日和という感じは、全然しない。

「おはようございます。たいへん、ご精が出ますね」

スパイ蝿を旋回させると、もう一人の男の姿が見えた。面長で、鷲鼻にドングリ眼、どす黒く皺だらけで鞣し革のような皮膚は、まるで双子のようにそっくりだった。

二人の男は、精一杯の笑顔を作ると、交互にコメツキバッタのようにぺこぺこ頭を下げて、互いに敵意がないことを示す以外にはほとんど無意味な会話——いわゆる毛づくろい《グルーミング》会話を続けた。

「いやいや、とんでもありません。このように、みすぼらしくもちっぽけな畑で、細々と蛆虫《うじむし》のように露命を繋《つな》いでおるだけでして」

「ご冗談でしょう。お作りになる野菜は、どれも、たいへんな評判ではありませんか」

「とてもとても。あなたの畑がもたらす素晴らしい収穫に比べれば、私の作るものなどは、飼料にもならない、単なるゴミ以下ですから」

「まさか、そんな。ご謙遜を」

「もう、そんな風におっしゃらないでください。顔から火が出ます」

二人の男は、しばらくの間、そうやって単調な言葉のラリーを続けていたが、そのうち、通りかかった男の方が、「それでは、ご迷惑でしょうから」と言って、立ち去ろうとする。

「何をおっしゃいますやら。お目にかかれて、たいへん幸せでした」

「いや、こちらこそ。ご家族のみなさんに、よろしくお伝えください」

「ありがとうございます。こちらこそ、奥様にも、ぜひぜひ、よしなに」

「はいはい。ありがたいお言葉、愚妻に申し伝えます。お忙しいところ、たいへんお邪魔をいたしました」

「ご冗談がすぎましょう。こうしてお話しさせていただくだけでも、私どもには、身に余る幸せでございますので」

驚いたことに、二人の男は第二ラウンドを始めた。そこからまた、無意味な会話を延々と続け、通りかかった男がようやく立ち去ったときには、さらに五分以上が経過していた。

まほろばでは、礼儀正しさが何より尊ばれるらしいが、それにしても度が過ぎているのではないか。私は首を捻《ひね》った。この農夫を観察していても、これ以上得るものはないだろうと思い、別の場所に移るようスパイ蠅に命じかけたとき、事件が起こった。

それは、黒っぽい一陣の風——のように見えた。実際には何だったのかは、わからない。いずれにしても、その『風』が吹きすぎたとたんに、我が目を疑うような映像が、ヴュースクリーンに現れた。

農夫が丹精していた作物は、すべて、熱風に炙《あぶ》られたかのように萎れてしまった。さらに、畑の畝まで、ぐずぐずに崩れてしまう。さっきまで美しく整然としていた畑は、あっというまに、荒れ地のような姿に変貌してしまったのだ。

農夫の表情は、さっきまでの笑顔とは一変した。とても同一人物とは思えなかったほどである。深甚な怒りと絶望が、暗く醜い影となって眉間から放射状に広がっていく。もともとユニークすぎる顔立ちだけに、こうなると、もはや人間というより悪鬼にしか見えない。

「おのれ、大マガツ！　八十《やそ》マガツ！　この祟り神、悪神が！」

農夫の声は、地獄の底から亡者が吠えているようだった。

「よくもやってくれたな！　呪ってやる。祟ってやる。この恨みは、未来永劫、宇宙の終焉までも続くぞ！」

　農夫は、地面に唾を吐くと、懐から、小さな人形のようなものを取り出した。

「アップにしろ」

　私は、精霊《デーモン》に命じて、スパイ蠅から送られてくる映像を拡大した。ヴュースクリーンは、農夫の手元と人形に、にじり寄るようにズームする。

　神の像のようだ。光沢からすると金属らしい。農夫は、小刀のようなもので神像に何かを刻もうとしているようだった。

　そのとき、農夫の視線が真っ直ぐにこちらを捉えた。私の姿が見られているのではないが、思わず、ぎくりとする。

　マガツ蠅が……。農夫の声は聞こえなかったものの、黒ずんで皹《ひび》割れた唇は、そう言葉を形作ったように見えた。

　次の瞬間だった。スパイ蠅の送ってくる映像が奇妙な具合に歪《ひず》んだのは。あたかも強烈な磁場に囚われたかのように。

　映像は、虹色の干渉模様となり、そして、唐突に消滅してしまう。

「いったい、どうしたんだ？」

　私は、精霊《デーモン》に向かって叫んだ。

「スパイ用に改造した昆虫が、消滅した模様です」

　精霊《デーモン》の感情のこもらない声も、心なしか、困惑しているように聞こえた。

「消滅？　どういうことだ？　何にやられた？」

「わかりません。突然、一切の信号が途絶えました」

「最後の部分を、もう一度見せてくれ」

ヴュースクリーンには、ぐにゃぐにゃに歪む寸前の映像が映し出された。

私は、眉をひそめた。こちらを睨む農夫の目つきは尋常ではなかった。精霊《デーモン》に分析させるまでもなく、明白な害意が感じられる。だが、スパイ蠅との間には距離があったし、何かを投げつけたり、撃ったりするような動作は見られない。

まさか。私は、茫然としていた。そんなことが、ありうるだろうか。この惑星の住人が、禁じられた力である念動力《PK》を持っているなどということが。

もし、そうだとすれば、もはや、**諸悪根源神信仰**どころの話ではない。

このことをYHWH《ヤハウェ》に報告すれば、即座に石打ち《ラピデート》が実行に移されるはずだ。そうなったら、アマテラスⅣ――まほろばという名前の植民惑星があったという事実さえ、永遠に闇の中に葬られるに違いない。


村の長老である正田《まさだ》不死男《ふじお》は、死の床に就いていた。

その隣に正座しているのは、村長を務める息子の正田不可視《ふかし》と、その妻、正田憂子《ゆうこ》だった。まほろば神社の神官である忌部《いんべ》嶽夫《たけお》――忌部老人を始めとする、数名の村の顔役たちも同席している。

「たいへん、ぶしつけなお願いだと思います。しかし、どうか、調査にご協力いただきたいのです」

私は、事実の一部だけを明かして、何とか、彼らを説得しようと努めていた。

「どうも、お話が、よくわからないんですがね」

正田村長が顔を上げながら、猜疑心《さいぎしん》の籠《こ》もった目を私に向けた。水頭症ではないかと思うくらい広い額にかかった髪を、神経質そうに掻《か》き上げる。

「そもそも、私たちに、手も触れないで物体を動かせる力があるというのは、いったい何を根拠におっしゃってるんですか？　もしも、そんなに便利な能力があったら、いつまでも、こんな貧しい暮らしはしとりませんよ。農作業だろうが建設だろうが、何を好きこのんで、こんなに悪戦苦闘しなければならないんですか？」

「……たしかに、そうですね」

その点は認めざるを得なかった。あの農夫にしたところで、本当に念動力《PK》を使えるのなら、作物に液肥を施す作業も、もっとずっと簡単にできたはずだ。

「それに、儂らの信仰について調査が必要というのは、どういうことですかな？」

忌部老人が、気色《けしき》ばむ。

「信仰が、みなさんにとってかけがえのないものであることは、私もよく承知しています。しかし、ＹＨＷＨ《ヤハウエ》には、それが脅威になるという疑いを抱《いだ》いている人たちが存在するのです。今は、その誤解を解くことが何より肝要なのです。まほろばの未来のために
……」

私は慎重に言葉を選んだ。いくらこの惑星を救いたいと願っていても、石打ち《ラピデート》のことまで話すわけにはいかない。

「わかりませんね。まほろばの——こんな辺境の惑星《ほし》でのささやかな宗教活動が、どうして銀河の脅威になるんですか？」

正田村長は、腕組みをした。普通に考えれば、そう思うのが当然だろう。

「その通りだ。あんたは、儂らがいくら訊ねても、まほろばへ来た理由をいっかな明かそうとはせんかったが、ようやく口を開いたかと思ったら、また、とんでもないことを言い出すもんですな」

忌部老人が、苦々しげに吐き捨てた。

「一寸の虫にも五分の魂という喩《たと》えもある。信仰は、儂らの魂そのものです。そこへ土足で踏み込むというのは、いくらYHWH《ヤハウェ》でも、あまりに礼を失してはいませんか？」

「その点は、幾重にもお詫びいたします」

私は、古代日本の習俗にしたがって、深々と頭を下げた。

「とはいえ、YHWH《ヤハウェ》の懸念にも、あながち理由がないわけではないのです。みなさんは、キルケゴールⅢで起きた悲劇については、ご存じでしょうか？」

村人たちは、顔を見合わせた。無理もないだろう。この惑星の住人に超光速通信《EPR》の料金が払えるはずがないし、通常の通信で事件の一報を伝える電波は、宇宙の遥か遠方を旅しており、ここで受信するまで、まだ数年かかる。

「キルケゴールⅢは、ここから20光年ほど隔たった星系にある植民惑星です。最盛期には、十万人の人口を擁し、ウラニウム、タングステン、ロジウム、パラジウムなどの輸出により、植民惑星の評価値で、C7という高い生活水準を実現していました」

一同の顔に、羨望の色が浮かぶ。アマテラスⅣは、同じ規準で測るとE6にすぎないのだから。

「しかし、その後、キルケゴールⅢは死の惑星と化しました。十万人の植民者は全滅して、現在の人口は、天然資源の採掘を継続するために新たに植民した百三十人のみです」

「いったい、何があったんですか？」と正田村長が訊ねる。

「いまだ不明ですが、住民の集団自殺としか考えられません。それも数十のコミュニティで、相次いで起きたようです」

ざわめきが起きた。

「それが、いったい、私たちにどう関わってくるのですか？」と正田村長。

「事件の数年前から、キルケゴールⅢでは、奇怪な信仰が急速に広がりを見せていました。**諸悪根源神**信仰と呼ばれるもの——その一種であったと思われます」

重苦しい沈黙が訪れた。口を開いたのは、やはり、正田村長だった。

「それは、どういった類《たぐい》の信仰ですか？」

「一言では、言い表せません。既成宗教から分かれたいくつかのバリエーションが知られていますが、神を崇めるのではなく、ひたすら呪うという部分だけが共通しています。もはや、宗教というより、反宗教とでも呼んだ方がいいかもしれませんが」

再び、静寂がその場を支配する。

「儂らの信仰も、その部類だと？」

忌部老人が、痰《たん》の絡《から》んだ声で言う。

「そう断定したわけではありませんが」

「星間企業《インターステラ》は、宗教には無関心じゃなかったのかね？　相当数の植民惑星には、悪魔崇拝も広がっとろうが？　なぜ、特定の……その宗教だけを危険視するんだね？」

私は、唇を舐《な》めた。

「**諸悪根源神**信仰に冒された植民惑星では、必ずといっていいくらい、集団的精神錯乱や、大事故などの奇怪な事態が発生しているからですよ。その中でも、キルケゴールⅢで起きた集団自殺については……」

そのとき、床に横たわったまま一言も発しなかった長老、正田不死男が、ようやっと口を開いた。ひゅうひゅうという喘鳴《ぜんめい》が混じった震え声でつぶやく。

「それは、自殺などではない。**マガツ神**めの……祟りだ！」

3

私の申し出に対する対応を決めるために、村の大人《おとな》――有力者たちの会議が続いており、私は、いったん退出していた。

新しい虫《バグ》を使って会議の模様を盗聴しようかとも考えたのだが、私の頭の中には、ずっとスパイ蠅が消滅したことが引っかかっていた。今も、あの農夫がやったという疑いを捨てきれないでいるのだ。この惑星《ほし》、まほろばの住人には、どこか得体の知れないところがある。万一バレた場合に信頼を失うような行為は、控えた方が得策だろう。

それに、彼らの退屈な話し合いに耳を澄ませているよりも、うるさい監視がいない今こそ絶好の機会だと考えたので、村の中を見て回ることにした。

一見、のどかな農村風景だった。古代の地球――日本にも、おそらく、これに似た景色が広がっていたのではないかと思わせる。

だが、ほんの薄皮一枚剝《は》いだ裏側には、集団的な妄想、ないしは精神疾患の兆候が色濃く現れていた。

村の奥へと歩を進める。それまではチャンスがなく、足を踏み入れることができなかったのだ。どこからか、こちらを窺《うかが》っている人々の気配を感じる。とはいえ、私を咎《とが》め立てするのには、二の足を踏んでいるらしい。

村のほぼ中心にある三叉路《さんさろ》の脇には、注連縄《しめなわ》が巻かれた大きな自然石の碑が立っていた。古代日本の信仰であれば、『道祖神』などの文字が彫られ、村の守り神として手厚く祀られているはずだが、神社のときと同じように、文字を読み取るのは不可能だった。

しかし、こちらは、自然に風化したのではないことが一目瞭然である。

周囲には数多くの石の欠片《かけら》が散乱しており、石碑の表面も、射撃の的のようにぼこぼこになっていた。多数の人間が長期にわたって、石礫《いしつぶて》をぶつけてきたとしか思えない。

石碑は、花崗岩《かこうがん》のような固い岩で作られていたが、表面を打ち欠くくらいの力の入れ様からすると、きわめて強い怒りか憎悪が込められていたようだ。

さらに、村の奥へと進むと、今度は、六体の石像が並んでいるのに出くわした。

六地蔵だ。私には、すぐにぴんと来る。古代日本の宗教的儀礼であり、仏教の神の一つである地蔵菩薩《クシティ・ガルバ》を六体並べ、六道輪廻《りくどうりんね》を示したものだろう。

しかし、ここで地蔵菩薩が受けている仕打ちは、古代日本では考えられないものだった。

私は、精霊《デーモン》を呼び出して、考古学的な知識について確認する。

「石の地蔵には、病苦の身代わりになるものという意味合いがあったな？　これらの石像も、そのバリエーションということはありえないか？」

精霊《デーモン》は、即答する。

「たしかに、首なし地蔵や、あごなし地蔵、足切り地蔵などの例はありますが、一部が欠損した地蔵の場合でも、帽子やよだれかけを付けるなどして、大切に祀るのが通例です。古代日本の信仰や習俗では、ここにある石像のような扱いはまず考えられません」

六体の石像——地蔵？——への攻撃は、石碑に対するより陰湿だった。表面が、完膚無きまでに傷つけられているのだ。無数の傷や穴は鑿《のみ》や錐《きり》のような鋭い物体で引っ掻いたり突き刺したりした痕らしい。

中でも見るに堪《た》えないのは、脳天や眼球に打ち込まれた太い釘や、首や胴体の上に幾重にも巻き付けられ、罅《ひび》が入るくらい強く締め上げられている有刺鉄線だった。

これは、まちがいなく、**諸悪根源神**信仰によるものだろう。それも、人目に付く場所に、こういう物が晒されているということは、相当重度まで進んでいるに違いない。

「これら六体の石像は、全体の形状から判断して、地蔵菩薩だと考えるのが妥当でしょう。ただし、元々は無表情かアルカイック・スマイルを浮かべているはずの表情は、かなり醜くデフォルメされています」

精霊《デーモン》の言葉に、私は、六地蔵（？）の顔を見やった。妙にリアルな彫りが施されており、揃いも揃って、不気味な顔つきをしている。

洋梨のように下膨れした顔。豚そっくりの細く陰険な目。正面から鼻の穴が見える大きな獅子っ鼻。対照的に小さくて貧弱な耳。締まりなく垂れ下がった唇には、見るからに悪意に満ちた、淫蕩《いんとう》とも思える笑みを浮かべていた。

私は、首を捻った。まほろばの住人の中には、こういう容貌を持った人間は皆無である。この面妖なイメージは、いったい、どこから来たのだろうか。

「精霊《デーモン》。この顔から何が読み取れる？」

「あきらかなのは、何者か――これらの石像が象徴している存在に対する強烈な敵意です。また、顔の造作や表情には、古代の家畜である豚を模した特徴が見られるようです。豚は、しばしば、ある種の精神的腐敗のシンボルとなります。キリスト教であれば、七つの大罪における貪欲ないし貪食、仏教においては、三毒の一つである貪《とん》がこれに相当します」

まほろばには、豚という家畜は移入されていないはずだった。もし、まほろばの住民が、貪欲さというものに対する強い怒りを感じているとすれば、その相手は何だろう。営々と働く民衆から封建領主のように収奪する存在とは……。私は、ひやりとするものを感じていた。まさか、これらはすべて、星間企業《インターステラ》に対する反感の表れなのか。

「もともと、こういう顔つきの神だったということはないのか？」

「この石像に類似した風貌を持った神像は、人類の歴史上、いくつか存在します。精霊《デーモン》が例に挙げたのは、二十世紀に女性彫刻家が造り出したビリケンという奇妙な神や、西遊記に登場する猪八戒《ちょはっかい》という豚の化け物などだった。

だが、ヴュースクリーンに呼び出された画像を見ても、どれも今ひとつぴんと来ない。考え込んでいると、少し離れた場所に佇《たたず》んでいる少女の姿に気がついた。

タミだった。老婆のような顔の中で、そこだけ不釣り合いにきらきらと光る瞳には、困惑したような色が浮かんでいる。

「タミちゃん。どうしたの？」

「黎明さんこそ。……こんなところで、何をしてるの？」

「少し、村の中を見せてもらおうと思ってね」

「でも、ここは、お客さんが入って来ちゃいけないんだよ」

「どうして？　何か、外部の人間に見られては、まずいものでもあるのかな？　たとえば、この石像とか……」

意地の悪い訊《き》き方をするつもりはなかったが、タミは、顔を伏せた。

「これは、**マガツ神**の像なんだね？」

重ねて訊ねると、タミは、うなずいた。

「一つ、教えてくれるかな。この像は、どうして、こんなに痛めつけられてるの？」

「それは、だって……**マガツ神**だから。あたりまえでしょう？」

タミは、質問の意味がわからないという顔になった。

「うーん。**マガツ神**――悪い神様だから、復讐するのも当然ということ？」

「復讐っていうか、もうこれ以上、わたしたちに悪い呪いをかけたりしないように、警告をしてるの」

タミは、着物の襟口に手を入れると、首からかけた小さなお守りのようなものを引っ張り出した。

「これだって、そうなんだよ」

タミは、固く握った指をそっと開いた。掌の上に載っていたのは、小さな金色の像だった。私は、瞬時に、それが六体の地蔵菩薩とそっくりであることを見て取っていた。下膨れの顔。豚のような目。獅子っ鼻と貧弱な耳。歪んで垂れ下がった唇……。

似ているのは、それだけではなかった。金色の像は、傷だらけだったのである。それも、偶然に付いた傷とは考えられなかった。金メッキの上から鋭い刃物で執拗に切り刻んだ痕は、無数の銀色の筋になって光っていた。

「これ、タミちゃんがやったの？」

「うん。だって何かちょっとでも悪いことがあったら、こうやって、**マガツ神**に罰を与えなきゃいけないから」

金色の像を首にかけている紐には、ミニサイズの折りたたみナイフがぶら下がっていた。古代日本で肥後守《ひごのかみ》と呼ばれていた小刀に似ている。タミは刃を引き出すと、**マガツ神**の像に線条を刻む真似をした。

「こうやって、歌いながらお仕置きするの。**マガツ神**。**マガツ神**。とっくに祟りを止めなけりゃ、おまえの頭をちょん切るぞ」

いとけない声の素朴な節回しで、神への呪詛を吐く。

「わかった。もういいよ」

私は、タミを制止した。異常な行為を異常と認識できていないところが、痛々しかった。子供の場合は、大人から教えられたとおりに行動するのが当然かもしれないが。

「……黎明さん。わたしたちのやってることって、おかしいの？」

タミは、敏感に、私の表情を読み取ったらしい。心配そうな顔で質問する。

私は、答えに窮した。通常は、現地の人間に対して信仰を否定するようなことを言うのは、タブーである。しかし、彼女の真剣な顔つきを見ていると、なぜか、嘘をつくべきではないという気がした。

「ふつうはね、神様は、信心して厚くお祀りするものなんだ。神様を信じないのであれば、それはそれでもいい。でも、信じて帰依《きえ》するのなら、どんなときも、神様を尊敬すべきだ。気にくわないことがあるからって、運命を呪い、神様を呪って、そんなふうに神像を傷つけたり冒瀆《ぼうとく》したりすべきじゃない」

タミは、首を振った。

「でも、それは、その神様が人間を慈しんでくれるときでしょう？」

「神は、いつでも、人間を慈しんでいるよ。ただ、人生には、いいときも悪いときもある。悪いことを全部神様のせいにするのは……」

「だって、いいときなんて、なかったんだよ」

タミの声には、子供らしからぬ、深い諦念のようなものが滲《にじ》んでいた。

「わたしたちの曾《ひい》々おじいさんたちが、まほろばにやって来てから、いいことなんてただの一度もなかったって。ずっとずっと**マガツ神**に苦しめられてきたんだよ！　家畜が死んだり、作物が枯れたり、みんなが病気になったり……神様って、本当に、ひどいやつなんだから！」

「しかし……」

「嘘じゃないよ。最初の頃は、みんな、神様にお供えをして、お祀りしてたって言ってた。だけど、この惑星《ほし》にいたのは、**マガツ神**だったんだ。心根がねじ曲がってて、わたしたちを苦しめては喜んでるんだよ。だから、わたしたちも、こうやって**マガツ神**に警告することにしたの」

「しかし、そんなことをしたら、ますます神の怒りを買うだけだろう？」

「ううん。そんなことないんだよ。ちゃんと、効いたんだよ！」

「どういうこと？」

「みんながこうやって**マガツ神**に警告して、ひどいこと、恐ろしいことが起こったときは、必ず、仕返しをするようにしたんだ。そうしたら、**マガツ神**の悪さは減ったんだよ」

私は、ただ沈黙するしかなかった。植民惑星全体が、一つの妄想に支配されるという例は、過去にもあった。過酷な労働と希望のない未来は、しばしば人々を現実逃避へと走らせる。現実が対処のしようもないほど絶望的な場合は、誰だって、妄想の世界に逃げ込んで自我を守るしかないだろう。

あるとき、まほろばの人々が、妄想に突き動かされて神への抗議か呪詛を行ったところ、偶然の悪戯《いたずら》により、不幸が終息したのだろう。地震や嵐のような天変地異が終わりを告げたのか、人畜の伝染病が収まったのか、たぶん、そういったことに違いない。

無力感に苛《さいな》まれていただけに、まほろばの人々は、妄想上の成功体験にすがってしまった。神への反撃や脅しで、ひょっとしたら事態は改善するかもしれない。そういう思い込みが、絶望的な現実に向き合う際の、彼らの唯一のよすがとなってしまったのだ。

しかし、**諸悪根源神**信仰は、最終的には必ず、人々を破滅させる。神を呪うということは、文字通り天に唾する行為なのだ。神は、人の精神の中でも最も崇高な部分の象徴であり、それを攻撃するのは、自分が座っている木の枝を切り落とすにも等しい愚行である。現に、**諸悪根源神**信仰に冒された植民惑星は、次々に、破滅に見舞われているではないか。

「……やっぱり、黎明さんにはわからないんだよ」

タミが、こまっしゃくれた口調で言った。

「どうして？」

私は、優しく問い返す。

「だって、黎明さんたちは、しっかり別の神様に守られてるもの」

「神様？　私たちは、別に……」

「黎明さんが、言ってたんだよ。星間企業《インターステラ》は、銀河全域、どこへ行っても個人を保護できるんだって。それって、神様みたいなものでしょう？」

またしても私は絶句した。辺境の惑星で生まれ、ろくな教育も受けていないというのに、この子の理解力には畏《おそ》れを感じるほどだった。

「そうだな……。たしかに、星間企業《インターステラ》は、現代の神と言えるかもしれない」

わずか百二十あまりの巨大星間企業《インターステラ》が、経済力（および、それによって購《あがな》われる軍事力、政治力）によって銀河を支配し、人類の富の98％を独占しているのは、明白な事実だった。その中でも圧倒的な力を持っている上位七社は、七頭のドラゴンと呼ばれ、これらだけで、同じく72％の富を所有しているという推計もある。

過去に一度も七頭のドラゴンの首位を譲ったことがないのが、統合されたユダヤ系資本が起源であるYHWH《ヤハウエ》だった。しかし、大YHWH《ヤハウエ》とてけっして安閑としてはいられないのが現状である。背後からは、シヴァ（インド系）、青龙《チンロン》（中国系）、ヴォルテクス（米国のIT産業系）、ペルセウス・ゲゼルシャフト（ドイツ系）、アスラ（ペルシャ系）、ヴェオリア（フランス系）などの超巨大星間企業《インターステラ》がひたひたと迫ってきているだけでなく、八位以降にも、Nintendo（日系）、エストレラス（ブラジル系）、ハニル（韓国系）、ペルガモン（トルコ系）などが犇めき合って、虎視《こし》眈々《たんたん》と一部リーグ入りを狙っているのだから。

「星間企業《インターステラ》は、きっと、こんなにちっぽけな植民惑星に住んでるわたしたちのことなんか、どうでもいいって思ってるんでしょう？」

「いや、そういうわけじゃないけど……」

この子には、口先だけのごまかしは通用しない。だからといって、おいそれと真実を話すわけにもいかなかったが。

忌部老人は、植民者は棄民だと言ったが、それは正確な表現ではない。銀河を支配する星間企業《インターステラ》にとって、植民制度は経済の拡大には不可欠なシステムなのである。

人間は、自ら労働し、繁殖する経済発展装置としては、どんな自動機械《オートマトン》より優れている。新しい惑星が居住可能になるようテラフォーミングを行い、植民者の遺伝子操作と輸送費、植民キットなど、必要最小限の投資で人間を送り込めば、かなり高い確率——歩留まりで、新しい植民惑星が誕生するのだ。大成功を収めた場合には、購買力を持った新しい消費地が生まれることになるし、そうでなくても、農産物や鉱産物を産み出すことはできる。

それは、植物が種子を飛ばすのに似ていた。多くは死んで土に帰っても、わずかなものが生き残ればいい。実際、半数近い植民地は、結果的には捨て石にすぎず、住民が死に絶えた後は廃墟と化していた。その場合でも、開発者である星間企業《インターステラ》の丸損とはならない。損金によって節税できるし（神のごとき星間企業《インターステラ》はきちんと納税している）、テラフォーミングの効果で、地球から持ち込んだ植物が繁茂して新しい生態系を作れば、将来的には再び植民を試みることも可能で、何らかの利益をもたらす可能性は残っているのだから。

「でも、どうして？　どうして、ただの会社なんかが、神様になっちゃったの？」

私は、タミのシンプルな質問に胸を衝かれた。多くの心ある人間が、同じ疑問を抱いて、どうすれば現状を変えられるだろうかと考え続けている。しかし、こうなってしまっては、もはやどうしようもないのだ。

「どうしてだろうね……」

私は、深い溜め息をついた。ふだんなら、けっして口にすることは許されない話題である。でも、この辺境の惑星でなら、YHWH《ヤハウェ》に知られることはないだろう。私は、目の前にいる少女というより、自分自身に向かって言葉を吐き出していた。

「昔から、こうなることは、うすうすわかっていたと思う。企業が果てしなく膨張していき、経済や政治を支配し始めた頃にはね。企業には倫理も憐れみの心もなく、必要によっては、平気で人間を使い捨てにすることも。しかし、誰にも止めることはできなかった」

「じゃあ、やっぱり、星間企業《インターステラ》も、**マガツ神**みたいなものだったんだ……」

タミは、眉間にしわを寄せてつぶやく。

「いや、そうじゃない。星間企業《インターステラ》には、悪意というものはないんだよ」

「そうなの？」

「星間企業《インターステラ》は、ひたすら利潤を極大化し、膨張することしか考えていない。そういう点では、宇宙規模のアメーバみたいなもんだな。……しかし、そういう星間企業《インターステラ》の欲望と、人類の利益は、合致するとは限らない。そうなっても、やつらを管理する側——人間の力が上回ってさえいれば、何の問題もなかったんだ。しかし、星間企業《インターステラ》は、あまりにも巨大になりすぎた。もはや一つの惑星や星系の法で縛ることは困難だし、銀河を席巻《せっけん》するほどになると、誰にもどうすることもできない」

「そんな。だって、ただの会社なのに」

「家にいるペットを考えてごらん。犬とか、猫や、ニワトリなんかを。今のサイズだから、飼い主の言うことを聞かせられるけど、そいつらが、突然千倍の大きさになったとしたら、管理するどころか、こっちが喰われないよう逃げ回らなきゃならないだろう？　それでも、別に、やつらに悪意があるというわけじゃない」

タミは、じっと考え込み、今得たばかりの知識を懸命に咀嚼《そしゃく》しようとしていた。

「……だけど、星間企業《インターステラ》だって、やっぱり人間が動かしてるんでしょう？　だったら」

私は、首を振った。

「そこがもう、違うんだよ。星間企業《インターステラ》を支配している人間はいない。ＣＥＯとか社長などと呼ばれている首脳だって、いつでも交換ができる脳細胞の一つにすぎないんだ。……彼らは、古代の絶対君主を遥かに上回る富と権力を手中にしているけどね」

「人間じゃなかったら、いったい誰が動かしてるの？」

タミは、理解できないという顔になった。

「星間企業《インターステラ》の意思決定を担っているのは、何兆という電子頭脳のネットワークなんだ」

「機械が、人間を支配してるってこと？」

「厳密には、ネットワークに遍在する人工意識《AC》だけどね」

私は、話しながら、つい相手が幼い少女であることを忘れかけていた。

「電子頭脳やロボットがめざましい発展を遂げたとき、人間が征服されてしまうんじゃないかっていう恐怖から、機械の排斥運動が起こったことがある。しかし、彼らは間違っていた。機械には、奴隷状態を憤る心も、人間に取って代わろうという野心もない。問題は、機械が『殻』を得たときに初めて発生したんだ。生物の歴史で、剝《む》き出しだったDNAが殻を手に入れることで、一気に進化の階梯《かいてい》を駆け上がったように」

「殻って何？」

「企業には、法人格という『殻』があった。つまり、商行為を行い、ヴァーチャルな人間として振る舞うことができる身分だ。それを利用して、機械の意思が人間の社会を自由に泳ぎ回ることができるようになったんだ。企業とは経済的な利益を蓄積して成長する存在だが、そこに人工意識《AC》が融合したことで、永遠に生き続け、成長し続ける怪物が生まれてしまったんだよ」

人工意識《AC》は、常に企業間の競争を勝ち抜くための最適解を提供した。どんなに頭脳明晰、冷酷非情な人間でも、機械にはかなわない。その結果、星間《インターステラ》企業同士の競争においては、人工意識《AC》に完全に意思決定を委《ゆだ》ねた側が、最終的な勝利者となったのである。

「よくわからないけど……」

話が難しすぎたらしく、タミは当惑していた。

「やっぱり、機械が命令を下してるの？　たとえば、黎明さんがここに来たことだって」

「ああ。YHWH《ヤハウェ》の前身はアメリカのユダヤ系資本だったけど、現在もユダヤ人が支配しているというわけじゃなく、取締役会は、機械の決定を追認するお飾りとして存在している。二位のシヴァは、最も謎に包まれている星間企業《インターステラ》で、一応はインド系とされてはいるけど、奥の院である本社機構には、すでにインド人はおろか、人間は一人もいないとまで言われている。どの星間企業《インターステラ》も、MBOにより株主を排除し、最高意思決定機関である持ち株会社は、二社ないし三社で株を持ち合っている。……繰り返すが、機械には自分が覇権《ヘゲモニー》を握りたいなどという意思はない。しかし、星間企業《インターステラ》の利益を極大化することしか考えていないから、人間の取締役が不必要と判断すれば、容赦なく切り捨てる。今では、機械の決定に異を唱えられる人間は、誰一人存在しないんだよ」

「そんなことって」

タミは、唖然《あぜん》としていた。外の世界がそんな状況になっているとは、思ってもみなかったのだろう。

「じゃあ、星間企業《インターステラ》を動かしてる機械が、何もかも操ってたってことなの？　わたしたちの曾々おじいさんたちが、まほろばにやって来たことも、そう？」

「ああ」

「わたしたちが、こんな……顔にさせられたことも？」

タミは、悲しげに目を伏せた。彼女が、自分の特異な容貌のことをそんなに気にしているとは思っていなかったので、私は、はっとした。

「どこの植民惑星でも、風土に適応するためには遺伝子操作が必要だったんだ。まほろばの人たちの顔は、けっして醜いんじゃない。ただ、この惑星に一番フィットした形状になっているだけだよ」

「そんなことないわ」

タミは、力なく言う。

「タミ。君がもし、将来、他の惑星に行くとしたら、いくらでも顔を変えることができるんだよ」

もちろん、その費用を支払うことができればの話だが。

「そりゃあ、今は、どんなふうにでも顔の形を変えることができるんでしょうね。だけど、それは、わたしの顔じゃないもの」

「そうじゃない。遺伝子操作の影響をすっかり取り除いた、君の本来の顔に戻すことができるんだ」

「本当?」

タミが、ようやく視線を上げた。

「もちろん。……そうだ。それがどんな顔になるのか、見せてあげるよ」

私は、精霊《デーモン》に命じて、ヴュースクリーンを広げさせた。タミの方からは何も見えないので、私がただ、空中で手を踊らせているようにしか見えないだろう。

現地の一少女のために、なぜ、ここまでしているのかは、自分でもよくわからなかった。だが、どうしても、そうせずにはいられなかったのだ。

「精霊《デーモン》。タミの顔から遺伝子操作の影響を取り除いた画像を見せてくれ」

「わかりました」

ヴュースクリーンには、現在のタミの顔が映し出される。そこに十数本の矢印や説明文が付け足された。

「アマテラスⅣの気候風土に適応するための遺伝子の改変は、主に呼吸器系と皮膚に関するものです。したがって、外見上影響を与える部分を消去し、顔の骨格、筋肉の上に標準的な厚みの皮膚と皮下組織を被せた場合、このような容貌になると思われます」

ヴュースクリーンに現れた顔を見て、私は、ぽかんと口を開けた。

「黎明さん？」

タミが、気を揉《も》んだように訊ねる。

「ああ……見てごらん。これが、君の本来の顔だ」

私は、ヴュースクリーンをタミの方へ向けた。タミが、はっと息を呑むのが聞こえた。

「これが……わたし？　本当なの？　信じられない」

そこに映し出されていた顔は、一瞬で、私の心に焼き付けられていた。

利発そうに輝く大きな目。形のいい小さな鼻。薔薇色の頬。うっすらと笑みを湛《たた》えている薄い唇。

それは、誰もが魅了されるような、愛らしい顔の少女だったのだ。

4

正田村長の家に戻ったときには、すでに、私が村の中を覗いて回っていたことについて、村人からのご注進があったらしく、私を出迎えたのは、全員のしかめっ面だった。

しかし、村の大人たちの会議の結論は、当然のことながら、ＹＨＷＨ《ヤハウエ》の意向に沿うものだった。

「金城さんのお申し出については検討いたしましたが、私たちの信仰についての調査には、基本的に協力したいという結論になりました。……もっとも、すでに、いろいろと調べられているようですが」

正田村長は、語尾に皮肉を滲ませた。

「申し訳ありません。時間を無駄にしたくなかったもので、少し、村の中を見せていただきました」

「いまさら、あんたに礼儀について説いても、無駄なようだな」

忌部老人は、苦々しげに吐き捨てる。

「しかし、見てしまったものは、今さら、しかたがない。たしかに、儂らの信仰は、ふつうとは違っているかもしれん。それは、たしかに、あんたが言う**諸悪根源神**信仰というものに似ているんでしょう。……だが、それが、他の植民惑星に悪影響を与えるなどということは考えられん。そのことだけは、何としても誤解を解いておきたいんです」

「言うまでもありませんが、私たちは、何一つ隠し立てするつもりはありません。私たちが行っている祭祀や宗教行事は、多分に**マガツ神**への抗議行動を含んでいます。……すでに、タミからお聞きになっているかと思いますが」

正田村長が、付け加えた。

「ええ、聞かせていただきました。ですが、どうか、このことについてタミちゃんを責めないでください」

私は、気がかりだったことを口にした。いつのまにか、この植民惑星全体の運命よりも、タミのことを心配している自分に気づく。

「ご心配なく」

正田村長は、言葉少なに答えた。

「実は、金城さんには、ここで、**マガツ神**について詳しい説明をさせていただこうと思っていました。ですが、つい今し方、**マガツ神**の新たな祟りがあったという報《しら》せを受けたばかりなんです。百聞は一見にしかずと申します。一緒にいらっしゃって、実情を見ていただけませんか?」

「わかりました。ぜひ、拝見させてください」

私は、彼らの案内で玉蜀黍《トウモロコシ》畑に出かけた。なだらかな丘の間にある平地が、見渡す限り、背の高い作物で埋まっていた。数ヘクタールの規模はあるだろう。

「これは、私たちの主食です。他の惑星では、家畜の餌にしかならない代物ですが」

正田村長が、説明する。イエローデントという品種で、お世辞にも美味とは言えないが、瘦《や》せた土地でも生育し、収量が多く病害虫にも強いという特長があるらしい。

「……ですが、今年の収穫は、もはや絶望でしょう。ここ数年、私たちの畑からの収穫は、消費量を下回ってきました。それまでの備蓄を取り崩し、何とか食いつないできたのです。しかし、とうとう、それも限界に来たようです」

「ちょっと待ってください。どうして、収穫が絶望なんですか？　こんなによく実っているのに」

私は、玉蜀黍畑を凝視した。正田村長の答えを聞く前に、異状を発見する。

「何ですか、これは？」

それは、ぞっとするような眺めだった。玉蜀黍の房の中で、何かが蠢《うごめ》いている。

「**マガツ虫**ですよ。最初の一匹が見つかったときには、もう畑全体に広がっているんです。こいつが発生してしまうと、どんな薬も効きません。しかも、年々たちが悪くなってくる。この畑は、もう、焼き払うしかないかもしれません」

私は、精霊《デーモン》の見えない手と探査針《プローブ》を使って玉蜀黍の房を一つ切り取り、包葉を剝いてみた。

正田村長たちの目には、念動力《PK》か、透明人間の仕業のように見えたことだろう。ぎょっとした表情で、私の作業を見守っていた。

　中で這い回っていたのは、これまでに見たこともない奇妙な虫だった。まるで、玉蜀黍の粒に六本の脚が生えたような形をしている。よく見ると、本物の玉蜀黍は軸だけしか残っておらず、黄色く見えるのはすべて、**マガツ虫**という害虫だった。

「生物農薬は、試してみましたか？」

　私は、肌に粟が生じるのを感じながら、聞かずもがなの質問をした。

「農業用キットには、数十種類の捕食性ないし寄生性の昆虫の凍結卵が入っていたはずです。食性も自由にコントロールできますから、おそらくは、この……**マガツ虫**にも対応できたと思うんですが」

「私たちが、それを試さなかったと思うんですか？　もちろん、真っ先にやってみました。しかし、うまくいったのは最初の年だけでした。翌年から、こいつは変異したんです」

　正田村長は、足下に落ちていた枯れ枝を拾って、宙に浮いている玉蜀黍——というより、**マガツ虫**の塊を突っついた。

　マガツ虫は、瞬時に驚くべき反応を示した。数十体の個体が磁石で引き寄せられたように寄り集まって、一直線に連なったのである。出来上がったのは、一匹の黄色い百足《むかで》だった。体節ごとに六本ある脚を波打つように動かしながら、玉蜀黍の軸に巻き付くと、身体の前部三分の一を持ち上げて威嚇《いかく》する。頭の役割をする個体からは肢《あし》がなくなっており、代わりに三対の鋭い牙《きば》が突き出ていた。

「こいつらは、どんな天敵に対しても、こういう形になって、逆に喰っちまうんです」

そんな馬鹿な。私は、仰天していた。こんな昆虫は、少なくとも地球由来ではありえない。しかし、他の惑星で発見された生物の中にも、同じような習性を持つものはいないはずだ。念のために精霊《デーモン》に確認したが、やはり何の情報もないという。

玉蜀黍畑を調べていた十数人の村人のうち一人が、駆け戻ってきた。息を切らしながら、正田村長に報告する。

「だめでした。玉蜀黍は全滅です。**マガツ虫**の食害を受けていない実は、一個も見つかりません」

「そうか。わかった」

正田村長は、沈痛な表情でうなずいた。

「ほんの少しでも、収穫できればと思ったが……。残念だが、この畑は焼却するしかない。村へ行って、手分けして燃料油を運んできてくれ」

「わかりました」

村人――まだ十代とおぼしき若者は、泣きそうな顔で頭を下げると、走って行った。

「おわかりになりましたか」

正田村長は、私の方に向き直って言った。

「これは、**マガツ神**の仕業です。私たちは、この執拗な祟りによって、常に存亡の淵《ふち》に立たされているのです」

「いや、しかし、これをただちに神……何らかの超自然の悪意に結びつけるのは、どうなんでしょうか？」

「では、これは、いったい何ですか？　こんな生き物が、どこかよその惑星にいますか？　まほろばは、いったん完全に消毒した後、慎重に吟味した地球由来の生物しか持ち込んでいません。**マガツ神**の仕業でなければ、いったい、どこから、どうやって、こんな害虫が湧いてくるんですか？」

私は、沈黙した。精霊《デーモン》の助けを借りても、もっともらしい仮説は何一つ提示できなかった。とりあえず、百足状になった**マガツ虫**の一匹を無理やり引きちぎって（すでに一匹の生物のように癒着しており、どろりとした緑色の体液が噴き出した）、表皮をヴュースクリーンで拡大した。

黄色い外骨格の上には、うっすらと網目状の模様があった。線の一本一本をよく見ると、ドットの集まりのようだったが、さらに倍率を上げてみると、ドットと思われたのは、このような文字列だったことが判明した。

pestis pestis pestis pestis pestis pestis pestis pestis pestis……

「マガツ神の不吉な影は、植民が始まった当初から、この惑星の上を覆っていたようです」

村に戻ると、正田村長は、ぽつぽつと語り出した。

「とにかく、何をやっても、普通では考えられないような不運に見舞われたんです。旱《ひでり》に大嵐、地震。苦労の果てに開墾した耕地は一夜にして砂漠化し、作物は有毒化する。家畜が原因不明の疫病で死に絶えると、村人の間にも、抗生物質も効かなければ病原体も特定できない奇病が蔓延しました」

車座になっている村の大人全員が、暗い顔になり、うつむいた。

「……やがて、一人一人が祟り神の像を作って耕作の合間などに懲らしめるという習慣が、村全体で行う儀式へと発展していきました」

「ちょっと待ってください」

私は、眉をひそめて遮った。

「そもそも、神を呪う習慣が最初に生まれたのは、どういうきっかけだったんですか？」

「どういうきっかけもない。自然発生的というか、最初からあったんだ」

忌部老人が、神官とは思えない態度で答える。

「どういうことですか？」

「あんたには、植民惑星で生活するということが、どんなことかわかりますか？　身も心も磨《す》り減らすような厳しい労働の毎日だが、将来に対しての何の展望ももたらしてくれない。植民地がものになったとしても、その景色が見られるのは、早くて三世代、四世代後の話だ。自分は、地球を遠く離れた殺風景な惑星の上で、ただ朽ち果てていくだけ。……すべてが比較的うまくいっているときでさえそうなんです。それが、度重なる不運——いや、どう考えても、何者かの悪意としか思えない災害にばかり見舞われれば、いったいどんな気持ちになると思いますか？」

忌部老人の声は、陰々滅々と響いた。それは、広間に集った村人全員の気持ちを代弁しているかのようだった。

「誰もが怒りと絶望で押し潰されそうになっているとき、どこに捌《は》け口を見つければいいのかという話ですよ。たとえ死んでも、お互いへの思いやりだけは、持ち続けなくてはならん。村の人間同士でいがみ合うようになったら、それこそ、もうお終いですからな」

何人かが、深くうなずく。

「……しかし、辛いときこそ、神にすがろうとは思わなかったんですか？」

「その神がまともな神であったなら、もちろん、そうしたでしょう。私の祖父は神官として、信心により村をまとめようと腐心しておりました。古い祭りを復活させ、神を手厚く祀り、何とか皆の気持ちを明るくできないかと。しかし、すべては無駄でした。無理をして立派な神社を建立し供え物をしても、神は応えてくれなかった。それが、**マガ**

ツ神だったからです。マガツ神は、悪意にしか反応しないのです。それがわかったので、祖父は祝詞《のりと》を上げるのをやめ、呪詞《じゅし》を唱えるようになりました。その結果、ほんの一時的にせよ、マガツ神の呪いは止んだのです。今もまた、マガツ神がこれ以上付け上がるのを防ぐため、同じことをせねばなりません」

忌部老人は、ゆっくりと立ち上がった。正田村長らも、それに続く。

「どうするんですか？」

私も、立ち上がりながら訊ねた。

「これより、まほろば神社にて、呪詞を奉じます」

忌部老人は、決然と言った。

「呪詞にも、様々な種類と段階があります。抗議の呪詞。警告の呪詞。そして、報復の呪詞。これから奉ずるのは、報復の呪詞です。マガツ神に対し、儂らは、断固たる報復を行います。もはや退路はない。断じて行えば鬼神もこれを避くという言葉もある。儂らが生き残るためには、死に物狂いの気迫によって、マガツ神を退かせるよりないのです！」

その場にいた十数人が、いっせいに鬨《とき》の声を上げた。障子がびりびりと震え、掛け軸が、風に煽《あお》られたように大きく揺れた。村長の屋敷には、風が吹き込んでくる隙間《すきま》は、どこにもなかったのだが……。

まほろば神社の境内で行われた、『報復の呪詞』は、延々六時間は続いた。

おそらくは、身体の許す限り全部の村人が集まってきたのだろう。二百人を超える人々が、続々と**逆さ鳥居**を踏み越えて入ってきては、忌部老人が奉じる罰当たりな呪詞に唱和する。ようやくそれが終わったかと思ったら、今度は、神社の奥からご神体を引きずり出してきて、石礫を投げ、棒や鞭で打ちのめし、挙げ句の果てには、唾を吐きかけ、放尿し、糞を塗りたくるなど、沙汰の限りを尽くして辱めた。

本来神聖な場所であるはずの神社の境内は、たちまち喧噪と悪臭に包まれ、憎悪と狂気の坩堝《るつぼ》と化していた。

これは、いったい何だ。私は、ただただ茫然として、その様子を見守っていた。

アマテラスⅣ——まほろばにおける集団的狂気は、あまりにも滑稽かつ醜悪きわまりない姿をさらしていた。

希望を奪われた人々の憤怒《ルサンチマン》は、行き場を失って（それが全知全能の星間企業《インターステラ》に向かえば、たちまち消滅させられるのがわかっているため）、煮えたぎる憎悪をぶつけるために生み出した**マガツ神**という架空の存在に向かって噴出していた。それは、限界を超えるストレスに晒された猿が自らの毛を毟《むし》るのと同じ、集団的な自壊作用であり、あたかも自らの腹を断ち割り血みどろの臓物を掲げて祝っているような、痛ましい祭り《フェスタ》だった。

私は、ふいに、強い吐き気を感じた。がんがん耳鳴りがする。平衡感覚がおかしくなったように、足下がふらついた。

「精霊《デーモン》。ひどく気分が悪い……いったい、何が起きてるんだ？」

私の質問に、いつもなら即答する精霊《デーモン》が、しばらく時間をおいた。

「不明です。健康に有害な電磁波、放射線、化学物質、病原体等は、いっさい検出されていません。悪臭と騒音による、心理的な作用ではないでしょうか」

そんなはずはない。私は頭を振った。自分自身の精神的、肉体的な反応については、知悉《ちしつ》している。それくらいのことで、こんな症状が起きるはずがない。

それでは、現在、私の身にふりかかっているのは、いったい何だろう。

私は、人々の狂態に目をやって、目を瞬いた。頭痛のためだろうか。境内の空気が陽炎のように揺れて見える。というより、まるで、空間そのものが歪《ひず》んでいるかのような……。

突然、境内に置かれていた石灯籠が、破裂した。誰も手を触れておらず、石礫が命中したわけでもない。続いて、離れた場所で松の木が根元から真っ二つに裂けた。

まさか。我が目を疑い、私は、後ずさった。

農夫のひと睨みで、スパイ蠅が消滅した映像を思い出す。

しばらくすると、突発的な身体症状は治まったが、私の中では、ある確信が生まれていた。ここで行われているのは、単なる儀式ではない。あきらかに、物理的な力の行使なのだ。

まほろばの住人は、念動力《PK》を持っているのだ。それをはっきり自覚しているわけではなく、意識的に使うことはできないようだが、強烈な感情——おそらくは怒りによって引き金が引かれ、憎悪の対象を無意識に攻撃する……。もはや、そう仮定しなければ、ここで起きていることの説明がつかない。それに、そう考えると、いくつかのことが腑に落ちる。彼らが、過剰なまでに人間関係に気を遣っていることも。

儀式がすべて終了したとき、参加していた村人は全員、虚脱状態に陥っていた。

「こんなことに……意味があるんですか？」

私は、忌部老人に向かって訊ねる。石畳の上にへたり込んでいた忌部老人は、のろのろと視線を上げた。皮膚は土気色で、目の下にはどす黒いクマができている。

「意味？」

しばらく、質問の意味を考えているように目を閉じる。

「この惑星《ほし》で儂らが生きとることに、意味はあるのかな？」

私は、黙って続きを待った。

「……まあ、少なくとも、これで、**マガツ神**の悪さは、中断されるはずだ」

「これまでも、こうやって、神に対して破壊的な思念を送ってきたんですか？」

「そうだ。もっとも、報復の呪詞まで奉じたことは、そう何度もない。たいていは、警告の呪詞で、収まったんだが」

私の頭の中で、一つの突飛な仮説が生まれていた。ここへ来るまでは、とても信じられなかったであろう仮説が。しかし、この惑星で起きていることを、実際にこの目で見た後では、それが真相ではないかという気がする。

マガツ神は、この惑星の住人の無意識が創り出したものではないのか。彼らの怒りと絶望、そして破滅への願望が、自覚していない念動力《PK》によって、度重なる不幸と惨事を生み出してきたとすれば……。

銀河のあちらこちらで**諸悪根源神**信仰による悲劇が発生しているのは、ひょっとすると、すべて、同じメカニズムによるものなのかもしれない。

私は、狂乱の宴の残した惨状を見やった。村人の憎悪を一身に浴びて破壊された石像が、ごろりと転がっている。細められた豚のような片眼と、悪意に満ちた嘲笑いを浮かべた口元だけが、かろうじて残されていた。

もう一つの疑問が、頭を掠《かす》める。

「**マガツ神**は、なぜ、あんな奇妙な顔つきをしているんですか？」

忌部老人は、うっすらと笑った。

「なぜあんな顔なのかは、儂にはわからんよ。……いや、失礼。あんたの訊きたいことならわかる。なぜ、儂らに、**マガツ神**があんな顔をしているとわかったかということだろう？　答えは簡単だ。見えたんですよ」

「見えた？」

「最初の頃には、**マガツ神**の像には顔はなかったらしい。それがある日、儂の祖父が呪詛を奉じている最中に、突然あの顔が浮かんできたらしい。村の衆が、それぞれ罰を与えているときにも、まったく同じ顔が見えたということです」

あの顔は、まほろばの人々の無意識の奥深くにインプットされているイメージらしかった。それが何に由来するのかは、まったく想像がつかなかったが。

宿舎にしている建物に帰ってチェックすると、また、メールが届いていた。

開くと、例によって、グエン・ディン・BM・リュウの分霊《ダブル》が現れる。

「金城・イシドロ・GE・黎明さん。こんにちは。その後、フィールドワークに進展はありましたか?」

私は、これまでにわかっていることを、いくつか説明した。ただし、まほろばの住人に念動力《PK》があるのではないかという仮説については、伏せておく。

「なるほど。アマテラスⅣでの**諸悪根源神**信仰は、辛い現実の中で精神の平衡を保つための、一種の安定装置というわけですか」

リュウの分霊《ダブル》は、にこやかに言う。

「ええ。今のところは、危険を伴うような兆しは見られません。引き続き調査を行いたいと思いますが、YHWH《ヤハウェ》および負材管理社《バッズ・マネージメント》には、その旨お伝えいただければと
……」

「そうですか。もちろん伝えるにやぶさかではありませんが、実は、残念なお知らせがあります」

どきりとした。この状況下で悪いニュースと言えば、一つしかない。

「何でしょうか？」

自分の声がかすれているのが、鼓膜に不吉に響いた。

「石打ち《ラピデート》の実施が決まりました。すでに、適当な石が選ばれて、加速に入っています」

「そんな……」

予期していたとはいえ、鉄の棒で頭を殴られたような衝撃だった。

「なぜですか？　現時点では、まほろばの**諸悪根源神**信仰が危険になりうるという証拠は、何一つありません。私のレポートを待たずに石打ち《ラピデート》を急がれるのには、なにかわけでもあるのでしょうか？」

「深い理由までは、私にはわかりません。ですが、これは、YHWH《ヤハウェ》本社の最終決定です。金城さんには、何か異存でもおありですか？」

背筋が凍りついた。

「いいえ。異存などということは、まったくありません。ただ、このミッションには多額の費用がかかっていますから、無駄にするのは申し訳ないと思いまして」

「そのことなら、お気になさらないでください。石打ち《ラピデート》のインパクトまでには、半年程度の時間的余裕があります。その間に補完的な調査を完了してください。アマテラスⅣの事例は、今後のために、大いに参考になると思われますから」

「承知しました」

リュウの分霊《ダブル》は、胸がむかつくような微笑を浮かべると、消滅した。

事例。今後の参考……。分霊《ダブル》とはいえ、グェン・ディン・BM・リュウの中では、すでに、まほろばは存在しないも同然らしい。

機械が代理人として使う人間は、冷酷さにおいても機械にまったく引けを取らないようだ。この惑星上で生活する推定で三百人ほどの植民者の命を、無慈悲な方法で奪い去ることも、工場で生じた欠陥製品を処分するのと同じ程度の決断でしかないのだろう。

私は、茫然として椅子に腰を下ろした。YHWH《ヤハウエ》の決定を覆すのは絶対に不可能であるとわかっていた。

石打ち《ラピデート》には、ふつう、直径が1㎞〜5㎞くらいの小惑星が用いられる。恒星の光を一点に集中して当てることにより方向と速度を変え、大型惑星の周囲をかすめるフライ・バイと、カタパルト・フィールドによって、さらに加速される。

6500万年前に恐竜の絶滅をもたらした隕石は、直径が10㎞、秒速20㎞と言われている。そのエネルギーは、人類に対して初めて用いられた大量破壊兵器である広島型原爆の数千倍に達し、地表はすべてオーブンのようにこんがりと焼かれたらしい。

石打ち《ラピデート》に使われる小惑星は、それよりサイズこそ小ぶりだが、必要であれば、亜光速——秒速10万㎞程度まで加速が可能であり（最高速では、地球程度の惑星は粉々に砕け散るか、火球と化してしまう）、人間のみを一掃する、多細胞生物はすべて、生きとし生けるものを完全消去する等々の、細かい設定を行うことができる。もちろん、致死性のウィルスを使った方が遥かに安上がりだが、後に惑星を再利用することを考えると、石打ち《ラピデート》が最も後腐れがないのだ。

何とかして、たとえ一部でも、まほろばの人たちの命を救うことはできないだろうか。

私は、懸命に考えたが、妙案は浮かばなかった。

……それが無理だというのなら、せめて、タミだけでも。

5

翌朝、事態はさらに急変した。

村の大人たちは、再び、村長の屋敷に参集していた。私も、オブザーバーとしての参加が特別に許されていた。

「父が身罷《みまか》ったのは、ほんの数時間前です」

正田村長は、沈痛な面持ちで言う。

「もちろん、年齢を考えると、亡くなっても不思議はありません。しかし、この死に様は、やはり、**マガツ神**の仕業としか考えられないのです」

全員が、布団の上で硬直している村の長老、正田不死男の姿を見たが、すぐに目を背けた。死に顔には、ぞっとするような苦悶の跡が残されていた。

「何よりの証拠は、ここにある」

忌部老人が、遺体の胸をはだけた。ミミズ腫れのように浮き上がった文字が見える。

Pestis Pestis

その場にいた人々は、どよめき、口々に囁き合った。

「**マガツ蠅**と同じ文様だ」

「やはり、まちがいないのか」

「あの呪いの文字が」

なぜだろうと、私は思う。**マガツ神**が、まほろばの人々の深層意識から産まれてきたものなら、どうして、彼らに理解できないラテン語の呪文が、繰り返し現れるのだろう。

「まさか、こんなことが……」

忌部老人が、呻《うめ》いた。

「報復の呪詞に対し、さらに崇りを返してくるとは！　こんなことは、今まで一度も……馬鹿な。これでは、こちらも――もはや、この上は」

そのとき、一人の村人が、屋敷に駆け込んできた。慌ただしく、廊下を踏みならす足音が聞こえる。

「どうした？　騒がしい」

正田村長は、眉間に深い皺を刻んで、叱責する。

「申し訳ありません。し、しかし……とんでもないことが」

息せき切って注進に来た若者の話に、一座の面々は色を失った。

「本当か、それは？」

「信じられん！　今まで、そんなことは、一度もなかったのに」

「なぜだ。保管庫は三重の扉で密閉してあるじゃないか。いったい、どこから入ったというんだ？」

「不活性ガスが充塡《じゅうてん》してあるはずなのに、どうして、やつらは生きていられる？」

村の大人たちの質問にも、若者は、蒼白な顔をして、かぶりを振るばかりだった。

「金城さん。あなたがいらっしゃっている間に、まさかこんな日を迎えるとは、思ってもみませんでした。ですが、もはやこれまでと思います」

村長の言葉に、座は、いっぺんに静まりかえった。

「待ってください。諦めてはいけません。まだ、何か、打つべき手があるはずです」

正田村長の表情に悲壮な決意を感じて、私は、懸命に押しとどめようとする。

「いや、手はありません」

正田村長は、静かに言う。

「今年の収穫が駄目になってしまった以上、保管庫の穀物は私たちの最後の命の綱でした。それまでが、**マガツ虫**に食い荒らされてしまったとあっては、この先も生きていくことは、不可能です」

「すぐに、虫を駆除しましょう。いくら何でも、こんな短時間に、すべての穀物が食われてしまったわけではないでしょう？」

「いまから虫を退治したところで、手遅れだ」

忌部老人が、深い吐息をついた。

「**マガツ虫**は、分析不可能な猛毒を分泌する。やつらがほんのわずかでも接触した食物は、どう処理しても、二度と食べられるようにはならんのです。過去にも、それで多くの村人が犠牲になっとるんですよ」

「では……？」

いったい、どうするというのだ。私は、息を呑んで、彼らの言葉を待ち受けた。

「儂らにできることは、たった一つしか残っておりません」

忌部老人の声は、血を吐くようだった。

「儂らの歴史は、今日ここで終わる。苦闘の日々に、わずかだが喜びもあった。どうだ？　みな、悔いはないだろう？」

「はい。今さら、後悔は何もないです」

「我々は、頑張ったじゃないか。なあ？」

「ああ。本当に、本当に精一杯やった」

「これで、胸を張って、あの世のご先祖様に対面できるというものだ」

「よくやった。よくやったって」

誰一人不平を言うものもなく、全員が立ち上がり、涙を流しながら肩を叩き合った。

「儂らは、**マガツ神**の理不尽極まる祟りによって、ついに滅亡することと相成った。もはや、そのことはいかんともしがたく、運命《さだめ》として受け入れるよりない……」

忌部老人は、ここで、大きく声を励ました。

「だが、このまま坐して死を待つつもりはないぞ！」

全員がうなずき、拳を振り上げると、「そうだ！」と声を合わせた。

「ただ今より、まほろば神社において、滅びの呪詞を奉ずる。村の者は、一人残らず参加せねばならん」

「滅びの呪詞というのは……？　何をするつもりなんです？」

私の質問には、誰も答えなかった。

「金城さん。どうか、村の最期に立ち会ってくれませんか。私たちのことを記録に残して、できれば、記憶に焼き付けておいてほしいんです」

正田村長が、静かな笑みを湛えて手を差し出した。

「村長」

「あなたが、たまたま、ここへお見えになっていたことは、今にして思えば、僥倖《ぎょうこう》でした。もし神が……この宇宙のどこかに、**マガツ神**ではない正しい神がいるのなら、その思《おぼ》し召しだったのかもしれません」

まほろば神社の境内には、張り詰めた空気が漂っていた。誰がいつの間に掃除をしたのか、昨日の狼藉《ろうぜき》の跡は、どこにも残っていない。

「本日、みなさんにこのような話をしなければならないことは、断腸の思いです。ですが、どうか聞いてください。我々が営々と蓄えてきた最後の糧《かて》が、憎むべき**マガツ神**のために、失われてしまいました」

正田村長は、淡々と事情を説明する。聴衆の間から、啜《すす》り泣きが漏れ出した。

「みなさん。もはや、これまでです。私たちは、誇りと矜恃《きょうじ》を持って、最期のときを迎えましょう」

啜り泣きは号泣へと変わる。誰もが、涙を流していた。

「しかし、私は今、憤怒に身体が震えるのを止められません。なぜだ？　いったい、なぜ、こんなことに……？」

「儂も、まったく同じ気持ちだ」

忌部老人が、村長の隣に立つ。

「儂らが、いったい何をした？　なぜ、こんなむごい目にばかり遭わされねばならん？」

忌部老人は、叫んだ。憤りはたちまち聴衆に感染していき、まるで暴動のような雰囲気になった。

「この上は、どんなことをしても、儂らの怒りの深甚さを**マガツ神**めに知らしめるのだ！　たしかに、儂らは棄民で、虫けらのようなものだろう。しかし、虫けらには虫けらの意地がある。踏みつぶされる前に、せめて毒針の一刺しを喰らわせてやろうではないか！」

大きな喝采が起きた。人々は、最後の怒りを向ける相手を見出したのである。

「タミ。ここへ来なさい」

正田村長が、なぜか、タミを呼び寄せる。タミは、おずおずと、近寄っていった。

「つい今朝方のことだ。お祖父様が、亡くなられた」

「えっ。嘘でしょう……」

タミは、口に手を当てて絶句する。それでは、タミは正田村長の娘だったのか。彼女は、一度も家族のことを話さなかったので、私にとっては初めて知る事実だった。

「悲しいことだが、本当だ。これもすべて、憎き**マガツ神**の仕業だ」

タミの目に、大粒の涙が盛り上がると、頰を伝った。長老の死を知った聴衆の間からは、新たな怒りの声が沸き起こる。

「これから、忌部さんが、滅びの呪詞を上げる。それには、どうしても、タミが参加しなくてはならないんだよ」

「わたしが？　……でも、わたし、何もできないよ？」

「だいじょうぶだ。タミは、何もしなくていいから」

正田村長は、タミの背を押して、忌部老人のところへ行かせる。その間に、数名の村人が、祭壇のようなものを設《しつら》えていた。

「それから、金城さん。しばらくの間、その上着を預かります」

「どういうことですか？」

「あなたの上着には、電子頭脳や、その他いろいろと不思議な機能が備わっているようだ。もしかしたら武器もあるかもしれない。私たちがこれからやることを、邪魔されては困りますからね」

一人の若者が現れ、銃を構えて、私の胸元を狙った。レーザーガンやパルスガンではなく、火薬を用いた原始的な発射装置らしいが、たぶん、こんなものでも命中すれば致命的だろう。スーツに備わっている簡易式のシールドでは、至近距離からの弾丸を食い止められるという保証はなかった。

「どうして……？　やめて。黎明さんを撃ったりしないで！」

タミの叫び声が聞こえた。

私は、正田村長の目を見た。まちがいなく本気だろう。死を決している以上、彼らには、何一つためらう理由はない。

私は、黙ってスーツを脱ぐと、正田村長に手渡した。

まほろばの空気にじかに触れるのは、これが初めてだった。それは思ったよりも冷たく、新鮮だった。神社に特有の清々しさは、樹木が発散している殺菌物質のせいかもしれない。たとえそれが、この宇宙で最も呪われた神社であったとしても。

「ありがとう。ご無礼については、重ね重ねお詫びいたします。金城さんには、一部始終を、静かに見守っていただきたい」

私の背後には、銃を持った若者が立ったままだった。

作務衣から神官の装束に着替えた忌部老人が、一同の前に現れ、深々と頭を下げた。

「高天原の末席に坐《いま》す、大禍津日神《おおまがつひのかみ》、八十《やそ》禍津日神《まがつひのかみ》は、咎なき我ら真《ま》幌場《ほろば》の民を苛み給う。度重なる疫病、天変地異をもたらすのみならず、禍津蠅《マガツバエ》にて民の膏血を吸わせ、禍《マガ》津虫《ツムシ》にて民の糧食を根刮《ねこそ》ぎ奪い去る。父祖より続く我らが被害、まことに甚大にして……」

忌部老人は、朗唱する。滅びの呪詞の前半は、昨日聞いた報復の呪詞と、さほど変わらなかったが、最後のところが違っていた。

「かくなる上は、我ら、滅びを甘受し、大禍津日神《おおまがつひのかみ》、八十《やそ》禍津日神《まがつひのかみ》に一矢報い奉る」

タミと同い年くらいの幼い子供が、何か長いものを両手に捧げ持って、進み出た。

ひと目それを見たとき、顔から血の気が引くようだった。

「神刀魂切丸《たまきりまる》」

忌部老人は、長さが90cmはあろうかという日本刀を、すらりと抜いた。手入れが行き届いているらしく、ゆるやかにカーブした刀身が、青みがかった光を放つ。

「タミ。目を閉じなさい。おまえの犠牲は、けっして無駄にはしない」

忌部老人は、穏やかな声で命じた。あまりのことに、タミは、身体が硬直して動くこともできないようだ。

「やめるんだ！　そんなことをしても、何の意味もない！」

私は、声を限りに叫んだ。

「**マガツ神**とは、あなた方自身の心が生み出した、悪意と絶望の投影なんだ！」

その場に集っていた人々は、何一つ聞こえていないように、私の声を平然と無視した。

「やめろ！　……タミ！　逃げろ！」

忌部老人は、大刀を振りかぶると、ゆっくりと、タミの方へ歩を進める。

「宇宙もご照覧あれ！　我らが覚悟のほどを！」

復讐を成就させるためには、自らにとって最も大切な、無垢なるものを生け贄《にえ》にしなければならない……それが、彼らの陥っている呪術的思考なのだろう。だが、今の私には、どうすることもできなかった。

最後の一歩を忌部老人が踏み出したとき、タミは、ようやく呪縛から解けたようだった。身を翻して、走り去ろうとする。その行く手を、両手を広げて村人が遮った。

立ち竦んだタミの胸を、背後から魂切丸《たまきりまる》が貫いた。

その場に崩れ落ちるタミを、周囲の村人が抱き止める。私は目を瞑《つぶ》った。

「見たか、**マガツ神**？　我らが怒りを思い知るがいい！　次は、おのれの番だ！」

忌部老人は、天を仰ぎ、喉も裂けよと絶叫する。

空間が、歪《ひず》んだ。

その刹那《せつな》、群青色をしているアマテラスⅣの空が完全に晦冥《かいめい》した。嵐のような強風が吹き付けてくる。

人々は、飛ばされまいと腕を組んで、互いの身体を支え合いながら、それでもじっと天を睨みつけていた。

そのとき、私は、たしかに見た。雲間から地上を見下ろしている、巨大な眼球を。

その目には、見覚えがあった。**マガツ神**の像……あの豚のような顔の細い目だ。

驚愕したようにかっと見開かれた目は、ぱちぱちと瞬きながら、しだいに薄くなっていき、消え去ってしまう。

その代わりに、今度は篠突《しのつ》くような豪雨が降ってきた。夜のように真っ暗なまほろば――アマテラスⅣは、激しい雨音に包まれ、互いに叫び交わす声も聞こえないほどになった。

私は、正田村長のそばへ走り寄ると、スーツを奪い返す。正田村長は、地面に横たわったタミの前で、ただ茫然と立ち尽くしており、抵抗しようとはしなかった。

私は、タミの上に屈み込んだ。すでに、呼吸をしていない。雨に打たれた身体は、完全に冷たくなっている。刀が貫通した胸部からは大量の血が流れ出したはずだが、雨粒により、すっかり洗い流されてしまったようだ。

「どうした？　それで終わりか、**マガツ神**？」

忌部老人の咆吼《ほうこう》すら、圧倒的な雨音にかき消さ[illegible]切れにしか聞こえない。

「この腐れ神めが！　儂を殺せ！　下せるものなら、神罰を下してみよ！」

暗黒の空に、稲妻が走る。

次の瞬間、目も眩《くら》むような閃光と落雷の轟音が、忌部老人のいた場所で爆発した。

私は、木っ端《こっぱ》のように弾き飛ばされて、地面に転がったが、柔らかい泥の上だったので、怪我はしなかったらしい。

雷が落ちた場所を見ると、大きなクレーターができていた。

黒焦げになって真っ二つに折れ、先端が地面に突き刺さっていたのは、あの魂切丸《たまきりまる》という日本刀だった。

＊　＊　＊

私は、船の中で、ＹＨＷＨ《ヤハウェ》に提出する詳細な報告書を作成していた。

アマテラス第Ⅳ惑星——通称まほろばで起きた出来事は、今でもまだ信じられなかった。

当然ながら、ありのままに書くことはできない。今後、私自身がＹＨＷＨ《ヤハウェ》から疑惑の目で見られることになりかねないからだ。

ヘッドセットを着けて精霊《デーモン》に思考を読み取らせながら書けば、大幅に時間を短縮できることはわかっていたが、思考内容はすべてログに残されてしまう。やむをえず、すべてを口述することにした。

往路と違い、帰路は、多額の費用がかかる超光速航法《EPR》を用いることはできない。選択することは可能だったが、費用は自己負担となるため、せっかくのギャラのほとんどが吹っ飛んでしまうことになる。

報告書を超光速通信で送った後は、好きなときにカプセルに入ればいい。トレハロースの中で瞬間冷凍され、次に目が醒めるのは故郷に到着したときだ。それが百三十年後だという事実は、あまり深刻には考えないようにしていた。

少なくとも、そのとき、私はまだ生きている。不幸なまほろばの住人たちとは違って。

滅びの呪詞を奏じた後、彼らは集団自決の道を選んだ。それとともに、**諸悪根源神信仰**は自然消滅した。

私には、彼らを止めることはできなかった。そうすることに何の意味もなかったからだ。かりに思いとどまったとしても、半年後には、飛来する石礫によりすべてが消滅する運命にあるのだ。彼らが耕した畑も、家も、そして思い出さえも。

石打ち《ラピデート》は、なぜか最大強度に設定されていた。つまり、アマテラスⅣは、文字通り粉砕されることになるのだ。ＹＨＷＨ《ヤハウェ》が、植民惑星としての再利用と資金の回収を断念した理由は、私には見当もつかなかった。

無味乾燥な報告書に疲れると、私は、もう一つの冷凍カプセルの様子を見た。

タミの遺体は、完璧な保存状態で、静かに横たわっている。

現在の医学なら、彼女を蘇生させることは容易だった。彼女が本来そうあるべきだった、美しい少女へと生まれ変わらせることも。

問題は費用だけだったが、これも、YHWH《ヤハウェ》からの高額のギャラでまかなえる。

家族と郷里をいちどきに失ったのだ。そのくらいの罪滅ぼしは、してしかるべきだろう。目覚めた後で、タミがどういう反応を示すかはわからなかった。だが、彼女には、すべてを乗り越えて新しい人生を送るだけの強さと賢さがあると、私は信じていた。

私は、仕事に戻ると、ふと思いついて、**諸悪根源神**信仰に関連する情報を検索してみた。超光速通信《EPR》を使うのでコストは馬鹿にならなかったが、報告書を作成するための費用として、YHWH《ヤハウェ》に肩代わりしてもらえるだろう。

ふと、『アヴァロンの失われた子豚《ポーキー》ちゃんたち』なる、ふざけたタイトルの論文が私の目を引いた。

初めはそれほど興味を持っていたわけではなかったが、読み進むにつれ、しだいに内容に引き込まれていく。

アヴァロンは正式名をマルドナーダⅡという植民惑星で、白人系の入植者が農業によって生計を立てていたが、度重なる天変地異と疫病により、今から二百年ほど前に全滅したらしい。調査隊が発見したのは、風化しかけた廃墟と、一通の手記だけだったが、その内容たるや、およそ信じられないような不運の連続による、怒りと嘆き、呪詛と絶望の記録だったのだ。

死産の連続で家畜が激減したかと思えば、小麦畑が一夜にして奇怪な黴《かび》に覆われて全滅するなど、彼らは、とことん運に見放されていたらしい。

論文の執筆者は、手記を元に、アヴァロンの入植者たちの苦闘の日々を再現していく。

興味深いのは、ここでも、独自の**諸悪根源神**信仰が発生していたことだった。

『彼らは元々敬虔《けいけん》なクリスチャンだったが、いつしか、時間と空間の彼方《かなた》より無限の悪意を投射してくる、迫害者としての神の妄想に取り憑かれるようになった』

『たとえ結果がどうなろうとも、彼らは、残酷かつ理不尽な神に対して制御できないほどの怒りに駆られ、報復したいという欲求に打ち勝つことができなかった』

『彼らの口癖は、このようなものだった。我々は、執拗な悪意で我々を迫害する神に対し、教訓を与えねばならない！』

『古代の英国において、ガイ・フォークスという人形を燃やした故事にちなみ、人形の首を吊って火炙りにするという習慣が、どこの家庭でも見られたという。この惑星では、人形は、しだいに神の姿そのものに変わっていき、十字架を燃やして、キリスト像を傷つけるという行為にまで発展していく』

『彼らは教会に集まって、神父の元でラテン語の逆さ読みによる祈禱を行い、ミサと称して公然と神に対する呪詛に励むようになった。"Amen"の代わりに、"pestis pestis"

という呪いの呪文の方がはるかに頻繁に使われるようになったのも、この頃である』

『邪悪な神の犠牲になった住民たちは、しばしば"My Guts!"（私のはらわた）と叫んで息絶えたという。それが何を意味していたのかは、今もって不明である』

『神への報復の直後は、しばしば短い安息の期間が訪れた。このまま、平和が続いてほしい。住民たちは切にそう願ったが、休戦は、突然の天災によって破られるのが常だった。それが本当に邪悪な神の意志だったのか、それとも偶然の災害だったのかはわからないが』

『超確率的な不運、度重なる天災、疫病に苦しみ抜いた彼らは、神の祟りに対する報復に、すべての余力を注ぎ込んだが、しだいに疲弊していった。最終的には、コロニーを襲った、およそ物理法則を超越したような大災害によって滅んでしまった』

『小狡《こずる》く不平屋で、泣き言ばかり言っていたが、愛すべき一面もあった子豚《ポーキー》ちゃんたちは、こうして、この宇宙から絶滅してしまった。アヴァロンの気候風土に適応するべく生まれた、どこか子豚を思わせる特異な容貌は、今では映像の中でしか見ることができない。あの細い目も、獅子っ鼻、小さい耳、分厚い唇も……』

『彼らは、迫害者である神の顔つきについても、独自の明確で奇妙なイメージを持っていたようだ。ある占い師が、水晶玉の中に見出した顔なのだという。面長で鷲鼻。ドングリ眼。日に灼けて鞣し革のようになった皮膚。これらは、あきらかに、魔女の顔を模したものだと思われる』

私は、愕然とした。

たしかに、まほろばの住人は、無意識でのみ働く念動力《PK》の持ち主だった。もしかしたら、アヴァロンの入植者たちにも、同じ力があったのかもしれない。

だが、そんな馬鹿なことがありえるだろうか。

いったい、この宇宙におけるどんな偶然の作用から、二つの行き所のない悪意が交差し、反射し合うようになるというのか。二つの植民惑星は、何十光年もの距離で隔てられているばかりか、アヴァロンは、まほろばへの植民が開始される、はるか以前に滅んでいるというのに。

だが、もしそれが真相だったとすれば、二つの植民惑星は、虐げられた者同士の無意味な相克《そうこく》によって、滅亡したことになる。

あまりにも無意味で、痛ましい犠牲ではないか。私は、まほろばの人たちのことを考え、そして、アヴァロンの植民者たちにも思いをはせるうち、とても座っていられなくなって、立ち上がり、狭い船内をうろうろと歩き回りながら考え続けた。なにしろ時間はたっぷりとあったから、好きなだけ考えることができた。

そして、ふと、別のことに気がついた。

YHWH《ヤハウェ》のように全知全能に近い星間企業《インターステラ》が、秘《ひそ》かに恐れていたのは、ひょっとしたら、このことだったのではないだろうか。

もし、時間も空間も超越した、この恐るべき力が、星間企業《インターステラ》へと向けられたら……。

そのときこそ、我々を苦しめている悪《あ》しき神々は、銀河から一掃されるかもしれない。

だからといって、星間企業《インターステラ》には、予防的な攻撃によって人類を滅ぼすという選択肢はない。そんなことをしたら、市場が壊滅的打撃を受け、利益を極大化するという本来の目的を達成できなくなるからである。

一方、我々はというと、星間企業《インターステラ》がいなくても何の不都合もないのだ。

罪人の選択

The Sinner's Choice

1946年8月21日　16時15分

熊蟬の鳴き声が、夕立のように降り注いでいた。

三人の男は一列になって、無言のまま古い屋敷の庭を横断した。裏手は小高い丘だった。楠の大木と生い茂る夏草に隠されているため、そばに行くまではわからなかったが、垂直に近い斜面の一部がモルタルで固められており、その中央部に頑丈そうな木製の扉が見えた。

復員兵姿の長身の男――佐久間茂《さくましげる》が、猟銃を構えたまま、ポケットから鍵を取り出した。それを浅井正太郎《あさいしょうたろう》が受け取り、扉に付いていた古い南京錠を開けた。こちらは尻を端折《はしよ》った着物姿で、腕捲《まく》りすると不動明王の入れ墨の火焔が覗いた。

扉が開くと、大きな穴の入り口が現れる。防空壕だ。

「入れ」

佐久間が、再び手にした猟銃をしゃくった。

白い麻の背広にカンカン帽という格好の磯部《いそべ》武雄《たけお》は、不自由な左足を少し引きずりながら、穴の入り口に歩み寄った。中は真っ暗で、かなり黴《かび》臭い。

佐久間が、背後からランタンをかざした。防空壕の中の様子が少しわかった。入り口から二メートルほど進んだところで、穴は直角に右に曲がっているようだ。外から襲った爆風や炎が扉を吹き飛ばしても、中にいる人間が直撃を受けないようにするための工夫である。

「行け」

背中を銃口で小突かれて、磯部は、しかたなく防空壕に入った。すぐ後ろから、佐久間と浅井が続く。

「なあ、茂ちゃん。俺は……」

磯部は言いかけたが、再び背中を突かれて口をつぐんだ。佐久間の性格は、知っている。今さら何を言っても、聞く耳を持たないだろう。

狭い通路を右に折れると、やや広い部屋に出た。外と比べて空気はひんやりとしているが、麻の背広はすでに汗でしとどに濡れていた。こんなに嫌な汗は、今までにかいたことがないと思った。

「そこに座れ」

ランタンの灯りで浮かび上がったのは、古びた木の椅子だった。磯部は、黙って言われたとおりにする。

佐久間が天井に付いている鉤《かぎ》にランタンを吊すと、部屋の中の様子がはっきりした。広さは八畳ほどで、天井は、佐久間の頭すれすれの高さだった。家具は、椅子と机くらいしかなかったが、奥の方には木箱が積まれており、何かを貯蔵するためらしい縦穴も掘られている。

「タケ。覚悟はできてるな?」

佐久間の声を聞きながら、磯部の頭の中は、かつてないくらいフル回転していた。

こいつは、俺を本当に殺すつもりだろうか。それも、しかたのない状況かもしれないが。事ここに至っては、幼馴染だということなど何の役にも立たない。どう考えても、こいつが俺を許すとは思えない。

しかし、だったら、なぜ、わざわざ、こんな場所に連れてきたのだろう。ここで射殺して、防空壕の中に埋めるつもりか。というより、防空壕自体を埋めてしまったら、死体は容易なことでは見つからないだろう。

だとしても、まだ腑に落ちないことがある。何のために、浅井正太郎を伴ったのだろう。こいつも幼馴染だが、札付きのヤクザ者で、今や近隣で知らぬ者のいないほどの顔になっている。穴を掘り死体を埋める手伝いをするだけだったら、もっと小物でも充分なはずだ。

「茂ちゃんが怒るのは、もっともだ。どんなに詫びようが、済むことじゃないってことは、重々わかってる。でも、何とかして償わせてもらいたい。後生だ」

磯部は、身を震わせながら、必死に言葉を紡いだ。今、自分が生と死の境目に立っていることを、痛切に意識していた。死にたくなかった。長く暗かった戦争もようやく終わって、前途には青空のような未来が広がっているのだ。それなのに、こんな陰鬱な場所で、かくも馬鹿げた理由で、殺されてなるものか。

「貴様。よくも俺の妻を汚したな」

静かな語調だったが、そこに含まれている怒りの凄まじさに、磯部は身を竦ませた。

「もはや言葉もない。この通りだ」

磯部は、深々と頭を下げる。

「どの面下げて、俺にまみえる気だった？　遅かれ早かれ、こうなることは、わかっていたはずだ」

佐久間は、能面のように無表情になっていた。子供の時分から、本気で激怒したときには表情を失う男だった。もう、だめかもしれない。どんな言い訳をしても、この男には通じないだろう。だったら、何もかもぶちまけるしかない。窮鳥懐に入れば、あるいは……。

「てっきり、死んだとばかり思ってた」

佐久間は、かすかに顎をうなずかせる。

「戦死公報を見たからか？」

「ありゃあ、たいがい出鱈目《でたらめ》だぜ。うちのお隣でも、幽霊が足を生やしてご帰還だ」

浅井が、皮肉な口調で言う。

「それにしても、茂さえ帰ってこなきゃ、何をやろうがお構いなしってかよ？　俺たちが、お国のために身命を投げ出して戦ってる最中にな」

「……俺は、本心から、佐久間の家族の役に立ちたかったんだ」

磯部は、血を吐くような思いで言った。あながち嘘というわけでもない。最初のうちは、紛れもなく善意から始まっていたのだ。

「食うに困ってるって話は、俺のところにも聞こえてきた。佐久間家は、喜六《きろく》さんが事業に失敗したとき田畑を手放してるんで、淑子《としこ》さんが、着物を持って農家の間を回ってるってな。それで、ほんの心ばかりだが米を届けさしてもらった」

心なしか、佐久間の表情が和らいだような気がする。ここだ、と磯部は思った。何とか、このまま懐柔の方向へ持って行かなければ。いったい、どう言い抜ければいいのだろう。

「それから、ちょくちょく食糧を持って行くようになった。いつも、本当に感謝されてな。俺は、それが嬉しかった。餓鬼の頃から、足が悪いってんで苛められてた俺を庇ってくれたのは、茂ちゃん、あんただった。せめて、その恩返しがしたかった。それに、頼られたり、感謝されたりすると、自分がいっぱしの人間になったような気がしてな」

磯部は、そっと佐久間の顔色を窺ったが、ガラスのように無表情な目からは、何一つ読み取れなかった。

「淑子さんは、けなげに一家を守っていた。それを見るにつけて、力になりたいと思った。本当に、見上げた奥さんだ。俺は……いつしか、淑子さんに惚れてた」

最後の一言は危険な賭けだと思ったが、佐久間は無反応だった。

「そんな折も折、あんたが戦死したって報せだ。淑子さんは、気丈に振る舞っちゃいたが、内心は目の前が真っ暗になった思いだったろう。それで……俺は」

「これ幸いと、淑子さんに言い寄ったのかい。食いもんちらつかせて、半ば無理強いだったんだろうが？　家族にはひもじい思いをさせたくなかった淑子さんは、泣く泣くおまえに身を任せたってわけだ」

浅井は、辛辣《しんらつ》な調子で言ったが、佐久間の顔を見て言葉を切った。

「俺は、本気だった。本気で、淑子さんと子供たちの行く末を何とかしようと思っていた。できることなら、所帯を持ちたいとも考えてた」

磯部は、深く頭を垂れた。

「所帯だ？　おめえには、女房子供がいるじゃねえか。餓鬼は、まだ六歳かそこらだよな。家族を捨てる腹だったのか？」

浅井の追及に、磯部は、力なく首を振る。

「いや、そんなつもりは……」

「なら、淑子さんを囲い者にする気だったのか？　ふざけやがって」

浅井は、腕捲りすると磯部の前に立った。浅井も、過去に淑子に思いを寄せていたことを、磯部は思い出した。

「実は、女房は、もう長くない。前々から肝臓を患ってたんだが、いよいよ駄目らしくてな。医者にも匙《さじ》を投げられた」

「それで、まだ女房が生きてるうちから、淑子さんを後添えに迎える算段ってわけかい？　手回しのいいこったな」

浅井は、吐き捨てた。

「すまない。もちろん、それで、俺のやったことが許される道理もないが」

「話はわかった」

佐久間が、静かに言う。

「どう言い繕おうとも、おまえが俺の妻を汚したのは事実だ。到底許すことはできん」

足下から力が抜けていく。首筋が妙にすうすうと涼しい。磯部は、観念して目を閉じた。俺は、ここで殺される運命なのか。

「しかし、おまえの行為が、当初は善意に発していたのも本当だろう。俺の家族が飢えずにすんだのも、おまえのお陰かもしれない」

磯部は、かすかな希望を感じ取って顔を上げたが、佐久間は相変わらずの無表情だった。そこには何の感情も読み取れない。

「だから、おまえには、生きるか死ぬかを自分で選ばせてやる」

佐久間は、防空壕の奥へ行くと、何かを持ってきた。磯部の前の机に音を立てて置く。

磯部は、目をしばたたいた。そこにあるのは、中身の入った一升瓶と銀色の缶詰だった。

「どちらかを選べ。焼酎ならば、コップ一杯を飲み干せ。缶詰なら、中身を全部喰うんだ。途中で吐き出したら、贖罪《しょくざい》の意思なしと見なして射殺する」

「どういうことだ？　これには、何か入ってるのか？」

磯部は、震え声で訊ねた。

「終戦の直前に、俺の部隊では、薬包紙に入った青酸ソーダが全員に配られたよ。生きて、おめおめ虜囚の辱《はずかし》めを受くることなかれとな」

佐久間は、暗い目で磯部を見下ろす。

「町でも青酸カリを配ったって話は聞いてるぜ。村じゃ、朝まで侃々諤々《かんかんがくがく》の議論の挙げ句、沙汰止みになったようだが」

浅井が、無地のガラスのコップと、缶切り、一膳の箸を机の上に置きながら言った。

佐久間は、机の上を指し示す。

「ここにある焼酎の一升瓶と缶詰の、どちらか一方は毒入りだ。致死量は計算できないが、おそらくは、ほんの一口でも命がないだろう」

その声は、まるで閻魔《えんま》大王の託宣のように無情に響く。

「そ、そんな無茶な。だめだ。俺には選べないよ」

磯部は、目を見開き首を振った。口の中がからからになっている。

「命を永らえる機会を、みすみすふいにするのか？　ならば、この場で撃ち殺すまでだ」

佐久間は、冷然と言う。

「しかし……どうやって選べば？」

磯部は、ランタンの光で鈍く光る一升瓶と缶詰を凝視しながらつぶやく。

「なあに。酒か食いもんか、人生の終わりに欲しい方を取りゃあいいんだって。男だったら、四の五の言わずに選べ」

浅井は、いとも気楽な調子で言う。

「決心が付かないようなら、賽《さい》を振って丁か半かで決めな。五分の勝負に勝ちさえすれば、おめえの罪を帳消しにできるんだぜ」

「待ってくれ。だが、俺は……俺は、死にたくない」

てっきり怒鳴りつけられると思ったが、案に相違して、佐久間は優しい声で答えた。

「うむ。俺も、本音を言えば、おまえを殺すには忍びない」

どういうことかと、磯部は訝った。

「だが、一度はこの試練をくぐり抜けないことには、許すこともできんのだ」

佐久間は、土壁にもたれて言った。

「目の前にあるこの二つを、刮目《かつもく》して見ろ。手がかりは、そこにある。同じものだったら、正太郎が言うように丁半博打と変わらん。なぜ、焼酎と缶詰という、似ても似つかんものになったのか。その意味をよく考えれば、正解は自ずと明らかになるはずだ」

「だめだ、わからん……俺には、皆目」

磯部は、うめく。

「よく考えてみろって。茂は、おまえを助けようとしてるんだぜ」

浅井が、磯部の肩に手を置いて言う。

「俺は、どっちが毒入りなのか聞いてねえが、正解を選ぶことくらい、朝飯前だぜ。な？　あっちに決まってるじゃねえか？」

「……わかった。だったら、この二つの意味することを教えてやろう」

佐久間は、しかたがないという調子で、ぼそりと言った。

「**正解は、おまえへの感謝。毒入りの方は、おまえに対する憤りだ**」

謎のような言葉だったが、浅井は感に堪えたように深くうなずく。

「なるほどなあ。感謝となると、やっぱり、あっちか」

こいつは、本当に今の言葉の意味が理解できたのだろうかと思う。

「タケが、もし自分で言ってる通り、厚意で俺の家族を助け、たまさか道を踏み外しただけだとしたら、俺の言葉を素直に信じ、見事正解へと辿り着けるはずだ」

佐久間の鋭い眼光に射すくめられて、磯部は硬直した。

「しかし、もし、こいつの性根が芯から腐ってて、今もっともらしく言ったこともすべて、助かりたいが為に並べた虚言だったのなら、こいつは、いたずらに俺の言葉の裏を読んで、獣道に迷い込むだろう」

佐久間は、うっすらと微笑む。磯部は、それを見て、総毛立つような感覚に襲われた。

この茶番は、すべて、自分をとことん苦しめ抜いて、死へ追いやるためのものではないか。そんな疑念が湧き上がってきたのだ。

「アフリカのとある未開の部族では、裁判の代わりに、被告人に毒豆のスープを飲ませるんだそうだ。無実の男は、正々堂々と一気に飲むから、毒豆の成分を胃が受け付けず嘔吐して助かるらしい。だが、心に疚しいところがある者は、恐る恐る少しずつ飲むために、却って毒が回ってしまうという」

出発点は二分の一の確率だ。だが、佐久間は、あきらかに自分を一方に誘導しようとしている。まるで、俺を救いたいかのような態度で。

「真実はこいつの心の中にしかないが、俺は、それを確かめてみたい。こいつが、どちらを選ぶかで、すべてはあきらかになる。……罪人は、間違った選択をするもんなんだよ」

磯部は、あらためて一升瓶と缶詰を見比べた。

佐久間の言葉を信じるなら、どちらを選ぶべきかは、わかったような気がする。

しかし、本当に、それが生き延びられる道なのだろうか。

1964年10月10日　9時15分

昨日までの雨が嘘のような、気持ちのよい秋晴れだった。

「動かないで」

黒田正雪《くろだまさゆき》は、突然の声に振り返ると、呆気にとられて佐久間満子《みつこ》を見た。

「満《み》っちゃん、危ないよ。そんなもの向けたら……こっちに貸して」

黒田が手を伸ばすと、満子は、猟銃の銃口を黒田の眉間に擬した。

「動かないでって言ってるでしょう。本当に撃つわよ！」

黒田は、ゆっくり手を下ろした。満子の目の光で、本気だと直感したのだ。

「急に、どうしたんだ？　なんで、こんなことを……？」

「いいから、回れ右するのよ」

黒田は、言われたとおり、後ろを向いた。屋敷の裏庭には築山のような小高い丘があり、何枚もの板を打ち付けた分厚い扉が見える。表面は乾燥してひび割れ、灰色になっていた。どうやら、戦時中に作られた防空壕らしい。

「開けて」

扉には錆びかけたダム掛金が付いていたが、南京錠は輪っかにぶら下がっているだけで、ツルが開いていた。満子があらかじめ解錠しておいたのだろうか。黒田は、冷たい南京錠を取り捨てて掛金を外すと、防空壕の重い木の扉を手前に引いた。

真っ暗な穴が姿を現す。空気はよどんで黴臭く、気味の悪い異臭が混じっていた。黒田は、身の毛がよだつような嫌な感覚に襲われた。

「入りなさい」

「しかし……」

真っ暗な穴に入るのを躊躇していると、満子が、背後から懐中電灯で照らした。どうやら、これは全部計画的な行動であるようだ。それにしても、いったい何をしようというのか。

かぎ裂きができないように、ケントのジャケットを脱いで手に持ち、黒田は、暗闇の中に歩を進める。穴は、少し入ったところで直角に右に折れていた。

「そのまま進んで」

チャンスがあれば銃を奪い取りたかったが、満子は、まったく隙を見せなかった。黒田は、しばらくは言いなりになっておき、チャンスを窺うことにした。数メートル進んだところで、少し広い空間に出た。黴臭さと異臭は、ますます強くなる。

「そこに椅子があるから、座りなさい」

黒田は、闇の中を手探りで進む。机が手に触れた。その向こうには、木の椅子があった。机の脚に向こう脛をぶつけながら、何とか木の椅子に腰を落ち着けた。

「正雪さん。あなたに、訊きたいことがあるの」

「何だい？　こんなことしなくたって、何でも答えるよ」

黒田は、できるだけ満子を刺激しないような優しい口調で答え、椅子の上で向き直った。満子の姿は、防空壕の入り口からうっすら差し込む光で、黒いシルエットになって見える。だめだ。この距離では、とても銃に手が届かない。当面は、おとなしくしているほかはないだろう。

「あなたは、わたしと結婚したいって言ったわよね？」

何だ、そういうことか。黒田は、ほっとする。

「もちろんだ。その気持ちは、今も全然変わってないよ。仕事も、やっと決まりそうなんだ。紹介してくれる人がいてね。君と結婚するんなら、今までみたいにふらふら遊んでばかりはいられないし」

「そう。だったら、あのお金はどうしたの？」

満子は、冷たく遮った。結婚の話を持ち出せば、いつものように甘い夢で頭がいっぱいになって、つまらないことは忘れてくれるかと思ったのだが、今回に限って期待はずれだったようだ。

「お金……ああ、君から借りた二百万円のことだね。そのことなら、こっちから連絡しようと思ってたんだ。借金の件なら、うまく片付いた。全額、耳を揃えて返せるよ。もちろん、無理を言って貸してもらったんだから、少し色を付けるつもりだ」

「もう、いいかげん、嘘は止めて」

あいかわらず満子の表情は見えなかったが、声音には断固とした響きがあった。とても、二十四歳の世間知らずのおぼこ娘が発しているとは思えない。

「わたしから巻き上げたお金は、全部賭け事で擦ってしまったんでしょう？　知ってるのよ。教えてくれた人がいたから」

誰がそんな余計なことをと、黒田は歯嚙みした。

「すまない。……何とか金を増やしたくて、つい、一か八かの勝負に手を出してしまった。借りた金は、どんなことをしたって返すよ。そうだ。炭鉱で働いたら、何年かで返せるよ。ただ、今すぐにというのは無理だ。少しだけ待ってほしい。いいだろう？」

「どうして、こんな人に……」

満子は、深い溜め息をついた。

「もういいわ。それより、これからわたしが訊くことに、ちゃんと答えて」

「ああ。もちろんだ。何でも訊いてくれ」

もういいというのは、返済しなくてもいいという意味だろうか。黒田は、内心でにんまりしていた。こんなところに連れ込まれ、一時はどうなることかと思ったが、案外、雨降って地固まるということになるかも。

「あなたは、わたし以外にも、付き合ってる女の人がいるのね？」

黒田は、思わず笑い出しそうになった。おまえ以外か。もちろんいるさ。おまえの方が、人数に入ってないだけだ。

「そんな女、いるもんか。誰に何を聞いたか知らないが、誤解だよ。僕は、君一筋だ」

「見たのよ。駅で。あなたが、綺麗な女の人と一緒にいるところを」

「それは……ああ、そうか。あの娘とは何でもないんだ。実は、あの娘の兄貴と知り合いで、新しい仕事を始めようと相談をもちかけられてね」

「もういい」

満子は、物憂げに遮った。

「それも、もういい。ほかのことは全部、もう、どうだっていい。あなたがわたしにどんな嘘をつこうが、お金を騙し取ろうが、ほかの女とよろしくやってようがね。でも、一つだけ、どうしても許せないことがある」

満子の声には、これまで聞いたことのない悽愴な響きがあり、黒田は背筋が寒くなるのを感じていた。

「史子《ふみこ》のことよ。あなた、あの子を誘惑したのね」

ぎくりとする。

「……史ちゃん？　ちょっと待ってくれ。僕が、そんなことするわけないだろう？　だって、まだ十五歳じゃないか？」

「そうね。まさか、そんなことするわけはないと思ってた。だけど、あなたは、したのよ。年端《としは》もいかない子供を誘惑して、好きなように弄ぶと、ゴミみたいに捨てたのね」

「そんな、誤解だよ。誰が、そんな馬鹿なこと言ってるんだ？」

「史子本人よ」

「史ちゃんが？　……だったら、それは僕への当てつけだよ。彼女、僕のことが好きみたいだったんだけど、つれない態度を取っちゃったもんだからさ。ほら、あの年頃の子供は、嘘をつくことがよくあるだろう？」

「自分の命を絶ってまで、嘘をつくの？」

「え？」

「史子は、昨日の晩、首を吊って死んだわ。遺書を残してね。あなたに何をされたのかが、克明に書き綴ってあった」

満子は、涙声になった。

「この人でなし……！　あんたなんか、死ねばいいのよ！　死んで史子に償って！」

黒田は、呆然としていた。何とかしなければならないとは思うが、腰が抜けて、椅子から立ち上がることすらできなかった。まさか、こんな理不尽なことが現実に起きるなんて。俺は、ここで殺されるのだろうか。何でも言いなりになると甘く見ていた、不器量なおぼこ娘の手にかかって。

「……だけど、安心なさい。問答無用で撃ち殺すようなことはしないから」

満子は、危ういところで我に返ったようだった。

「父が亡くなったとき、あなたには、助けてもらったわね。大勢の借金取りや詐欺師たちがいっぺんに押し寄せてきたときよ。あなたは敢然と矢面に立って話を付けてくれた。

本当に、涙が出るほどありがたかった。後光が射して見えたわ。今思えば、自分の獲物を守ろうとしてただけなんでしょうけどね」

「違う。誓って、そんな下心はなかった。僕は、ただ、子供の頃からよく知っている君たち姉妹を守りたかっただけなんだ……」

黒田の言葉は、自身の耳にすら空々しく響いた。

満子は、容貌にコンプレックスがあったためなのか、子供の頃から引っ込み思案だった。成績はよかったため、地元の高校を卒業した後は大学で食品衛生学を学び、保健所に勤めていたが、男と付き合った経験は皆無で、黒田にすれば、口説いて言いなりにするのは赤子の手を捻るようなものだった。

対照的に、史子は色白で奔放な美少女だった。戦後の混乱に乗じて佐久間茂が荒稼ぎした遺産が目当てだったから、狙うのは満子だけにしておけばよかったが、スケベ心が疼いて、つい手を出してしまったのである。

「こんなとき、父ならどうするだろうって考えたのよ。……あなたにも、助かるチャンスをあげることにする」

満子は、暗い部屋の奥に行き、何かを取ってきた。黒田の前にある机の上に、大きな音を立てて置く。襲いかかって銃を奪い取るなら今だと思ったが、金縛りに遭ったように身体が動かなかった。

「何だい、これは？」

黒田は、震え声で訊ねた。満子は、懐中電灯で机の上を照らす。

「見てのとおり、焼酎の一升瓶と、自家製の缶詰よ。どっちでも、好きな方を選びなさい。焼酎なら、コップに一杯飲み干して。缶詰なら、一個を全部食べきるのよ。ただし、途中で吐き出したら失格だから」

「どういうことなんだ？　これには、何か入ってるのか？」

「ええ。毒がね」

「悪い冗談はやめろよ」

「わざわざ、こんなところに人を連れ込んで、冗談は言わないわ」

満子は、世間話をしているような口調で言う。

「それに、このゲームをするのは、あなたで二人目なの」

「え？」

「今から十八年前、終戦の翌年のこと。わたしの父、佐久間茂が、一人の男をここへ連れて来て、同じ選択をさせたのよ。今ここにあるのと同じ、焼酎と缶詰の一方を選ばせたのよ。これはまったくの偶然なんだけど、その場にはもう一人、見届け人として浅井正太郎というヤクザ者も同席していたんだって。その人って、あなたのお父さんなのよね？」

黒田は、息を呑んだ。自分が浅井正太郎の私生児であることを知る者は、あまりいない。しかし、佐久間茂なら、知っていて当然だろう。

記憶の片隅で、何かがひらめいた。そうだ。あの極道親父が、死ぬ少し前、酔っ払って、こんな話をしていたことがあったような気がする。

銃を突きつけて、誰かに生死に関わる選択をさせたという話だった。酒か、美食か……。かなり呂律《ろれつ》も怪しく、意味もよくわからなかったので、適当に聞き流していたが、あれは、まちがいなく、このことに違いない。

いったい、どちらが正解だったのだろう。黒田は、必死になって記憶を辿ろうとしたが、思い出せない。

「一人目ってのは、誰だったんだ？　選んだ結果は？」

猫なで声を出すのも忘れ、不良の地金を現す荒々しい声で詰問する。

「知りたければ、自分の目で見るといいわ！」

満子は、そう叫ぶなり、懐中電灯の光を防空壕の奥へと向けた。一目見た瞬間、黒田は、息が止まるかと思った。

そこには、完全に白骨化した人間の遺体があった。

これが、異臭の源だったのか……。

満子は、遺体が着ている白い麻の背広とカンカン帽を照らし出した。

「磯部武雄――わたしの本当の父よ。結果はもう、言うまでもないでしょう？」

1946年8月21日　16時20分

一升瓶の焼酎。ラベルのない缶詰。どちらだ。いったい、どちらに毒が入っている。

磯部の目は、きょときょとと忙しく二個の物体の間を往復した。

「さっき、途中で吐き出したら、その場で射殺すると言ってたが……」

額の汗を拭きながら、魔王のように傲然と立っている佐久間を見やる。

「その通りだ」

「しかし、もしそれが正解の方だったら、どうなるんだ？　つまり、正しい方を選んだが、つい吐き出してしまったような場合には」

「同じことだ。吐き出したら、その瞬間に撃つ」

佐久間は、さも当然というように答える。

「おい、馬鹿なことを考えるんじゃねえぞ。一度口にしたら、もう呑み込むしかねえんだ。正解を選んどいて撃たれたんじゃ、浮かばれねえからな」

浅井が、楽しげに口を挟んだ。

二つに一つ。五割の確率。だが、本当にそうか。こいつの言っていることは、信用するに足るのだろうか。

「ひょっとして、二つが二つとも毒入りってことは、ないんだろうな？」

佐久間は、眉間にしわを寄せた。

「馬鹿野郎！　茂が、そんな汚ねえ真似をするか！」

浅井が、むかっ腹を立てたらしく怒鳴りつける。

「これは、公正な裁きだ。もしもおまえが毒の方を選んで呑み込んだら、俺は、もう一方を口にしてやる。それを見れば、おまえも納得して死ねるだろう」

佐久間が、静かに言った。

「今の言葉を聞いたか？　俺が証人だ」と、浅井。

磯部はうなずいた。これが、浅井が立ち会っている理由なのだ。佐久間の言葉を保証し、裁きの結果が公正であったと見届けることが。

「ああ、わかった。……疑うようなことを言って、悪かった」

磯部は、額の汗をぬぐうと、再び一升瓶と缶詰に目を近づけた。

佐久間の助言を信じるなら、選ぶべきは、缶詰の方だろう。

やつは言った。

『正解は、おまえへの感謝。毒入りの方は、おまえに対する憤りだ』

感謝は、食糧をやったことに対してだろう。だったら、食糧、つまり缶詰が正解になる。

最初に頭に浮かんだのは、そういう解釈だった。しかし、逆の考え方もまた可能なことに、磯部は気がついた。

酒が感謝を意味するのは、ごく自然なことじゃないか。村には、何かのお礼をする際に、一升瓶を風呂敷に包んで持って行く習わしがあった。秋の祭りでは、五穀豊穣に奉謝して、神社に酒を奉納する……。

だめだ。どちらとも判断が付かない。では、憤りとは何なのか。

磯部は、薄青い一升瓶に入っている液体を凝視した。

瓶の口には、キカイ栓と呼ばれる口金が付いていた。密閉度は高いが、自由に開け閉めができる。つまり、後から毒を投入するのも容易ということになる。

その中身は、密醸造で荒稼ぎをしている磯部には、すぐ見当が付いた。カストリ焼酎だ。酒粕を原料にした北九州の粕取り焼酎とは似て非なる、雑穀を発酵させた粗悪な酒である。それ以前には、工業用アルコールを瓶詰めしただけの、バクダンという酒が出回っており、メチルアルコールによる失明や死亡が相次いだため、カストリ焼酎は急激に人気を博したのである。もっとも、磯部が密造するカストリ焼酎は売れ残ったバクダンで水増しされていたため、依然として健康には最悪の代物だった。

……酒が憤りを表しているとするなら、俺が淑子に言い寄ったときの、色欲への酩酊や、浮かれ気分への非難なのだろうか。あるいは、うがちすぎかもしれないが、カストリ焼酎で最近流行のカストリ雑誌を連想させようとしているのかもしれない。食糧不足につけ込んで人妻を陵辱するというのは、いかにも、あの手の雑誌に載っている低俗なエロ小説にありそうな筋書きではないか。

磯部は、缶詰に目を転じた。それでは、逆の場合を考えてみよう。缶詰が感謝ではなくて憤りを表しているとしたら、どういう解釈が成り立つだろう。

だが、こちらの方は、いくら考えても見当すらつかなかった。

……やつの言葉に囚われすぎるのも、考えものかもしれないぞ。もっと実際的な観点から考えてみよう。

缶詰に毒を入れようと思ったら、製缶機を使って口を閉じる前にやるしかない。つまり、最初から意図して毒入りの缶詰を作ったことになる。こいつが、わざわざ、そんなに面倒なことをするだろうか。

「手に取って、見てもいいか？」

磯部は、恐る恐る問いかける。佐久間は、黙ってうなずいた。

ラベルの貼られていない銀色の缶で、やや小ぶりである。6号缶くらいだろうが、中身を全部平らげるのは骨かもしれない。特に、毒が入っているかもしれないと思えば。

「これは、何の缶詰なんだ？」

「裏に書いてある」

佐久間は、素っ気なく答えた。

缶を手に取って、ひっくり返してみる。裏蓋には『マフグ卵巣・糠ヅケ』と墨で書かれていた。

フグ……卵巣……。その意味を理解するまでに、しばらくかかった。

「馬鹿な。フグの卵巣なんて猛毒じゃないか！　食えるわけないだろう！」

磯部は、大声で叫んでいた。

「食えるさ」

佐久間は、にやりとする。

「北陸の方じゃ、昔から食ってるらしい。ゴマフグの卵巣を、一年間塩漬けにしておいて、今度は糠漬けにして二年寝かせる。それで、毒はすっかり抜けるんだそうだ」

「じゃあ、この缶詰は、北陸で買ったのか？」

「いや、うちで作ったものだ」

「茂ちゃんが？」

「俺じゃない。そもそもは、親父が、戦中の食糧難を乗り切るために、本来なら棄てるしかないフグの卵巣を集めて塩漬けにして、さらに糠に漬けた。その後、親父は亡くなったが、残された家族が、さらに日保ちするようにと煮沸消毒し、家にあった製缶機で缶詰にした」

磯部は、絶句した。

「そんなやり方で、本当にだいじょうぶなのか？」

「危ないと思うんなら、焼酎の方にしといたらどうだ？」

浅井が、揶揄する。

「親父は、羽振りがよかった時分には、美食家で通ってたからな。日本中のあらゆる珍味を味わっていたはずだし、毒抜きのやり方も見聞きしてたんだろう。わざわざ、家族を危険にさらすような真似はしないさ」

佐久間の言葉にはそれなりに説得力があったが、磯部の中では、いくつか引っかかる点があった。

「北陸じゃ、ゴマフグを使ってるって言ってたな？　だが、これにはマフグと書いてあるぞ。種類によって、何か違いはないのか？」

「なあに。フグなら、たいがい似たようなもんだろう」

佐久間は、面倒くさそうに答える。

「しかし、糠漬けにするなら、その後、ふつうは缶詰なんかにはしないんじゃないのか？　そのせいで、毒抜きがうまくいかなかったなんてことはないのか？」

「そんなことは、俺は知らん。どうしても知りたければ、食ってみるんだな」

佐久間は、にべもなかった。

「さあ、愚にも付かん問答はこの辺にしておこうか。二つに一つだ。さっさと選べ」

追い詰められた磯部は、必死になって考え込んだ。冷や汗が、背中を伝って流れ落ちる。

重苦しい沈黙が、防空壕の中を支配した。

1964年10月10日　9時18分

「君の、お父さん？」

黒田は、愕然としていた。

「だったら、これは復讐ということなのか？」

「復讐？」

満子は、戸惑ったようだった。

「そうだよ。十八年前に、君のお父さんは、ここで命を落とした。加害者は佐久間茂だったが、立会人だった俺の親父も、同罪みたいなものだろう。だから、俺を同じ目に遭わせることで、お父さんの無念を晴らそうとしてるんじゃないのか？」

満子は、小さな笑い声を上げた。

「父の無念？　この遺体は、それ以来、ここにずっと放置されてきたのよ。わたしが、この男の死を悼んでるように見える？」

「それは……」

「さっき、磯部のことを、わたしの本当の父だと言ったけど、わたしが今でも父だと思っているのは、佐久間のお父さんだけよ」

満子は、独り言のような調子でつぶやく。

「磯部は、外で女を作るのに忙しかったのか、ほとんど家には帰ってこなかったし、何一つ父親らしいことをしてもらった記憶はないわ。それどころか、わたしとは目も合わせようとしなかった。あの男は醜い容姿に劣等感を抱いてたから、自分とそっくりなわたしの顔は、見るのも不愉快だったんでしょうね」

「いや、そんなことは」

黒田も、何と言ったらいいのかわからなかった。

「磯部は、ある日突然行方がわからなくなった。相当あくどい商売をしていて、いざこざも多かったらしいから、誰もが家族を捨てて逐電したと思ったわ。ほどなく母も亡くなって、孤児になったわたしに手をさしのべてくれたのは、佐久間のお父さんだったのよ。わたしを、実の子同様、何の分け隔てもなく可愛がってくれたわ。辰ちゃんと美代子ちゃんが相次いで疫痢《えきり》で亡くなると、なおさら……」

声のトーンが、がらりと変わった。

「だから、その後生まれた史子も、わたしにとっては、かけがえのない可愛い妹だったの。その妹を毒牙にかけて、自殺に追い込んだ男を、許せると思うの？」

言い訳をしようにも、脳髄が痺れたように何一つ言葉が出て来ない。

「十八年もたてば、いろんなことが変わるものよ。東京の姿を見ればよくわかるでしょう。終戦の焼け野原から、オリンピックを開催するまでに復興したわ。……よく聞いて」

満子は、ゆっくりと近づいてきた。黒田は、恐怖に身を竦ませる。

「十八年は、古い恨みをぬぐい去るにも、新たな怨念を生み出すにも、充分な年月なのよ。これがヒント」

「ヒント?」

「生き残るためのね。磯部には別のヒントが与えられたみたい。だけど、活かせなかった。あなたは、わたしのあげたヒントについて、よくよく考えてみた方がいいわ」

「わかった……ちょっと待ってくれ」

黒田は、なんとか時間を稼ごうとした。

「これ、触ってみてもかまわないかな?」

机の上にある一升瓶と缶詰を指さすと、満子は、黙ってうなずいた。

最初に、一升瓶を調べてみる。手が滑って取り落としそうになり、ひやりとした。どちらかに決める前に酒瓶を割ってしまったら、缶詰を選ぶよりなくなってしまう。いや、それどころか、その場で射殺されるかもしれない。

薄青く透明な一升瓶には、太い針金で栓を固定する口金が付いていた。中身は、だいたい四分の三くらい残っている。

「入ってるの、焼酎なんだよね?」

おずおずと訊ねる。

「そうよ。カストリ焼酎。今じゃ誰も飲まないけど、アルコールに飢えてた終戦直後には、けっこう人気があったみたいね」

黒田は、眉根を寄せて、一升瓶を睨む。なぜ中身が減っているのかを考えていたのだ。もちろん、最初から飲みさしの酒瓶を使ったという可能性もあった。しかし、缶詰の方は当然新品だろうから、こちらもそうだったのではないかという気がした。

口金に付いている栓はコルクのようだった。十八年間ここに置きっぱなしだったのなら、コルクを通して蒸発したのかもしれないが、これほど目に見えて減るものだろうか。一つだけ、容易に説明がつく仮説があった。磯部は、こちらを選んだのだ。だとすれば、コップ一杯分は注いだことになるから、この減り方もさほど不自然ではなくなる。

黒田は、瓶の口金を見ながら、ぞっとしていた。

開け閉めは自由だ。これなら、いくらでも毒を中に投入することができる。

だめだ。とても、こちらは選べない。

だったら、缶詰の方はどうだろうか。後から、そう簡単に毒を入れられるとは思えない。穴を開けてハンダで塞いだとしても、必ず跡が残るはずだ。

ラベルの貼ってない缶詰は、光沢がなく煤けた灰色で、うっすらと錆が浮いていた。

「これ、何の缶詰なんだ？」

「裏を見て」

言われるままに、缶詰をひっくり返して見る。ほとんど消えかけた文字を辿って読んで、黒田は、ぎょっとした。

「『マフグ卵巣・糠ヅケ』……？」

そういえば、石川県では有毒なフグの卵巣を塩蔵し、さらに糠漬けにして食べると聞いたことがある。そうすると毒が抜けるのだとか。缶詰にするというのは初耳だが。

……いや、ちょっと待て。

「満っちゃん。さっき、これは自家製の缶詰だって言ってたよね？」

子供の頃から記憶力には絶対の自信があった。それだけを武器にギャンブラーとして闘い、生き残ってきたのだ。

「ええ。戦時中に、喜六さんが作ったらしいわ」

喜六とは、佐久間茂の父親の名前だ。名うての道楽者だった上に、事業にまで失敗して、佐久間家が没落する原因を作ったという噂だった。

「まさか、見よう見まねで、猛毒のフグの卵巣を糠漬けにしたってこと？」

「喜六さんは、有名な美食家だったから、作り方は、ちゃんと知ってたと思うわ。それに、缶詰にする前に、きちんと煮沸消毒してるから」

だめだ。そんなものが、食べられるわけがない。それに、自家製だったら、蓋をする前に毒を入れることは充分可能ではないか。

「さあ、どっちにするか決まった？」

冗談じゃない。どちらも選べない。黒田は、うめいた。

「頼む。もうちょっとだけ、考えさせてくれないか？」

「いいわ」

案に相違して、満子は、あっさりと承諾する。黒田は、ほっと息を吐いた。

十八年前の磯部武雄と比べると、自分には、有利な点が一つある。磯部が失敗したことを知っていることだ。

つまり、正攻法で、どちらに毒が入っているのか推理できなければ、磯部の身になって、どちらを選択したか推し量り、逆張りをすればいいのだ。

磯部が自棄《やけ》になり、目を瞑って片方を取ったのでなければだが。

1946年8月21日　16時24分

いよいよ、進退窮まったと思う。確率は二分の一だ。

磯部は、すでに、自分が半ば死人になったような感じがしていた。

確信がなくても、どちらかを選ぶしかないが、誤った場合は、大変な苦しみの中で生涯を終えることになる。そんな最期だけは願い下げだった。

もうすぐ霧の中から現れる未来は、いったいどちらなのだろうか。

そのとき、ふと、天啓のようにひらめいた考えがあった。

ずっと、何かがおかしいと思っていた。いや、考えてみるとおかしいことだらけだったが、一つ、生死に直結しそうな疑問点がある。

帝国陸軍で配られたという、青酸ソーダだ。結局は、自決には使われなかったようだが、戦地から復員する際、後生大事に持ち帰るものだろうか。ふつうの神経なら、見たくもないはずだし、内地で有効な使い途があるとも思えないのに。

浅井の言葉を思い出す。町では、やはり自決用に青酸カリを配ったらしい。青酸ソーダは青酸ナトリウムのことだから、青酸カリウムとは違う薬品だ。場所により、二種類の薬品が配給されたのか。

いや、この二つは、よく混同されると聞いたことがある。実際には青酸ソーダが使われた場合でも、青酸カリというわかりやすい名称で呼ぶこともあるかも。

そのとき、とりとめもない思考が急に焦点を結んだ。待てよ。うまく質問を工夫すれば、佐久間から真実が引き出せるかもしれない……。

「タケ。どうした？　往生際が悪いぞ！」

浅井が、叱咤する。うるさい。往生際などよくてたまるか。俺は死にたくないんだ。

磯部は、顔を上げた。いくら考えても、結論は出ない。こうなったら、この質問に命運を託すしかないだろう。

「茂ちゃん……」

磯部は、かすれた声で言う。

「あんたは、本当に、このどちらかに青酸カリを入れたのかい？」

佐久間は、口を真一文字に引き結んだまま、答えなかった。

「質問は終わりだと言われたろうが？　さあ、とっとと決めねえか！」

浅井が、居丈高《いたけだか》に促す。

「わかった。必ず選ぶ……選ぶから、少しだけ待ってくれ」

磯部は、必死の思いで言った。

「いいだろう」

佐久間は、ポケットから懐中時計を取り出した。

「五分だ。それを過ぎても決められないときは、わかってるな？」

猟銃の撃鉄を起こす。

「決めるさ。……それまでには」

磯部は、そうつぶやき、額に脂汗を浮かべながら推理に没頭した。

佐久間は、さっきの質問には答えなかった。

しかし、ときには、答えないことも答えになる。特に、佐久間のように、妙な潔癖症で、嘘をつくことを忌み嫌う人間の場合は。

やつが、どちらかに青酸ソーダを入れたと仮定してみよう。佐久間は工業学校で理科系の教育を受けていたし、他人の間違いを聞き捨てにはできない杓子定規な性格だ。青酸カリを入れたのかと訊ねられれば、青酸カリじゃなくて青酸ソーダだと訂正しそうな気がする。

ところが、佐久間は口をつぐんでいた。薬品名よりも、入れたか否かという点に反応したため、答えられなかったのだ。

つまり、実際には、青酸カリも、青酸ソーダも、入れていないのではないか。

考えてみれば、佐久間は、終戦の直前に部隊で青酸ソーダを配られたという話はしたが、それを焼酎か缶詰のどちらかに入れたとは、一言も言っていない。

磯部は、懸命になって思い出す。佐久間は、正確には何と言っただろうか。

「ここにある焼酎の一升瓶と缶詰の、どちらか一方は毒入りだ。致死量は計算できないが、おそらくは、ほんの一口でも命がないだろう」

やつは、どちらか一方に致命的な毒が含まれていると言ったにすぎない。

そう。青酸ソーダではなく、ただ曖昧に、毒と表現していた。

これは罠だ。磯部は、そう確信していた。

やつは、俺に、缶詰を選ばせようとしている。

正解の方は感謝で、毒入りの方は憤り云々という言葉自体が、おそらくそうだろう。

毒の正体を青酸ソーダだと思わせようとしたのも、そのためではないのか。

では、もし、毒が青酸ソーダ以外のものだとしたら。たとえば、フグ毒であったとしたらどうだろう。

佐久間の言葉は、おおむね真実と考えていいだろう。少なくとも、あからさまな嘘はついていないはずだ。缶詰を作ったのは、本当にやつの家族だったに違いない。缶にはどこにも細工の跡は見えなかったから、後から毒を入れるのは不可能だ。

しかし、それこそが、やつの付け目なのだ。缶詰の方は安全だと思わせることが。もしかしたら、佐久間喜六が聞きかじった製法には手落ちがあり、フグの卵巣の毒は抜けきっていなかったという可能性もあるし。……いや、待てよ。

磯部は、考えを先に押し進める。

フグの卵巣を塩漬けにし、さらに糠漬けにするところまでは、正しいやり方だったのかもしれない。しかし、喜六の死後、家族がそれを煮沸消毒し、缶詰にしたと言っていた。

缶詰を作るときに煮沸するのは当然かもしれないが、そうすると、糠は流れてしまう。もし、糠に含まれる何かの成分か微生物がフグ毒を分解するなら、煮沸したことにより、解毒作用は止まってしまうのではないか。

ようやく真実に近づきつつある手応えを感じ、興奮が湧き上がった。だが、磯部の生来の慎重さ——臆病さが、もう一度立ち止まって考えろと命じた。性急に結論に飛びつくのは、あまりにも危険だ。

今の推測には、一つ疑問が残る。かりに、この缶詰の中のフグ毒が完全に分解されずに、残留していたとしよう。佐久間は、缶を開けずに、どうやってそれを知ることができたのだろうか。

……いや、それなら説明は付く。

缶詰は、一個ではなかったはずだ。一個では食糧難に備えたことにはならない。糠漬けは相当な量を作ったろうから、缶詰も二、三十個はあったに違いない。

もしも、誰かが別の缶を開け、中身を食べて中毒症状を起こしたとすれば、すべての缶が同じように毒入りであることは、論を俟《ま》たないだろう。

そうか。その場合でも、毒の濃度は生のフグの卵巣と比べると低下しているはずだから、一缶全部食べろなどという無茶なことを言うのだ。

磯部は、ちらりと目を上げて佐久間を見た。

さらに、そう考えると、やつの不可解な言葉の意味もわかる。

「致死量は計算できないが」

たしか、さっき、佐久間は、「致死量はわからない」ではなく、「計算できない」と言った。青酸ソーダの致死量を知らないのではなく、何グラム摂取することになるのか、計算できないという意味に取れる。これはおかしい。自ら青酸ソーダを混入したのなら、何グラム入れたかはわかっているだろう。焼酎の場合、コップ一杯あたりに含まれる量も、簡単な割り算で算出できるはずだ。

だが、フグの卵巣に含まれていたフグ毒の量ならば、それも一部の毒が分解されていたとするなら、たしかに計算しようがない……。

「あと、一分だ」

防空壕の中に、佐久間の冷徹な声が響く。

そんなに焦らせたいか。あわてて決断させて、間違った答えへと飛びつかせたいらしい。しかし、もう大丈夫だ。ほぼ読み切った。毒が入っているのは、缶詰の方だ。

最後に残った疑問は、やつのヒントだ。正解の方は感謝、毒入りの方は憤りだというのは、何だろう。ただ混乱させるために、無意味なことを言ったとも思えないが。酒が感謝のしるしだというのは、わからないでもない。フグの卵巣の缶詰が、なぜ憤りを示すことになるのか。

磯部は、愕然とした。

どうして、今まで気がつかなかったのだろう。

他の部位ではない。フグの卵巣だ。これは、ひょっとしたら、妻を奪われたことに対する怒りを暗示しているのではないか。

そうだ。そうに違いない。だったら、やはり、酒は感謝を意味していたのだ。

「時間切れだ。さあ、どちらにする？」

佐久間が、銃口を向けた。

「こっちだ」

磯部は、震える手で一方を指さした。

1964年10月10日　9時22分

磯部は、どういう思考の道筋から、間違った結論に至ったのだろうか。

黒田は、必死に脳漿を絞っていた。

ふつうに考えて、自由に毒物を混入できる口金付きの焼酎は、とても選べないと思う。

その一方で、缶詰に毒を入れるのは、かなり面倒なはずだ。どこにも穴を開けてハンダで塞いだような形跡はないから、作ったときに毒を入れたのでなければ、缶詰を作り直したとしか考えられない。

……ここまでは、磯部も、ほとんど同じ推理を働かせたはずだ。

だったら、缶詰を選んだのか。

その場合は、毒は缶詰の方に入っていたことになる。磯部は一つの缶詰を開けて、中身を食べた。つまり、ここにあるのは、そのときの残り――別の缶ということになる。

どうも、話がおかしい。毒入りは一つの缶詰だけで充分なはずではないか。佐久間茂が、磯部武雄を裁くのに、わざわざ複数の缶に毒を盛る理由があるだろうか。

「満っちゃん。一つ、訊いてもいいかな？」

黒田は、おそるおそるお伺いを立てた。

「どうぞ。答えるかどうかは、わからないけど」

満子は、何の感情もこもらない声で答える。

「二つのうち、どちらかは毒入りだって言ってたけど、それは、佐久間さんが入れた毒ってことなのかな？　それとも、君が新たに用意したの？」

満子は、ふっと笑ったようだった。

「わたしは、毒なんて持っていない。焼酎も、缶詰も、十八年前に使われたものの残りで、いっさい手は加えていないわ」

よし。この言質《げんち》は大きい。黒田は、内心で、快哉を叫んでいた。

満子は、おそらく嘘はついていないだろう。毒は、十八年前に、佐久間茂が投入したものだけだ。

だとしたら、さっきの推論が有効になる。磯部が缶詰を選んだとしたら、残りの缶詰には毒は入っていない公算が高い。

いや、待てよ。それも妙な話だ。

もしそうだったら、現在は、どちらにも毒は入っていないということになる。それでは、この二者択一そのものが無意味ではないか。

つまり、磯部武雄が缶詰を選んだと仮定すると、明らかな矛盾が生じるのだ。

では、もし焼酎を選んでいたとしたらどうか。

その場合には、一升瓶の中身が減っていることにも不思議はない。毒が入っていたのも、焼酎ということになるから、缶詰に関する問題は生じない。そして、死の二択は今も依然として有効である。

つまり、どう考えても、磯部は、焼酎の方を選んだとしか思えないのだ。

ただ、なぜ、そういう選択になったのかが不可解だった。缶詰に毒を盛るのは不可能ではないかもしれないが、いつでも自由に栓を開けて毒を入れられる一升瓶の方こそ、はるかに危険に見えるのに。

何か他に手がかりはないかと思考を巡らせて、満子の与えたヒントを思い出す。

十八年は、古い恨みをぬぐい去るにも、新たな怨念を生み出すにも、充分な年月……。

いったい、どういう意味だろう。

文字通りに取れば、十八年前の佐久間茂の恨みはすでに消滅して、自殺した佐久間史子の怨念が、こんなに恐ろしい選択を俺に強いているということになるが。しかし、それでは、どちらを選ぶべきかという問題に対して、何の手がかりにもなっていない。

もしかしたら、恨みや怨念というのは、毒を意味しているのだろうか。十八年前の毒は、すでに消えているというような。

たしかに、かりに、十八年前は缶詰の中にフグ毒が残っていたとしても、今となっては、すっかり分解されているかもしれない。

そうか。ようやく腑に落ちる感覚があった。

磯部は、缶詰にフグ毒が残留していることを警戒していたのだ。それで、確信のないまま焼酎に手を出してしまい、その結果、死に至った……。

いや、だめだ。黒田は、両手で髪の毛を掻きむしった。一応の筋は通るものの、やはり、根拠に乏しい憶測に過ぎない。

何か、もっと確実な証拠が欲しい。そうでなければ、とても命は張れない。

目の前にある一升瓶と缶詰。これら以外にも、何か、手がかりを与えてくれそうなものはないだろうか。

黒田の目がふと、防空壕の奥に放置されている白骨死体に止まった。懐中電灯の光は直接当たっていないが、ぼんやりと輪郭が浮き上がって見える。

「満っちゃん。もう一つだけ、お願いがあるんだ」

「何？」

「お父さん――磯部さんは、今の僕とまったく同じ立場に置かれてたわけだよね。どうも、他人という気がしない。ちょっとだけ、ご遺体を拝ませてもらってもいいかな？」

満子は無言だったが、承諾と解釈して、黒田は立ち上がった。

奥へ近づくと、饐《す》えたような異臭は、ますます強くなった。

絶命したばかりの生々しい死体も恐ろしいが、十八年という年月を経た屍には、闇の中で怨念を凝縮させてきたような不気味さを感じる。

とはいえ、自らの死を目前にした状況では、怖がってなどいられない。何かを見つけなければならないのだ。磯部がどちらを選択したのかという、有力な状況証拠を。

白い麻の背広には、いたるところ肉体が腐敗した染みが浮き出ていた。ネズミに食い荒らされたとおぼしき穴からは、白い骨が覗いている。

黒田は、その前にしゃがみ込んで、短く合掌した。

あんたが選択を誤ったのは、気の毒だった。しかし、俺は、同じ轍《てつ》は踏みたくないんだ。頼む。俺に力を貸してくれ。ここから生きて出られたなら、必ずや、あんたを懇《ねんご》ろに弔ってもらうから。

　心の中でそう唱えると、少し落ち着いた気分になれた。

　そっと手を伸ばす。素手で触れるのは嫌だったが、我慢する。麻の背広の生地は、湿っていて嫌な感触だった。ポケットには何も入っていなかった。遺体の下も探ってみたものの、粘土で指が汚れただけで、何一つ発見できなかった。

　ちらりと満子の方を見る。さっきと同じ位置に佇んでいる。こちらの一挙手一投足を監視しているという風情ではない。表情まではわからなかったが、何か別のことに思考を奪われているような気がした。

　思い切って、骨を手に取ってみた。こちらは乾いていて、思ったより軽かった。

　どこかに名残がないかと、懸命に探す。焼酎か缶詰の中身を、こぼしたり、吐き出したりしたような痕跡が。しかし、何も見つからない。

　落胆しかけたときだった。遺体の指が、まるで何かを指し示しているように見えたのは。壁際だ。暗くてよく見えない。藁《わら》にもすがる思いで、黒田は地面を探ってみた。

　何か固いものが、指先に触れた。石ころなどではない。もっと薄くて、鋭角的なもの。

　そっとつまみ上げて、掌に載せてみる。

　泥にまみれて光を失っているが、それはガラスの破片のようだった。

　ガラス……。黒田は、はっとした。ひょっとしたら、これは焼酎を注いだコップではないのだろうか。そっと指先で泥を拭ってみると、思った通り、無地で薄手のガラス片だった。湾曲のしかたも、ちょうどコップくらいである。

そうか。黒田の脳裏に稲妻が走る。磯部は焼酎の方を選んで、飲んだ直後にコップを取り落としたのだ。それ以外に、こんな場所にガラスのコップの破片が落ちている理由は考えられない。

もう一度、満子の様子を窺う。依然として、呆けたように立ち尽くしたままだ。こちらの不審な動きには、気づいていない。

いくら何でも、満子がわざとこの破片を落としておいたとは思えなかった。偶然、これを見つける可能性は、きわめて低いはずだ。遺体を見たいと言い出したのも、こちらだったし、白骨が指さす方を探ってみるなどという気まぐれな行動を、予測できるはずもない。

まちがいない。磯部は、焼酎の方を選んだのだ。

だとすれば、正解は缶詰だ。

助かった。……ようやく切り抜けた。

黒田は、安堵の溜め息をついた。

黒田は、磯部の白骨死体に向かってもう一度手を合わせた。ありがとう。あんたが教えてくれたんだな。同じ試練に苦しんでる俺に、同情してくれたのか。

ここを無事に出られたら、約束通り、手厚く供養をさせてもらうよ。

頭蓋骨から少し離れた場所に転がっている下顎が、まるで、うっすらと笑っているように見えた。

1946年8月21日　16時32分

「本当に、こっちでいいのか？」

佐久間が、念を押す。

「ああ。そっちでいい」

磯部の声はうわずっていたが、気持ちは落ち着いていた。

残念だったな。俺を騙そうと猿芝居を打ったようだが、こちらが一枚上手だった。浅井という見届け人もいることだし、俺が正解を選んだ以上、約束通り、無罪放免にするよりないだろう。

佐久間は、一升瓶のキカイ栓を外した。とくとくと音を立てて、ガラスのコップに八分目くらいまで中身を注ぐ。

「一息に、全部飲み干せ。さっき言ったとおり、途中で吐き出したり、こぼしたりしたら、その場で射殺する」

そうか。まだ、その危険性が残っていたんだった。

最後まで、落ち着いてやり遂げなきゃならん。浅井の言いぐさじゃないが、正解を選んで撃ち殺されたんじゃ浮かばれない。

磯部は、右手でコップを持とうとして、手先がひどく震えているのに気がついた。まずい。これで一滴でもこぼそうもんなら、佐久間は、これ幸いとばかりに撃つだろう。両手を強く握り合わせて、何とか手の震えを止めようとする。

浅井が、缶切りを取って、缶詰を開け始めた。

「おい。何をするつもりだ?」

ぎょっとして、問いただす。

「さっき、約束しただろう」

佐久間が、静かな声で言う。

「もし、おまえが選んだ方に毒が入っていたら、俺は、もう一方を口にしてやると」

浅井は、缶詰を開けて、その上に箸を置いた。

「さあ、さっさとそいつを飲み干せ」

佐久間の厳しい声に、磯部は、ごくりと生唾を呑み込んだ。

はったりだ。そう確信していた。俺に正解を選ばれてしまったから、最後の悪あがきをしているだけなのだ。そんな見え透いた手に乗せられて、こぼしたり噴き出したりした日には、それこそ目も当てられない。

だいじょうぶだ。震えは止まった。後は、何も考えずに一気に飲み干せばいい。

磯部は、両手でコップを握りしめて、口元へと運んだ。

ガス抜きもされていない粗製の焼酎からは、強い臭いが立ち上った。磯部は、密造したカストリ焼酎を売り捌《さば》いてはいるものの、自分では飲んだことがなかった。おそらく、かなり刺激的な味に違いない。しかし、絶対に嘔吐《えず》くわけにはいかない。

佐久間が、缶詰と箸を取り上げるのが見えた。

気を取られるな。自分を信じるんだ。こっちが正解だ。

磯部は、コップを口にあてがうと、焼酎を一気飲みした。ああ、喉が焼ける。つんと来る味と臭いに噎《む》せそうになったが、我慢して、そのまま嚥下《えんげ》する。

やった。無事に全部飲み干したぞ。後は、戻しさえしなければだいじょうぶだ。助かった。俺は、この試練を乗り越えて、見事に未来をつかんだ……。

磯部の目には、信じられない光景が映っていた。

佐久間が、缶詰の中身を箸でつまんで、口へ運んでいる。てっきり食べるふりをしているだけかと思ったが、顎の筋肉が動き、本当に咀嚼《そしゃく》しているのがわかった。

「青酸ソーダが入っていたのは、おまえが選んだ焼酎の方だ」

佐久間は、哀れむような目で磯部を見た。

「なぜ、そっちを選んだんだ？　だいたい、どうやって、後から缶詰に毒を入れられる？　感謝といったら食糧のことしかないし、俺が憤りを感じたのは、おまえの汚いやり口にだ。カストリ焼酎にバクダンを混ぜて売っているのと同断のな」

嘘だ。そんなことは、ありえない。まさか、こっちが毒入りだったなんてことは……。

「つまりは、その焼酎こそ、本物のバクダンだったたってわけだ」

浅井が、嘆息するように言った。

「茂の言うとおりだな。素直に考えればいいもんを。罪人ってのは、魔に魅入られたように間違った方を選んじまうらしい」

突然、ひどいめまいに襲われた。磯部は、手に握りしめていた空のコップを取り落とした。コップが地面に落ちて割れ、破片が飛び散る様が、スローモーションのように見えた。

胃がきゅっと窄《すぼ》まった感じがして、飲んだばかりの焼酎が口から噴水のように飛び出す。

だめだ。今吐き出したら、撃たれる。

しかし、佐久間は、銃に手を伸ばそうとはしない。じっと腕組みをして、こちらの様子を眺めている。

心臓が狂ったように早鐘を打ち、きりきりと激しい頭痛に見舞われた。

磯部は、その場に膝を突いた。地面が目の前へと迫ってくる。両手で支えようとしたが、そのまま前のめりに倒れ込んだ。意識が急速に遠のいていく。

最後の力を振り絞って、顔を上げた。

この世で最後に見たのは、逆光に佇む二人の男のシルエットだった。

1964年10月10日　9時25分

黒田は、一升瓶の焼酎を凝視していた。

この中には、致死的な毒が混入されている。そのことには、もはや疑いを容れなかった。

磯部の存在がなければ、もしかしたら、こちらを選んでいたかもしれない。そう思うと、全身に震えが走った。

今度は、古い缶詰に目を転じる。金属光沢は失われているが、特に膨らんでいるようには見えない。金属が腐食して穴が開いている箇所も見当たらなかった。

作られてから、十八年以上もたっているのだ。中身を煮沸消毒してあれば、腐敗していることはないだろうが、多少の変質は免れないだろう。そんなものを食べたら、まちがいなく腹をこわすだろうし、ひどい嘔吐や下痢に見舞われるかもしれない。

しかし、まさか、死ぬことはないはずだ。

生き残るためには、ある程度の犠牲はやむを得ない。

「さあ、いいかげんに決めて。……どちらにするの？」

満子が、ささやくように訊ねる。

「こっちだ」

黒田は、迷わず缶詰を指し示した。

満子は、無言だったが、静かに、缶切りと割り箸を机に置く。

黒田は、ハンカチを取り出して缶の上蓋を拭き、缶切りを当てた。不気味なほど柔らかい感触で刃が食い込み、黒田の手の動きに従い薄っぺらいブリキをやすやすと切断していく。

九分通り切り開くと、蓋を引き開けた。満子が、懐中電灯の光を当てる。

中に入っているのは、焦げ茶色の粘土の塊のような得体の知れない物体だった。

喉元に苦い唾が込み上げてくるのを感じたが、生き延びたいのならば、これを一缶丸ごと食べなくてはならない。吐き出せば死が待っている。何としても我慢して呑み込まなくてはならないのだ。

黒田は、割り箸を二つに割り、缶詰の中に差し込んだ。粘土のような塊は箸の先で簡単に分かれる。

無意識に鼻を突き出して臭いを嗅いでいた。腐敗臭のようなものはしない。缶詰には何の臭いもなかった。

ちくしょう。食うしかないのか。

黒田は、小さな塊を箸でつまんで、口の中に入れた。ねっとりとした食感だ。かろうじて粒状のものが残っているのがわかる程度で、ほとんど味はしない。二、三度咀嚼してから、呑み下す。舌の上には、塩辛く、かすかに黴臭いような後味が残った。

だが、別段、身体に変調は感じない。

続いて、二口、三口と食べる。しだいに塩辛さが口の中に蓄積していった。

「水をもらえないかな？」

黒田は満子に頼む。口中に嫌なものを含んでいるという意識のせいか、どことなく自分の声のようではない。

「ごめんなさい。水はないわ。……よかったら、その焼酎も飲んでかまわないけど」

満子が冗談を言ったのだということに気づくまで、しばらくかかった。

「勘弁してくれよ」

やはり、これを全部食べきるまでは、試練は終わらないらしい。

黒田は、目をつぶって、黙々と缶詰の中身を口の中に運ぶ。

食べ終わると、満子に缶詰の底を見せる。

「さあ……食べたよ」

満子は、しばらくの間無言だった。それから、ぽつりと漏らす。

「あなたがそっちを選ぶなんて、予想してなかったわ」

「どうして？」

「何となく、勘かしら。あなたは、焼酎の方を選ぶって思ってた」

「だけど、僕は缶詰を選んだ」

「そうね」

満子の態度には、がっかりしている様子がありありと窺える。黒田は、怒りが込み上げてくるのを感じたが、懸命に抑えた。

「じゃあ、僕は、もう行ってもかまわないかな？」

「ええ」

満子の気が変わらないうちに逃げなければ。黒田はジャケットを手に立ち上がった。早く胃袋に収まった気持ちの悪い物体を吐き出して、口の中をゆすぎたかった。

「ねえ、どうして缶詰の方を選んだの？」

思惑が外れたのが、よほど悔しかったらしい。黒田は、つくづくうんざりした。

「やっぱり勘だよ」

適当にごまかそうと思ったが、満子は、まだ納得しない。

「嘘！　あなたは、どうしようもないギャンブル狂だけど、根はすごく臆病で慎重な人よ。命がかかっているときに、単なる運任せで決めたりはしないはず。何か、缶詰を選ぶ根拠があったんでしょう？」

どう答えればいいのだろう。ガラスの破片を見つけたことを知ったら、反則だの何だのと、いちゃもんを付けてくるかもしれない。

「ただ、焼酎の方はとても選べないと思っただけだよ。……簡単に開け閉めができる上に、コップ一杯分はゆうに減ってるしね。磯部さんは、おそらく焼酎を選んだんじゃないかって思った」

「そう」

満子は、うつむいて何かを考えている。

「じゃあ、わたしのあげたヒントは、どう考えたの？」

十八年は、古い恨みをぬぐい去るにも、新たな怨念を生み出すにも、充分な年月。

たしかに、その意味は、未だによくわからない。

「よくわからなかった」

黒田は、正直に答える。

「磯部さんが亡くなったことで、佐久間茂さんの恨みは、すでにぬぐい去られたんだろう。新たな怨念は……すまない。史ちゃんのことは、すべて、僕の責任だ。これから一生かけて償っていくよ」

相変わらず表情はよくわからないが、満子の口元からは、歯が見えたようだった。

「もう、いいわ。行って」

「ああ。それじゃ……また」

この機を逃さじと、黒田は、満子の横をすり抜けて、早足で防空壕の入り口に向かった。

雲が太陽を覆っていたが、長時間暗い場所にいたせいで、日差しがまぶしく感じる。

冷たい秋風が頬をなぶり、鼻孔に青草の臭いを感じた。

助かった。俺は、助かったんだ。

黒田は、天に向かって拳を突き上げた。

それから、名状しがたい鬼気のようなものを感じて、防空壕を振り返った。

あそこには、まだ、あの狂った女がいる。

突然、鳥肌が立つような恐怖に襲われて、黒田は早足でその場を後にした。

一秒でも早く、あの呪われた穴蔵から遠ざかりたい。

それにしても、あの女が、まさか本気で俺を殺そうとするとは。

親が人殺しなら、血のつながりはなくとも、子も同類に育つものらしい。

二度と関わりを持つ気はなかった。もう、充分な金は引き出した。もともと、用済みの女だったのだ。十八年前の殺人は、どうせ時効だろう。下手に通報なんかすれば、警察に目を付けられて、いろいろ不都合なことになるかもしれない。

磯部武雄の死体を供養してやりたいのは山々だったが、やはり世間の耳目は引きたくないと思う。

……俺が陰ながら祈ってるから、どうか成仏してくれ。

防空壕のある丘が見えなくなってから、黒田は、ぴたりと足を止めた。

その場にひざまずいて、嘔吐こうとする。

喉に指を突っ込む必要もなく、たちまち胃袋に収まっていた缶詰の中身が逆流してきた。胃液の酸で鼻がつんとして、涙が出てくる。胃が空っぽになってからも、口の中に溜まった唾を何度も吐き捨てるが、口中には依然として不快な味が残っていた。

このときになって、ようやく生の実感が込み上げてきた。

黒田は、涙を流しながら笑っていた。こんなに腹の底から笑ったのは、生まれて初めてかもしれないと思った。

1964年10月10日　9時34分

黒田がそそくさと去った後、満子は、茫然とその場に立ち尽くしていた。

予想すらしていなかった。まさか、黒田が缶詰の方を取るとは。

もちろん、はなから確証はなかったものの、黒田は必ず焼酎を選ぶ運命にあると、信じていたのだ。

ところが、天が示した意思は、満子の期待とは裏腹の、残酷なものだった。

満子は、しばらくの間、机の上に残された焼酎の一升瓶をじっと見つめていた。

やがて、栓の口金を開けると、コップに少量を注ぐ。

曰く付きの焼酎には、佐久間茂が十八年前に入れた青酸ソーダ――青酸ナトリウムによるものなのか、かすかな濁りが生じているように見えた。

少しためらったものの、コップを口元に運んだ。

一口含んですぐに、ひどい味に顔をしかめる。満子の鋭敏な味覚は、もともと刺激の強いカストリ焼酎とも異なる、微妙な渋みや、えぐみ、しょっぱさなどを感じ取っていた。

磯部武雄が死ぬ直前に飲んだ焼酎も、ほとんど同じ味がしたに違いない。

これが、死の味だったのだ。満子は、目をつぶって嚥下する。

それにしても、なぜ。

温かいものが、頰を伝う。そのとき初めて、自分が泣いているのに気がついた。

「馬鹿じゃない？　今さら、未練なんて」

満子は、そう自嘲すると、コップの中の焼酎を残らず飲み干した。

1964年10月10日　13時50分

黒田は、タンブラーに氷も入れず、ジョニ黒を安酒のようにどぼどぼと注いだ。ストレートで一口飲むと、食道がかっと熱くなった。続いて、二口、三口。やっと気分が落ち着いてきたようだった。

グラスを手にしたままダブルベッドに寝そべり、天井を見上げた。壁紙の隙間が見える。ベッドもぎしぎし言うし、絨毯も色褪せていた。奮発して、いつもとは違う一番いい部屋を頼んだのだが、しょせんは田舎のホテルである。

とはいえ、デラックス・スイートルームという名に恥じないものが、ひとつだけあった。ベッドの真正面に鎮座している大型カラーテレビだ。

ブラウン管に映し出されていたのは、東京オリンピックの開会式の模様だった。

「世界中の青空を全部東京に持ってきてしまったような、すばらしい秋日和でございます」

アナウンサーの名調子に、しばし画面に見入った。

防空壕を出てからは、一刻も早く遠ざかりたいという思いと、どこかで口をゆすぎたいという欲求が交錯し、気がついたら、定宿である隣町のホテルにチェックインしていた。

部屋に入るなり、洗面所に籠もって何十回もうがいを繰り返した。ところが、どうしても口中に残る変な味が消えないのだ。しまいにはルームサービスで取ったビールで口をゆすぎ、生のウィスキーで消毒して、ようやく人心地付いたような気がする。

……今日は、本当にひどい一日だった。

だが、これで厄を落としたと思えばいい。ここから、ツキは上向きに転じるはずだ。

いくら自分にそう言い聞かせても、いっこうに気持ちは浮き立たなかった。

何とも言えない嫌な感じが、いつまでも蟠《わだかま》っているのだ。

まるで、あの暗い穴の中で恐ろしい悪霊に取り憑かれ、ここまで連れてきてしまったかのような……。

馬鹿な、と思う。しっかりしろ。

ほんの数時間前には猟銃を突きつけられ、白骨死体を見て素手で触れ、挙げ句の果ては、命を賭けて十八年前の変質しかけた缶詰を食わされたのだ。これで気分がよかったら、逆に頭がおかしいというものだ。

そのとき、ふと気になって、壁に掛かった時計を見た。

すでに、防空壕を出てから四時間は過ぎている。

フグの毒は効き目が顕れるまでに時間がかかるのではないかと心配していたが、そろそろ安全かもしれない。身体が痺れたような感じは、未だ現れない。

それでも、嫌な感じは、いっこうに去らなかった。

テレビでは、まだ各国の入場行進が続いていた。大歓声が、日本の復活のシンボルとなるスポーツの祭典を祝っていたが、黒田のそばには、何か得体の知れない妖怪のようなものが、静かに寄り添っているかのようだった。

2012年7月28日　11時19分

「主任。子供たちは、帰してよろしいですか?」

「ああ、かまわん。で、身元は割れたのか?」

菱川《ひしかわ》警部補は、生あくびを噛み殺して訊く。早朝からロンドン・オリンピックの開会式を見ていたので、眠くてしかたがない。

「はい。村で老人たちを中心に聞き込みをしたんですが、おそらく、磯部武雄という男ではないかと思われます」

細野《ほその》刑事は、手帳を見ながら答える。

「たぶん？」

「磯部武雄は、終戦の翌年、１９４６年に失踪したそうですが、白い麻の背広にカンカン帽という格好だったそうで、遺体の服装と一致するんです」

「１９４６年？　……今から六十六年前か。時効の四倍満じゃねえか。白骨死体っつうより、化石みたいなもんだな」

菱川は、笑みを漏らした。今日は土曜日だ。この一件を早く片付けさえすれば、午後からスナック『プアゾン』に行って、じっくりママを口説くことができる。

「ですが、死亡した時期が不明ですから、すでに時効が成立していると断定はできません。時効制度そのものも、二年前に廃止されてますし」

細野は、きまじめに続ける。菱川は、眉間に深い皺を寄せた。この野郎は、いったい何が楽しくて生きてるんだ。

「馬鹿野郎！　時効がなくなったのは、２０１０年4月27日の時点で、未だ時効が完成していない事案だけだ！　あのホトケは、どこから見たって、くたばってから数十年はたってるだろうが？」

菱川は、語気鋭く細野をやりこめたが、ふと疑問が浮かぶ。

「しかし、磯部って男は、なぜ、防空壕の中なんかで死んでたんだ？」

「磯部は戦後、カストリ焼酎の密造で荒稼ぎをしていたようですが、仕事上のトラブルも多数抱えていたらしいんです。そのため、周囲からは失踪したと思われていたようですが、どうやら自殺したようですね。白骨死体では死因すら特定が難しいですし、今となっては、詳しい事情はわかりませんが」

カストリ焼酎。焼け野原に闇市……。すべて、遠い歴史の彼方の出来事でしかない。

「……それにしても、六十六年間も遺体が発見されなかったのは妙だな」

「戦後長い間、防空壕に近づく人間は誰もいなかったということでした。用もないですし、幽霊が出るという噂があったらしくて」

どうやら、細野は、きちんと聞き込みをして来たらしい。

「で、ここを管理してたのは誰だ？」

菱川は横目で防空壕を見た。朽ちかけた木の扉は、取り外されて横に立てかけられており、黒々とした横穴が口を開けている。どう見ても、呪われた墓穴という風情だった。

「管理というか、ほったらかしだったようですが、戦時中に裏庭に掘られたものですから、この家の持ち物です。現在は、東京に在住の佐久間満子という女性が所有者ですね」

細野は、手帳を見て、声を潜める。

「ただ、一つ気になるんですが、磯部武雄と、この佐久間満子は、実の親子なんです」

「何だ、そりゃ？」

菱川は、眉をひそめた。何か裏があるという、刑事としての直感が働いたのだ。

「磯部が失踪した後、満子は佐久間家に引き取られて、養女になっているんです」

「ほーお。その満子が殺したって可能性でもあるのか？」

「ありません。六十六年前だと、まだ六歳ですから」

細野は、にこりともせずに答える。

「可能性があるとしたら、満子の養親である佐久間茂ですが、もしこれが殺人事件だったら、防空壕にずっと遺体を放置しておくとは考えにくいですね。処分する時間なら、いくらでもあったはずですし」

「わかった、わかった。とにかくな、自殺という線で、さっさと処理しろ」

菱川は、面倒くさくなって手を振った。万が一、これが殺人事件だったとしても、もはや証拠など残っているわけがない。

そのとき、細野の警察無線に着信が入った。しばらく話をしてから、細野は、したり顔で報告する。

「鑑識からです。白骨遺体に残されていた指紋についてなんですが」

「指紋？　何で、そんなもの採取したんだ？」

余計なことをしやがって。菱川は、本気で腹を立てていた。どうして、おまえはいつも、いらない仕事を増やしたがるんだ。

「だいたい、何十年も前の指紋《モン》が、まともに出るわけがないだろう？　もし出たとしたら、最近付いた指紋だ。誰かが、たまたま骨を見つけて触ってみただけじゃないのか?」

ふつうの指紋は指や掌の紋理の形に皮脂が残ったものなので、どんなに状態がよくても、数ヶ月も保てばいい方である。

「それが、相当古いようなんです。粘土で汚れた手で白骨に触った跡らしくて」

「粘土?」

「防空壕の中の土は粘土質なんですよ。しかも、あきらかに同一の指紋が現場に落ちていたガラス片にも付着していました」

だとすると、何十年も残ってもおかしくない。

「それで? 指紋の持ち主がわかったのか?」

「照合したところ、古い前歴者のものと一致しました」

細野は、淡々と報告する。

「黒田正雪という男です。この村の出身者ですが、賭博で三回、傷害と窃盗で各一回ずつ、挙げられてます」

「もう、相当なジジイだろうな」

「というより、すでに死亡しています」

いったん警察庁のデータベースに登録された指紋は、本人が死去してからも、相当期間、削除されることはない。

「馬鹿か？　だったら、そいつの指紋だとわかったところで意味ねえだろうが？」

菱川は、苛々して毒づいた。自殺で事を収めればすむものを、被疑者死亡という無意味な結論を得るための裏付け捜査など、金輪際願い下げだった。

「いえ。これで、磯部武雄が死亡したのは、１９６４年より前であると断定できるんです。今から四十八年前ですから、やはり、時効成立ですね」

「１９６４年？　……東京オリンピックの年だな。しかし、どうして磯部がその年より前に死んだとわかるんだ？」

「黒田が死亡した日付が、１９６４年の10月11日だからです。つまり、それ以前に、磯部は白骨死体になっていたことになりますから」

1964年10月11日　10時29分

はっとして、黒田は目を見開いた。

昨晩は、酔って眠り込んでしまったようだ。

だが、なぜ、こんなに急に目覚めたのだろうか。

未だかつて感じたことのない戦慄と、取り返しの付かない失策を犯したような焦燥感が、じわじわと這い上がってくる。

いいかげんにしろ。何もかも、気のせいだ。

黒田は、テレビのスイッチを入れた。

映ったのは、オリンピックのレスリング中継だった。まだ予選だが、カラー放送である。それぞれ赤と青のユニフォームを着た二人の選手が、互いに相手の頭を押さえつけようと、めまぐるしく動き回っている。

それを見ているうちに、急に吐き気に襲われ、黒田は、立ち上がった。足下が定まらず、壁に手を突きながら、バスルームに入る。

洗面台に向かって激しく嘔吐した。

胃酸と混じり合ったウィスキーの刺激臭が鼻を突いた。芳醇なピートや樽の香りが、今は木酢のようにいがらっぽく不快に感じられる。ほとんどツマミは食べていなかったために、固形物はピーナツのかけらくらいしか出なかったが。

何度も嘔吐き上げながら、黒田は、恐ろしい疑惑にとらわれていた。

まさか、あの缶詰に毒が入っていたのか。俺は、死神をつかまされたのだろうか。

だとしても、今ごろになって効いてくるというようなことが、あり得るのか。

腕時計を見ると、10時30分だった。フグ毒は症状が現れるまでに時間がかかるとしても、あの古い缶詰を防空壕で口にしてから、すでに丸一日以上が経過している。

いくら何でも、そんな馬鹿なことが……。

額に手を当てようとして、はっとした。自分の掌が二重になって見えたのだ。

洗面台の上にある鏡を見やる。そこに映っている自分の顔も、テレビのゴーストのように二重になっていた。

いくら目を擦っても、ぼやけた視界は直らない。それどころか、ますますひどくなるようだった。

よろめく足でバスルームから出ると、ベッドサイドにある電話に手を伸ばした。すると、受話器を取る直前に、鳴り始める。

ぎょっとしたが、受話器をつかんで耳元に当てた。

「黒田様。お電話でございます」

フロントの声がした。助けを求めようとしたが、すぐに外線に切り替わってしまう。

「もしもし……」

替わって聞こえてきたのは、満子の声だった。

「黒田さん？　聞こえますか？」

「み、ちゃん……おれい……どくを」

問いただそうとしたが、舌がもつれて、言葉を発するのがひどく困難だった。

「よく聞いてください」

満子は、静かな声で言った。

「あなたの命は、もう、あとわずかです。だから、せめて、何があったのか説明します」

「何れら……？　何れ、おれあ」

大量の唾液が唇から滴り落ちて、言葉を押し流してしまう。

「あなたは、選択を誤ったの。磯部は、たしかに焼酎を選んだわ。缶詰を選択していれば、助かったはずよ。そこまでの推理は正しかった。だけど、十八年の時の流れの中で、正解は逆へと変わったのよ」

「ぎゃ、く……？」

満子の声は、まるでラジオの選局をしているときのように、遠くなったり近くなったりした。

「保健所で焼酎と残されていた缶詰の中身の成分分析をして……。結果に愕然とした……磯部武雄……焼酎は完全に無毒化……青酸ナトリウム……驚いたのは、缶詰……大量の……ぞっとした……すぐに廃棄……気が変わって」

黒田は、受話器から聞こえる満子の言葉に集中しようとしたが、激しい耳鳴りの中では、断片的にしか聴き取れない。頭から滝のような汗が流れ落ちる。

「日記……許せな……土壌とか、海……腸詰め……煮沸……がほう……」

もはや、満子の言葉は、まったく意味をなしているように聞こえなかった。

脚の感覚が失われ、黒田は、その場に崩れ落ちる。手から受話器が転がり出た。

まぶしい。部屋の蛍光灯が、まるでオリンピック・スタジアムの照明のようにまばゆく、網膜を灼いていた。

黒田は、横倒しになった。

息ができない。

何度か痙攣した後、意識は暗転していく。

最後に黒田が感じたのは、地獄の底へと引きずり込まれる無限の恐怖だった。

1964年10月11日　10時33分

黒田は、どうやら、ホテルで一番値段の高いデラックス・スイートルームに泊まっているらしかった。満子は、公衆電話の受話器をぎゅっと握りしめる。フロントが電話をつなぐと、ほとんど間を置かずに相手が出た気配がした。

「もしもし……」

応答はない。

「黒田さん？　聞こえますか？」

「み、ちゃん……おれい……どくを」

あえぎ声に混じって、泥酔しているように不明瞭な声が聞こえる。すでに毒が回っているのだろう。

「よく聞いてください」

満子は、できるだけ気持ちを落ち着けて言った。

「あなたの命は、もう、あとわずかです。だから、せめて、何があったのか説明します」

「何れら……？　何れ、おれあ」

後半は、よだれを垂らしているような湿った音が混じった。はたしてこれから言うことを理解できるのだろうかと危ぶまれた。

「あなたは、選択を誤ったの。磯部は、たしかに焼酎を選んだわ。缶詰を選択していれば、助かったはずよ。そこまでの推理は正しかった。だけど、十八年の時の流れの中で、正解は逆へと変わったのよ」

「ぎゃ、く……？」

「最初から話さなければ、わからないわね。今から半年くらい前、父が天井裏に隠していた日記を見つけたの。内容はショックだったけど、まだ半信半疑だった。でも、防空壕の鍵を開けてみたら、磯部武雄の白骨死体がそのまま転がってた。焼酎と数個の缶詰、そして空き缶もね」

早口に言う。気温は低いのに、汗ばんだ掌で受話器が滑りそうだった。

「日記の内容を裏付けるため、保健所で焼酎と残されていた缶詰の中身の成分分析をしてみたの。結果に愕然としたわ。磯部武雄を殺したという焼酎は完全に無毒化していた。青酸ナトリウムは、二酸化炭素と化合して重曹に変わったの。もともとガス抜きもしてなかった粗悪な焼酎は、大量の二酸化炭素を含んでたんでしょうね。……だから、あなたが焼酎を選んでいたなら、助かっていたんです」

満子は、唇を舐めた。

「だけど、本当に驚いたのは、缶詰の方だった。煮沸消毒してあったはずなのに、なぜか、大量のボツリヌス菌が検出されたの。ぞっとしたわ……。すぐに廃棄しようと思ったけど、気が変わって、研究材料として保存することにしたの」

話しているうちに、喉がからからになってくるようだった。

「史子が自殺したとき、わたしは、父の日記と、缶詰のことを思い出した」

胸が苦しくなって、大きく息継ぎをしてから続ける。

「……史子を死なせたあなたは、絶対に許せない。でも、わたしが自分で手を下すなんて、できっこない。だから、父の残した缶詰と焼酎を使って、神の裁きに委ねたの。罪人は必ず間違った選択をすると、父の日記には書かれていた。だから、あなたが本当の罪人なのかは、どっちを選ぶかでわかると思った」

黒田は、無言だった。乱れた息づかいだけが聞こえてくる。

「……ボツリヌス菌ってわかる？　土壌とか、海や川の泥の中にいる、ありふれた細菌よ。酸素のある場所では生きられないけど、缶詰のように空気が遮断された環境では増殖して、恐ろしい毒素を作るの。ヨーロッパで昔から数多くの死者を出してきた『腸詰め中毒』も、ボツリヌス菌の仕業よ」

やはり、黒田は沈黙していた。すでに末梢神経の麻痺はかなり進んでいるようだから、聞こえているかどうかすらわからない。

「でも、フグの卵巣は、缶詰にされる前に煮沸されていたという話だったわ。それなのに、なぜボツリヌス菌が生き延びたのかが不思議だった。だから、文献を調べてみたの。ボツリヌス菌は、危険にさらされると芽胞《がほう》を作るのよ。細胞の内側に強固な膜を張って、仮死状態になり、遺伝子を守るの。フグの卵巣に付いていたボツリヌス菌は、塩漬けにされたとき、いっせいに芽胞になったんでしょうね。ボツリヌス菌の芽胞はとりわけ熱に強くて、百度の沸騰水の中でも、完全に滅菌するのには六時間もかかるの。最初から煮沸していればともかく、芽胞になった後では、ほとんど無効だったのよ」

電話の向こうで、受話器が何かにぶつかったような音がした。

「しかも、塩漬けから糠漬けに変えて、さらに煮沸したことによって、塩分濃度が低下し、酸素のない缶詰の中でボツリヌス菌がゆっくりと増殖できるようになった。十八年たった今では、缶詰は菌の巣窟と化している。……ボツリヌス菌が生み出すボツリヌストキシンは、自然界で最強の毒素よ。フグ毒、テトロドトキシンと比べても、桁違いに強力な」

満子は、言葉を詰まらせた。もはや受話器の向こうに黒田がいないことはわかっていた。それでも、最後まで話し続けずにはいられなかった。

「あなたは、おそらく、もうだいじょうぶだろうと高をくってたんでしょうね。だけど、ボツリヌストキシンが神経系に作用し始めるのは、十二時間から三十六時間という長い潜伏期間の後なんです」

涙が溢れ出てきた。

「だから、あなたには、ヒントをあげたじゃない。十八年は、古い恨みをぬぐい去るにも、新たな怨念を生み出すにも、充分な年月だって」

耳を澄ませても、何の音も聞こえてこない。

「さようなら」

満子は、死者に向かって囁くと、そっと受話器を置いた。

赤い雨

Red Rain

1

チミドロの胞子で真っ赤に染まった雨が、暗褐色の大地と、赤褐色の海に降り注いでいる。うねり泡立つ波頭は、ビニールバッグの中の血液と同じ色をしていた。

右手には、初島や、遠く大島まで望める。何万年も前からほとんど変わらない眺めだが、色彩が一変したことで、まるで別の惑星へやって来たような印象を与える。

赤潮と呼ぶのさえ濃厚すぎる色は、どこまでも続いている。小笠原諸島まで南下しても、ほとんど違いは見られなかった。慶良間《けらま》諸島、セーシェル、モルディブにも、その他地球上のどんな場所を探しても、もはやコバルトブルーの海はどこにも存在しないのだ。

サンゴも、それを食い荒らすオニヒトデも、姿を消した。すべての魚類、海生の哺乳類、軟体動物、棘皮《きょくひ》動物、腔腸《こうちょう》動物なども、ことごとく絶滅したと考えられている。

地球は、たった一種の新参の生物――チミドロによって蹂躙《じゅうりん》されていた。

橘瑞樹《たちばなみずき》は、熱海ドームの内側から、蜂の巣めいた六角形の透明なパネルを通して、地獄のように荒涼とした風景に目を奪われていた。

降り注ぐ赤い雨は、グリッドから絶えず噴射されるエアで吹き飛ばされるが、ときおり、赤く濁った水滴が取り付く。まるで意思を持った生き物のように、流れ落ちながら合体し、偽足を伸ばす水滴は、プラスの電荷を帯びているため、プラスの電極の上にさしかかると、ぶるぶる震え出し、最後は跡形なく弾き飛ばされてしまうのだった。

「何、見てるの?」

麻生《あそう》光一《こういち》が、うたた寝から醒めて、声をかけた。

「秋雨……」

瑞樹は、海から目を離さないまま、答えた。

「夜明け前から、ずっと降ってる」

「よせよ。外の世界なんか、見てるだけで気が滅入るだろう?」

光一は、吐き捨てるように言った。「スクリーン」という声で、周囲から折りたたまれた白い六角形のパネルが現れ、展開してドームの内側を覆う。

「昔の、小笠原の海がいいな。エメラルドグリーンの」

自然の音と区別が付かないようなリアルな音響とともに、美しい立体映像が映し出される。ほんの数十年前には、この地球上に実在していた光景。抜けるような青空の下で、翡翠《ひすい》色をした海が群青《ぐんじょう》から緑へ鮮やかなグラデーションを見せている。海面すれすれを飛行していたカメラが海中に潜った。青、白、赤、緑の珊瑚礁。鮮やかな黄色とブルーの熱帯魚。海中を翔《かけ》るアオウミガメ。遊びに興じるバンドウイルカの群れ。

「消して」

瑞樹は、振り返って、光一に言った。

「どうして？」

光一は、不思議そうな顔になって訊ねたが、瑞樹は、うまく説明する自信がなかったので、「今は、そんな気分じゃないから」とつぶやいた。

光一は、手を振って映像を消すと、優しい口調で言った。

「瑞樹は、疲れすぎだと思うよ。ちょっと休息して、リフレッシュしたら？」

「今が大事なときなの。もうちょっとで、突破口が見つかりそうだから」

光一は、ベッドから起き上がると、瑞樹の後ろに来て肩を抱いた。

「まだ、先は長いよ。あんまり、焦らない方がいい」

光一は、全裸のままだった。ドームの中で生まれ育った特権階級には、はなから羞恥心というものが存在しないのだ。

「どうして、先は長いと思うの？」

瑞樹は、反発を覚えた。

「ＲＡＩＮの治療法が、そんなに簡単に見つかるとは思えない」

光一は、クールに言い放つ。

「これまでの研究で、ある程度の結論が出てるし。おそらく、ある年齢までに『漂白《ひょうはく》』するしか、助かる方法はないんじゃないかな」

「わたしみたいにね」

瑞樹の皮肉は、通じなかった。

「うん。もちろん、患者を救いたいというのは、とても崇高《すうこう》な使命感だと思うよ。だけど、いたずらに手遅れの疾患を治療する方法を探すよりも、もっとほかにリソースを振り向けた方が生産的じゃないかな」

光一の言っていることは正しいのかもしれない。それでも、どうしてそんなに冷たく割り切ることができるのか、瑞樹には理解できなかった。

「現に、死の淵にいる患者が、世界中でどれだけいると思うの？　医師として、わたしは、彼らを見捨てることはできないわ」

瑞樹は、まっすぐに光一に向き合った。

「もちろん、根本的な解決には、あなたたちの研究を待つしかないけど」

てっきり、光一は、プロジェクトの進捗《しんちょく》状況について滔々《とうとう》と語り始めると思っていたが、予想外な反応が返ってきた。後ろめたそうに顔をそむけたのだ。おそらく、彼の人生では、自分の感情を隠さなくてはならない状況には一度も直面したことがなかったのだろう。

「どうしたの？　また何か、問題？　暗礁に乗り上げてるの？」

瑞樹は、嫌な予感にさいなまれる。

「……というより、一時、棚上げになったという方が正確かな」

光一は、目を合わせようとしない。

「棚上げって?」

瑞樹は、絶句した。

「どういうこと? だって、何より優先しなきゃ……ありえないでしょう?」

光一は、世界中の優秀な頭脳を結集し、天文学的数字の予算を使った計画に参加していた。『ブルー・アース・アゲイン』――地球環境からチミドロを除去するという、人類史上最大のプロジェクトである。

「可能性があるならね。でも、こっちも、ほぼ結論が出たんだよ。影響が大きすぎるから、公式には発表されてないけど」

瑞樹は、耳を覆いたかった。

「まさか、方法が、ないってこと?」

光一は、うなずいた。

「そんな……。だって、諦めちゃったら、それで終わりじゃない?」

「だから、断念するんじゃなくて、一時棚上げっていう幕引きになったんだ。いつの日か、画期的な新技術が生まれたとき、再度チャレンジすることになってる」

「馬鹿なこと言わないで!」

瑞樹は、かっとして叫んだ。

「どれだけの人たちが、あなたたちの研究に唯一の希望を抱いていると思うの？　ドームの中で守られてる人はいいでしょうけど、今も赤い雨に打たれ続けてる人はどうなるの？」

第七自治居住区の景色が、脳裏に浮かんだ。密集している、赤錆のような色のトタン屋根。赤く染まった皮膚を持つ住人たち。彼らの絶望と、彼らの希望。瑞樹が学力テストによって選ばれたとき、両親から兄、姉、親戚一同、近所の人たち全員が祝い、送り出してくれた。地獄の底から一本の蜘蛛の糸をよじのぼり、眩い天上界へと向かうスラムの子を。

光一は、瑞樹から離れて、背を向けた。

「気持ちはわかるけど、どうにもならないんだ」

「それでも。たとえ、今すぐ効果が上がらなくても、戦い続けなくちゃ」

光一は、しばらくの間、無言だった。

「わかった。君には、特別に、見せてあげるよ」

「何を？」

「プロジェクトの行き着いた結論だよ」

光一は、素肌の上にインテリジェント・スーツを着込んだ。瑞樹も、ローブを脱ぎ捨てて、白衣——昔の白衣とは似ても似つかない、宇宙服のような外観のもの——を着る。

光一に割り当てられた贅沢な居住用セルブロックから出ると、何も言わなくてもドームの中心部へと向かう二人用のキャブが出現した。「麻生光一。ワークスペース」と命じると、キャブは、走路の上を水平に走り、縦坑《あな》に入ってからはエレベーターのように上昇した。

キャブのドアがスライドして開くと、そこはもう光一の部屋だった。

「どうぞ。この部屋に入るのは、初めてだったよね？」

瑞樹は、三十平米ほどの部屋の中を見回した。カウンターデスクと休憩用のカウチがある以外は、がらんとしていて殺風景だった。

光一は、天井からスクリーンを呼び出した。

「まずは、チミドロについて、おさらいしておこう」

「それは、省略して。嫌っていうくらい、よく知ってるから」

瑞樹は、無意識に、腕の皮膚を撫でさすっていた。

「でも、君は、本当の正体は知らないだろう？　やつらが、どこから来たのかは」

光一は、瑞樹の興味を惹くように言う。

「じゃあ、わかったの？」

「ああ。ほぼまちがいないところまで特定された」

スクリーンに、ＤＮＡのパターンが現れた。

「チミドロのＤＮＡを解析した結果、編集された痕跡《こんせき》が見つかった。遺伝子工学で創り出された生物である証拠が発見されたわけだ。元となった塩基配列は、血糊藻《チノリモ》などの紅《こう》藻《そう》類や、青深泥《アオミドロ》などの緑藻《りょくそう》類、数種類の渦鞭毛藻《うずべんもうそう》類に由来している。珍しいところでは、芽胞《がほう》を作るために、枯草菌のDNAもミックスされていた」

「でも、それだけ？」

瑞樹は、眉を上げた。あらゆる波長の光を利用できる、他に類を見ない光合成の効率は、紅藻と緑藻両方のクロロフィルを移植したことで説明できるし、鞭毛で活発に動き回っては魚を捕食する能力は、やはり渦鞭毛藻類に由来するとしか思えない。しかし、それだけで、あそこまで破壊的な生物が創り出せるだろうか。

「それ以外にも、未知の塩基配列が発見されたが、ケーララの赤い雨に含まれていた胞子のものだと確認できた」

光一の声には、発見に対する昂揚はみじんも感じられなかった。

二〇〇一年に、インドのケーララ州で二ヶ月間にわたって降った赤い雨は、藻類の胞子によるものだった。だが、既知のいずれの藻類とも異なっていたため、宇宙からやって来たという説まであったらしい。

「……で？　結局、誰が、チミドロを創ったの？」

瑞樹は、抑えようのない怒りが込み上げてくるのを感じた。たとえ、致死率が100パーセントのウィルスを創り出して世界中にばらまいたとしても、ここまで深刻な事態には至らなかったはずだ。いや、むしろ、人類が激減すれば、地球にとって福音になったかもしれない。

「動機と能力の両方を考えたら、犯人は絞られるだろう？　ペトロコープしかない」

いつもは穏やかな光一の声は、被告を断罪する検事のような厳しさだった。

「石油は、昔からずっと枯渇すると言われ続けてきたが、実際はなかなか枯渇しなかった。しかし、それにも、限界はある。ペトロコープは、遺伝子操作により光合成の効率を極限まで上げた藻類を作り出し、エネルギー問題を解決——というより、世界のエネルギーを独占しようとしたんだ」

ペトロコープ。かつて大産油国の石油公社数社が融合し、さらに、セブン・シスターズと呼ばれた巨大石油資本を呑み込んでできた、人類史上最大の企業体。

「だとしても、うなずけないわ。どうして、そんな危険な藻類を環境中に放出したわけ？　ペトロコープには、最悪の事態が予想できたはずでしょう？」

「その答えが、これだ」

スクリーンに、巨大な養魚場のようなものの写真が現れた。

「何、これ？」

「アラスカにあった、ペトロコープの実験用プラントだよ。遺伝子操作によって創造された数百種類の藻類に光合成させ、エネルギー源としての適性を試験していたんだ。開けっぴろげに見えるが、全体が強靱《きょうじん》な三重のドームで覆われていたから、間違っても環境中に放出される危険性はないと考えられていた。……それが、ある日、こうなった」

爆発の映像。熱海ドームよりも遥かに巨大と思われるドームが、一瞬にして吹き飛んだ。爆風。もうもうと上がる煙。

「テロ？」

「ああ。悪名高い過激派環境団体、グリーンウッド・ギャングの仕業らしい。この爆発規模だと、たぶん、小型の核を使ったんだろうな」

画面には、地球の模式図が現れた。

「このテロによって、推定で、百七十万トンの胞子が放出された。偏西風に乗った胞子は、十一日間で東回りに地球を一周して、季節風などによって低緯度地方に運ばれた。さらに、貿易風に乗り換えると、今度は西回りに地球を巡った」

光一は、陰鬱な声で説明を続ける。

「放出された胞子のうち、チミドロの割合がどのくらいだったのかはわからないが、結局、生き残ったのはチミドロだった。海に落ちたチミドロの胞子は、発芽し、爆発的に繁殖して、巨大な褐色の海藻となり、海表面を占拠すると太陽光を遮って大半の海草やプランクトンを死滅させ、海面からさらに大量の胞子を放出した。胞子はその後、数ヶ月から二年にわたり、赤い雲となって大気の中を浮遊し続け、世界中に赤い雨を降らせた。そのために、海や河川、氷河や氷山までが赤く染まった。陸上では、皮膚の薄い両生類は真っ先に絶滅し、爬虫類も、地中に棲むアシナシトカゲなどを除き、あっという間に消え去った。哺乳類は、ごく一部がチミドロと共生関係を築いたものの、99パーセントは死に絶えた。こうして、わずか数年の間に、地球はチミドロで飽和した」

「もういいわ」

瑞樹は、スクリーンから目を背けた。

「巨大エネルギー企業が悪魔を創り出して、過激派がテロでそれを解き放った……。でも、今さら犯人捜しをしたって、意味がないでしょう？　問題は、これからよ」

光一は、黙ってうなずいた。

「チミドロは、たしかに怪物かもしれない。でも、同時に生身の生物にすぎないんだから、根絶できないはずがないわ。チミドロは、短期間にほとんどの種を一掃してしまったけど、人間だって、絶滅に追い込んできた数では負けてないじゃない？　ツェツェ蠅やマダニは、計画通り消し去ることができた。なのに、なぜ、チミドロの除去をあきらめるの？」

光一は、力なく首を振る。

「過去に根絶に成功した生物は、おおむね、寄生生物か捕食者だった。裏を返せば、何かに依存していたわけだから、そこを衝《つ》くことができた。有性生殖を行う生物の場合は、さらに大きな弱点を抱えていたしね」

光一は、息苦しくなったように、言葉を切った。

「ところが、チミドロは、そのどちらにも当てはまらないんだ。最も厄介なのは、やつらが、一次生産者だという点だ。太陽光と二酸化炭素と水さえあれば、光合成を行って増殖することができる。チミドロは、生存と繁殖のために他の生物を必要としていないんだよ」

瑞樹は、耳を塞ぎたくなった。

「ペトロコープの真意は、今となってはわからない。だけど、もしかすると、チミドロは、火星のテラフォーミングまで視野に入れて開発されたんじゃないかって気がするな」

光一は、片頬を笑っているように歪めた。

「チミドロは、一種だけでも生きていける自己完結した生物だ。その上、他種からの捕食や寄生は許さない不寛容さを持っている。それどころか、渦鞭毛藻類のように、本来だったら高次の捕食者である魚類を逆に捕食してしまう獰猛《どうもう》さまで併せ持つ」

そして、両生類、爬虫類、哺乳類に対しては、寄生者として振る舞う狡猾さも。瑞樹は、暗澹《あんたん》たる気持ちで考える。

「要するに、一種で、一次生産者から最終捕食者まで、ほぼすべての生態的地位《ニッチ》を独占しているんだ。そんな生物を、いったい、どうやったら根絶できるんだ？」

光一の表情と声からは、もはや絶望しか感じ取れなかった。

「『ブルー・アース・アゲイン』のチームが出した結論は、こうなんだ。もしこの地球からチミドロが一掃されるシナリオが存在するとしたら、小惑星か何かの衝突により、あらゆる生命が焼き尽くされてしまう場合くらいなんだ」

2

赤い雨は、ようやく小やみになった。

今のうちに、出た方がいいだろう。防護服を着てはいるが、極力雨に打たれないに越したことはない。

瑞樹は、必要な機材を積み終わると、バギーに乗り込んだ。「関東第九自治居住区」と、行き先を告げる。

鮮血を撒き散らしたような雨上がりだった。バギーは、褐色で粘り気のある泥にタイヤを取られることもなく、軽快なエンジン音を立てて発進する。静かな電気自動車も使えたが、瑞樹は、おおむねガソリンエンジンを選んだ。チミドロに支配された惑星にも、メリットがないわけではない。海にも池にも無尽蔵の燃料が溢れているし、万が一水のないところで立ち往生した場合でも、待ってさえいれば空から降ってくる。バギーに搭載されたスターリング・エンジンが昔のガソリンエンジンと決定的に違うのは、緊急時には、充分チミドロを含んだ水を燃料タンクに入れさえすれば、咳き込んだり呻《うめ》いたりしながらも、何とか動いてくれることだった。

しばらく行ったところで、瑞樹は、熱海ドームを振り返った。

旧熱海市街を覆う巨大な建造物は、三重のテンセグリティ・ドームだが、最外層だけは、三角形ではなく巨大な六角形のパネルが組み合わされている。パネルは、電圧により、何も嵌まってないように見えるほどの透明度から、完全な漆黒まで自由に明るさを変えられる。雨天には、グリッドから噴き出すエアとプラスの電荷でチミドロの胞子の付着を防ぐ仕組みだが、それだけでは心許ないのか、ドームの周囲には墓石そっくりな形の集塵塔《しゅうじんとう》がいくつも建っている。いわば巨大な空気清浄機で、ドームの周囲の空気を吸い込んでは、フィルターで胞子を濾《こ》し取り、高圧放電によって吸い付ける。そのために莫大な電力を消費するのだが、エネルギー源だけはふんだんにあるので、節電のためにスイッチを切ることはなかった。

バギーは、不安定な斜面を走る。海岸沿いならもっと走りやすいのだが、血の波飛沫《なみしぶき》——チミドロの浮遊胞子よりも遥かに危険な遊走子《ゆうそうし》——を含む水を被る可能性を考えると、とても通る気にはなれなかった。

チミドロが世界を支配するようになってから、動物相《フォーナ》だけでなく植物相《フローラ》も激変していた。頑強に抵抗する低木は、チミドロと共生するようになった地衣類で一面に覆われて、褐色に緑や白の斑が混じる模様が、野原の標準的な色になっていた。雑草も、繰り返しチミドロの胞子が付着するうちに窒息してしまう。その前にすばやく成長し、種を作って飛ばすことができる種類だけが、生き残っていた。その間を、チミドロの死骸を食べる真っ赤なヤスデや、血豆のような色のワラジムシが歩き回っていた。

二時間ほど走ると、ようやく、関東第九自治居住区の入り口が見えてきた。

柵の横木は、チミドロの胞子が付着して錆びた鉄骨そっくりに見えるが、元は節だらけの材木だった。バギーを徐行させ、門をくぐった。エンジン音を耳にすると、なぜか、住民はトタン屋根の掘っ立て小屋の中に入ってしまった。ときおり、子供の姿が見えた。蓬髪は褐色がかり、顔もうっすらと赤いが、双眸《そうぼう》はきらきらと光っている。だが、陰から親の赤い腕が出て来て、すぐに小屋の中に引っ張り込まれてしまう。

狭い道の両側には、赤錆色の屋根が蜿蜒《えんえん》と続く。瑞樹の生まれ育ったスラムとそっくりな光景だった。つい感傷に耽《ふけ》りたくなったが、今の自分は、ここでは異物であることを忘れないようにしなければならない。『漂白』されて白人よりも白い皮膚になった人間は、ここの住人から見れば、ドームで生まれ育った人間以上に違和感があるのだ。

目指す小屋の前でバギーを停めると、藤林《ふじばやし》が出て来た。第九自治居住区では数人しかいない医師の資格の持ち主であり、RAINの治療法を研究する瑞樹の協力者だった。

「橘さんか。久しぶりだな」

藤林が、がらがら声で言った。赤銅色に染まった皮膚。こめかみと目が落ち窪んで、馬のように長い顔は、最初に見たときは怖さを感じたものだ。実際、ぎらぎら光る目には、支配階級に対する不信と怒りがある。だが、藤林は、すべての人に対する同情と優しさに満ちた人間であり、それがわかってからは、瑞樹も自然に心を開くことができた。

「本当に、ご無沙汰しました。ちょっとお話があるんですが、いいですか？」

瑞樹は、ヘルメットを脱ぎながら、藤林に挨拶する。

「脱がんでいい。気を遣うな。また、すぐに雨が降ってくるぞ」

藤林は、天を仰ぐ。片眼は白く濁っており、ドームの基準ではかなりの老人に見えるが、実際は、まだ四十代の前半だった。とはいえ、スラムの住民の平均寿命は四十歳未満であり、その意味では、すでに晩年にさしかかっていると言ってもいい。

「中に入りなさい」

藤林は、チミドロの寄生で節くれ立ち動きが不自由な指で、瑞樹を小屋の中に招き入れてくれた。

「そこに、掛けるか？……いや、あんたらは、立ったままが好きなんだったな」

「ええ。すみません」

瑞樹は、立ったまま答える。実際、ドームの中では、立ったまま仕事をすることが多いのだが、ここで座らないのは、チミドロの感染を防ぐ意味合いが強かった。

「で？　今日は、どうしたんだね？」

藤林は、優しい声をかける。

「お願いがあって、来ました」

瑞樹は、あらたまった声を出す。

「お願い？　あんたに、俺ができることがあるか？　まあ、何でも言ってみたらいいが」

「最近、亡くなった方のご遺体を、わたしに預けていただけないでしょうか？」

藤林の目が、細くなった。怒っているようにも見えるが、実際はどうなのだろう。

「遺体を？　本気で言っとるのか？」

「はい。ＲＡＩＮの治療法を見つけるためには、どうしても必要なんです」

藤林は、戸口の方に顔を向け、しばらく沈黙した。瑞樹は、黙って答えを待つ。

「それは、いい考えだとは、思えんな」

しばらくして、返ってきた答えが、それだった。

「なぜでしょうか？」

「ここの者は、あんたに遺体を渡すことに、いい感じは抱かないだろう。たとえ、それが、ＲＡＩＮで死ななくてもいいようにするためであっても」

「わたしは、皆さんからは、信頼していただけないんでしょうか？」

「俺たちは、お上からは、家畜か実験動物のように扱われてきたからな。死んで、ようやく自由になる。この理不尽な世界からも、ドームの中にいる連中からも。それが、ここでの、ごく普通の考え方だ」

「それは、よくわかります。わたしも、自治居住区の出身ですから」

瑞樹は、言葉を選びながら言った。

「でも、献体があれば、皆さんのお子さんやお孫さんたちが、ＲＡＩＮから解放される日が来るかもしれないんです。もちろん、治療法を発見するのは、容易なことではありません。でも、それ以外に方法はないんです」

藤林は、不自由な指で頭を掻いた。

「かりに、誰かの遺族が、あんたの申し出を受け入れたとしよう。必ず、それを聞きつけてやって来る連中がいる。ドームに対する敵意で凝り固まった連中や、何でも利益に結びつけようというやつらだ。面倒なことになるぞ」

瑞樹は、言われたことを考えた。

「何とか、秘密裏に事を運べないでしょうか？」

藤林は瑞樹に顔を向けた。白く濁った片眼。だが、もう片方の目には、知性のきらめきがある。

「方法が、ないこともない」

そのつぶやきに、飛びつきたい思いだった。

「どうすればいいんですか？」

「こちら側の問題は、まあ、何とかなる。……だが、そっち側の問題はどうするつもりかね？」

「わたしの方の問題ですか？」

藤林が、何を言いたいのかわからなかった。

「ドーム内に、ＲＡＩＮで死んだ遺体を持ち込めるのか？　あそこの連中が許可を出すとは、俺には、どうしても思えんのだがな」

瑞樹は、藤林の洞察力に、舌を巻く思いだった。まさに図星だったからだ。

「それは……まあ、何とかなります」

藤林は、呆気にとられたような顔をしていたが、くつくつと笑い始めた。

「そうか。何とかなるか」

「はい」

間歇的《かんけつ》に、トタン屋根を打つ音が響き始めた。

雨音は、しだいに連続し、どんどん強くなっていく。

瑞樹は、恐怖を面に表わさないように、必死に耐えていた。


ヘルメットを叩く、雨だれにそっくりの水音。頭上から降り注ぐブルーの薬液は、銀色の防護服の上で激しい飛沫を上げていた。瑞樹は、まんべんなく薬液が当たるようにと両手を拡げて頭を回した。

いったんドームから外に出た人間が、再び中に入るためには、厳格な手順を踏まなくてはならない。最初は、風除室《ふうじょしつ》だった。名前に反し、中では台風並みの強風が吹き荒れており、チミドロの胞子を吹き飛ばす。次の集塵室では、コロナ放電によるマイナスイオンを胞子に結合させプラス電極で吸い付ける。最後の洗滌室では、薬液のシャワーを浴びせられて、ようやく消毒は完了だった。

それでもまだ信用できないらしく、長い廊下では、人の目の錐体《すいたい》の千倍以上の識別能力を持つ色覚センサーが鵜の目鷹の目で防護服の色をチェックし、豚とほぼ同レベルという嗅覚センサーがくんくんと臭いを嗅いで、ドーム内への汚染の侵入を防いでいた。

瑞樹は、ランドリー室で銀色の防護服を脱ぎ捨てて、シューターに放り込んだ。消毒用の薬液は六十度以上の熱さなので、すでに身体は汗みずくになっていた。万一の場合に、皮膚をチミドロの胞子から守るためのスキン・クリームも、べとべとに溶けて不快だった。

ああ。やっと、本物のシャワーを浴びることができる。

たっぷりとシャンプーを泡立てて、髪を洗った。それから、全身も。

藤林医師の家では、瑞樹は、規則を無視してヘルメットを脱いでいた。そのこと自体は、後悔していない。人類をＲＡＩＮから救うという大義名分があるとはいえ、遺体を融通してくれという厄介な頼み事をして、自分だけ防護服に守られているわけにはいかない。

だが、辞去するまでの間ずっと、瑞樹は皮膚がちりちりするような感覚に苛まれていた。スラムで生まれ、スラムで生活してきたというのに、今さら怖がることなんかない。いくら自分にそう言い聞かせても、鳥肌は去らなかった。こうやって、自分の手で身体を洗い清めるまでは。

シャワーブースには、湯気にも曇らず、左右も反転しない電子鏡が備え付けられている。瑞樹は、いつもの習慣で自分の身体を隅々まで確認した。

アジア人特有の肌理《きめ》の細かさと、白人か色素欠乏症と見まがうくらいの白さを持った肌。スラムの住人たちからは、羨望と妬みを込めて『漂白』されたと言われる皮膚。かつては、大理石のような完璧な白さに憧れていたのに、未だに自分の身体という感じが持てないのは皮肉だった。一部は筋肉層にまで浸透していたチミドロの色素を除去したというより、逆に、薄皮を一枚まとったような気がする。まるで、ドーム内の居住を許されるため、こぎれいなプラスチックの膜でコーティングされたかのようだ。

自分ではわからないが、この身体は、きっと魅力的に映るのだろう。ドームに来て以来、数多くの男女から、性的パートナーにならないかという誘いを受けた。年配の男の中には、瑞樹を「天使」と呼んで拝跪《はいき》する者もいたし（内分泌学の主任教授だった）、フェミニンでエレガントな女性が、瑞樹といるときだけ、思春期の少年のように自分の欲望を持て余して狼狽する様を見るのも、楽しかった。

彼女から特に偏愛されていた、彫刻のように硬く尖った乳房を持ち上げてみる。それから、鏡の前で様々なポーズを取ってみた。陰毛は、『漂白』の副作用で、いまだに少女のように薄く、ますます人形めいて見える。

瑞樹は、左腕を前に伸ばし、掌を上に向けて捻った。二の腕の一番奥、脇に近い部分に、その色は残っていた。

直径わずか二センチほどの、丸い印。それは、昔の肌とそっくりな赤い色だった。

瑞樹は、そっと印に触れてみた。もともと線は滲んでいたし、経年変化で、しだいに薄くぼやけてきたため、人が見ても何を意味しているのかはわからなかっただろう。

それは、大人の手が、すっぽりと小さな子供の手を包んでいる図柄だった。『未来』……。瑞樹の生まれ育った第七自治居住区における環境回復運動のシンボルである。これだけは、光一にも、誰にも、絶対に見せてはならない。ふだんは、上に人工皮膚を貼り付けて隠していた。

もちろん、この印に邪悪な意味などは、いっさいなかった。莫大な負の遺産とともに将来、この地球を引き継ぐ次の世代に対し、できるかぎりの贖罪《しょくざい》をしようという決意と連帯を示すシンボルでしかないのだから。

だが、万が一見られた場合は、印の不鮮明さも手伝って、スラムの出身者による秘密結社『赤い怒り《レッド・レイジ》』のマークと間違われる可能性があった。現存する最悪のテロ集団の一員だと疑われたら最後、運がよくて永久追放、最悪の場合は極刑が待っている。

瑞樹は、腕にこのタトゥーを入れようと思った日のことを思い出していた。

あの日も、赤い雨が降っていた。

梅雨だったのか、秋の長雨だったのかすら思い出せないが、深い傷を負った天が流血するように、しとしとと降り続いていた。

瑞樹は、傘を差して、赤錆色のトタン屋根の間の路地を歩いていた。

今まで、雨に濡れることを恐れたことはなかった。曲がった木の枝に油紙を張っただけの番傘には、破れ目がいくつもあったし、呼吸するたびに、雨滴が傘や腕にぶつかって生じる血煙のような霧を肺に吸い込んでいた。

しかし、この日は、違っていた。

瑞樹は、意図的に呼吸を浅くして、極力チミドロの胞子を吸い込まないよう努めていた。傘の柄を握る手に点々と付く赤い水滴も、神経質なまでにハンカチで拭った。

今までは運命だと諦めていたＲＡＩＮによる早い死から、もしかしたら逃れられるかもしれない。そう思うと、見慣れた光景の何もかもが厭わしく、呪わしく映った。

迷路のような路地を、ほとんど息を止めて走り抜ける。

橘家は、袋小路の突き当たりにあった。

それは、家というより、廃材を寄せ集めて作った物置小屋のようなものだった。

瑞樹は、入り口に立てかけてあった戸（古い材木で枠を作ってトタンを張っただけの代物だが、引き戸にすると建て付けが悪すぎたため、いつしか立てかけるだけになっていた）をどけたが、そのために傘を手放さざるを得ず、結局、髪も服も赤い雨でぐっしょりと濡れてしまった。

「おかえり」

後ろから、傘を差し掛けてくれたのは、父の正樹だった。

「ただいま」

瑞樹は、額から流れ落ちる雫が眼球に入らないよう、目を細めて父を見た。

「早く、家に入りなさい」

そう言うと、父は、瑞樹を先に入れてから後に続いた。内側から器用にトタンを入り口に立てかける。

「こっちへおいで」

父は、土間の甕《かめ》を開けると、蒸留した水をひしゃくで汲み、何杯も瑞樹の頭からかけた。土間は傾斜しており、水は速やかに排水溝へ流れ込むようになっていた。どう頑張っても、家の中に胞子を持ち込まないのは不可能だったが、少しでもチミドロを排除する工夫を徹底している家ほど、平均して家族が長生きできた。

「で？　どうだった？」

乾いた布で頭を拭いている瑞樹に、上り框《がまち》に腰掛けていた父が、何気ない様子で訊ねる。答える前に、瑞樹は、一度息を深く吸い込んだ。

「うん。合格だった」

「そうか。おめでとう」

父は、嬉しそうにうなずいた。

「それで？　何番だったんだ？」

瑞樹は、父に向き直った。こうして答えられることが、自分でも誇らしい。

「一番。第七自治居住区では、わたしが最高点だったって。それも、二番とはかなり開きがあったの」

「そうか！　よくやった！　よくやった！　さすがは、お父さんの娘だな。こんなに嬉しいことはないよ！」

父は、立ち上がり、激しく手を打ち鳴らした。掌をまっすぐに伸ばすことができないので、籠もったような音だったが、いつまでも叩き続ける。

「一番なら、まちがいない！　それも、群を抜いてたんだ！　必ずドームから迎えが来るよ。ああ、こんな日が来るなんて……まったく、夢のようだ」

父の顔は絶滅したニホンザルのように赤く、ふだんは感情を面に表すことはなかった。しかし、この日ばかりは、手の舞い足の踏むところを知らずという状態だった。

父のせっかくの喜びに水を差すのは気が引けたが、瑞樹は、意を決して口を開いた。

「お父さん。ちょっと、聞いてほしいんだけど」

瑞樹の口調から何かを感じ取ったのか、父は、瞬時に真顔に戻る。

「なんだい？」

「わたし……譲ろうと思って」

父は、身動《みじろ》ぎもしなかった。薄暗い土間で、双眸だけが光っている。

「あのね、百合《ゆり》ちゃんのお父さんから話があったの。……すごくいい話よ。わたしの成績を百合ちゃんのと交換してくれたら、いろんな物をくれるって」

「何を言ってるんだ？」

父が、抑揚のない声で言う。

「それが、すごいの。まず、百合ちゃんの家と、この家を交換してくれるって。知ってるでしょう？　百合ちゃんの家、大きいし、屋根もしっかりしてるから雨漏りだってしない」

父は、黙って首を左右に振った。

「それから、百合ちゃんのお父さんが集めた物資も、全部くれるって。鉄の板とか柱とか、プラスチックとか、完全な工具のセットもあるんだって」

「……馬鹿な」

父は、喉の奥で痰を切るような音を立てた。

「それだけじゃないの。ドームから物々交換で手に入れた薬があるんだって！　お父さんの病気も、きっとよくなると思うよ」

父は、瑞樹に背を向けて、戸口の方を見つめていた。屋根に響く雨音は、ぽつぽつという雨だれから、ざーっという激しいものに変わりつつあった。

迷っているのだろうかと、瑞樹は思う。

統一学力テストの実施に当たっては、実際の管理は、それぞれの自治居住区にまかされていた。採点はドームから貸与される機械で行われるので、不正の余地はなかったし、勝手に点数を入れ替えて報告した場合には、もし異議申し立てがあって発覚すれば、責任者の処罰（軽くて永久追放、重ければ極刑）に発展する。しかし、テストを受けた当事者間で合意した場合には、成績の売買は頻繁に行われていた。

家族のうちの一人だけが、楽園への切符を手にするか、それとも、切符を売って、一家が地獄で少しでも暮らしていける財産を貰うかという選択ができるのだ。

「瑞樹。おまえは、家族思いの優しい子だ。……だが」

父が、振り返った。逆光でも、目だけは爛々《らんらん》と輝いている。

「救いようのない大馬鹿者だ。もう二度と、そんな話は口にするな」

その瞬間、自分の中で溢れた感情の正体はわかっていた。だが、瑞樹は、とっさにそれを隠さなければならないと感じて、父に反論した。

「どうして？　だって……いい話じゃない？　そう思ったんだもん」

「どこが、いい話だ？　おまえには、物の価値というものが全然わかってない。おまえが、実力で勝ち取った成績は、何よりも大切なかけがえのないものじゃないか。山崎《やまざき》のおやじの腐った家とか、やつが拾ってきたゴミなんかで、売り渡していいわけがない！」

父は、これまでに聞いたことのないような激烈な口調で言った。

「……でも」

瑞樹には、どうしても聞いておきたいことがあった。

「お父さんも昔、やったことなんでしょう？　お父さんは、第七自治居住区始まって以来の高得点を取ったって聞いたよ」

父は、顔を背けた。

「お父さんは、ここにいる誰よりも頭がいいし、物知りじゃない！　本当だったらとっくにドームに行ってるはずよ。……そうしなかったのは、お祖父ちゃんとお祖母ちゃんのためだったんでしょう？」

父は、深い溜め息をついた。

「そのことについて、お祖父ちゃんとお祖母ちゃんがどう言ってたかは、瑞樹もよく知ってるだろう？」

もちろんだった。祖父母が生きている間は、それこそ耳に胼胝《たこ》ができるほど聞かされた。正樹は大馬鹿者だ。いったいどうして、そんな勿体ないことをしたのか。子供を犠牲にして助かっても、それで親が喜ぶとでも思っているのか。

一度、祖父母を宥《なだ》めようとして、瑞樹は、「でも、もしお父さんがドームへ行ってたら、わたしは生まれてないよ？」と言ったことがある。自分を目の中に入れても痛くないくらい可愛がってくれている祖父母なら、そう言えば思い直してくれるかと思ったのだ。

だが、期待に反して、祖父母は沈黙した。

その意味を悟ったとき、瑞樹は、深く傷ついた。祖父母は、たとえ自分が生まれてこなくても、それでも父がドームに行った方がよかったと考えているのだと。

「瑞樹。よく聞きなさい」

父は、瑞樹の肩に手を置き、上り框に座らせた。

「お父さんが、いろんな生物の話をしたのを覚えてるだろう？　瑞樹が聞きたがったから、知っている話は、ほとんど全部話したはずだ」

「うん……でも」

父のする自然科学の話は、いつも面白かったし、テストで高得点を取れた一因でもあった。だが、今は、すでに絶滅した生き物の話など聞く気になれなかった。

「我慢して、少しだけ聞いてくれ」

父には、瑞樹の考えがわかったようだった。

「ペンギンは、夫婦が交替で卵を温める。その間に、もう一方が海に行って魚を獲るんだ。待っている方は、飲まず食わずだ。親は、子供のためならば、どんな辛いことにも耐えられるんだ」

青い海に白い氷山が浮かんでいた時代には、そういう愛らしい鳥も存在していた。血の海に浮かぶ桃色の氷の上には、赤いペンギンはいない。

「タガメの話はどうだ？　雄は、命がけで卵を守る。……いや、それよりも、幼生生殖の話を覚えてるか？」

瑞樹は、顔をしかめた。

「あの、気持ち悪い話でしょう？　あんまり聞きたくないんだけど」

「たしかに、気持ちはよくないな。人間の感覚からすると、生理的に受け付けない。しかし、そこには学ぶべき真実が含まれていると、お父さんは思う」

父は、もう一度、幼生生殖について説明を始めた。タマバエという寄生性の蠅がいるが、餌が乏しいときは、蛆《うじ》はふつうに羽化して蠅になり、もっといい環境へ移動する。しかし、餌が豊富なときは、世代交代と繁殖を加速するために、とんでもないことをやる。蛆が羽化する前に、すでに体内にある卵が孵化《ふか》し、親である蛆の身体を内側から食べ尽くして大きくなる。その蛆もまた、自分の子供によって生きながら貪り食われる運命にあるのだ。

「生物にとって、子孫を残すことが至上命題だ。だから、親が子のために犠牲になるのは、あたりまえのことなんだよ。……しかし、人間以外には、親のために子が進んで犠牲になる生物は存在しない。それは、けっして善じゃない。間違ったことなんだ」

ようやく父の言いたかったことが心に染みて、瑞樹はうつむいた。

「だから、もう、成績を譲るとかどうとかいうくだらない話は、するな。お父さんにとって、瑞樹がドームへ行ってくれたら、それで、すべては報われる。死ぬ前に、お父さんの人生は無駄じゃなかったって思うことができるんだ。……頼むから、お父さんから、唯一の救いを取り上げないでくれ。わかったな?」

あのとき、お父さんがそう言ってくれるのを、自分はひそかに期待していた。

瑞樹は、シャワーの下で身動《みじろ》ぎもせず佇んでいた。

お父さんは、両親のためにドームへ行くことを諦めたというのに、自分だけ口笛を吹いて行くわけにはいかないと感じていた。だから、お父さんの口から、自分を説得してもらいたかったのだ。

だからこそ、テストの結果を聞いた瞬間から、急に赤い雨が怖くてたまらなくなったのだ。RAINで死ぬのが運命だと思えば、まだ諦めも付くだろう。しかし、ドームへ上がれるのなら話は別だ。なるべく、チミドロの胞子による汚染から身を守り、『漂白』されることであらゆる罪や汚れを脱ぎ捨てて、まったく新しい人生を送りたかった。

お父さんを、冷酷に斬り捨てて。

自分だけが、幸せになるために。

瑞樹は、いつのまにか、自分が泣いていることに気づいた。

何の涙だろう。誰よりも自分のことを思ってくれた父親が、RAINによって死ぬことを知りながら、完全に見捨てておきながら、今になって感傷に浸っているのか。RAINの研究に没頭している理由も、本当は、自分が罪の意識から解放されたいのではないのか。

瑞樹は、深い溜め息をついた。

たぶん、わたしは、究極のエゴイストで、偽善者なのだろう。

でも、たとえ原動力が歪んだ自己愛だったとしても、RAINの治療法を見つけることができたら……。救われる人からすれば、自分を救ったのが聖人ではなく卑怯者だとしても、ほとんど気にしないだろう。

やり遂げるしかない。たとえ、前途にどんな障碍《しょうがい》が待ち受けていても。

3

葬儀は、そぼ降る雨の中、野原で行われた。

膝を抱えた姿勢で和風の棺桶に入れられた遺体には、髪の毛はほとんどなく、頭頂部から首筋にかけて赤い鱗に覆われたような外観を呈していた。それ以外の皮膚——腕なども赤く糜爛《びらん》している。三十代の後半ということだが、百歳の老人のように見えた。

RAINによって死亡した、典型的な遺体である。

瑞樹は、興奮を抑えきれなかった。ここまで症状が進んだ組織を調べることができれば、RAINのメカニズムを解明するのに、大きな前進が期待できる。

僧侶役の住民が進み出て、低く錆びた声で読経を始める。棺桶を取り巻いた三十人ほどの人々は、頭を垂れて聞き入っていた。

スラムでは、遺体を原野や砂漠に放置する雨葬が一般的だった。赤い雨に打たせておけば、やがてチミドロが遺体を分解し、新たな命の苗床になるのだという。

地球環境を破壊し、人間を苦しめているチミドロを神聖視するのは、今に始まったことではなかった。人間には、どんなに邪悪でも、抗しがたいほどの力を持った存在は、崇め奉る習性があるらしい。

読経が終わると、故人の友人だったという男が僧侶役の住民に代わって前に出てきた。

亡くなったのは、第九自治居住区に含まれる朝日町の町長で、水上豊《みずかみゆたか》という人物らしい。

「水上町長は、本当の人格者でした。こんなに優しい人はおりませんでした。困ってる人を見たら、絶対に見過ごすことができなかったんです。そして、一文の得にもならないのに、雨の中を奔走して、そうして、大勢の人を救いました」

訥々とした口調だったが言葉には真実味があり、大勢の人たちに慕われていたことが想像できた。

瑞樹は、時計を見た。できれば、遺体がこれ以上雨に打たれる前に回収して、ドームへと運びたい。藤林の話では、スラムの葬儀は簡素で時間はかけないということだったが、このときばかりは故人の遺徳が仇となり、一言話したいという人が引きも切らず、当分は途切れそうになかった。

あまり長引くと、瑞樹自身にも影響が出かねなかった。まさか、ヘルメットと防護服姿で葬儀に出るわけにはいかなかったので、完全防水のつば広の帽子に、チミドロの胞子を寄せ付けないイオンの発生装置を仕込んであったが、ヘルメットと比べた場合、効果には限界があり、雨がもっと激しくなった場合には、曝露《ばくろ》の可能性も考えられた。

とはいえ、参列者にとっても、赤い雨に打たれ続ければ、自分の葬儀を早めることになりかねない。棺桶は蓋をしないまま野原の真ん中に放置され、全員、ぞろぞろと帰り始めた。

「橘さん。搬送は、もうちょっとだけ待ってくれ」

藤林が横に来て、小声で言う。

「参列者は、帰りながら、何度も振り返る。そうやって、別れを惜しむんだ。全員が、充分遠ざかって見えなくなったら、俺も手伝おう」

「ありがとうございます」

瑞樹は、頭を下げると、去りゆく人々から怪しまれないよう、雨宿りをかねて木陰で待つことにした。

チミドロは、創造主である人類と奇妙な共生関係にあった。

一次生産者でありながら、機会があれば寄生者になるチミドロは、人の皮膚に取り付き、そこで生活する。しかし、通常の場合、体内深く侵入したり、人の組織を食い尽くしたりという振る舞いはしない。むしろ、一定期間は皮膚常在菌のような役割を果たし、外部からの感染や寄生をシャットアウトしてくれる。スラムの、きわめて不衛生な環境下でも感染症が蔓延しないのは、チミドロのおかげだと言っても過言ではない。

だが、チミドロとの共生に適応できない人間も、相当数いたようだ。その大半は、激烈なアレルギー症状によって命を落としたらしい。現在、スラムで生活している人間は、全員、チミドロに対してアレルギー反応を起こさない体質だった。

つまり、チミドロが人間を淘汰《とうた》し、家畜として改良したようなものだった。

そうして、人間とチミドロの共生関係は十年から数十年にわたって続くのだが、蜜月は、あるとき唐突に終わりを告げる。

チミドロは、何の前触れもなく共生者の顔をかなぐり捨て、人の肉体を蝕《むしば》み始めるのだ。もともと、チミドロに対して抗体を作らない体質の人間ばかりだから、突如サイコキラーの本性を露わにしたルームメイトに対し、なすすべもない。眼球が真っ赤になり全身の組織が食い尽くされて、わずか半日で死にいたるのだ。

この疾患には、当初、劇症型紅藻類感染症（Fulminant Red Algae Infection）という正式名称が与えられたが、やがて、もっと象徴的な名前で呼ばれるようになった。紅藻類感染壊死症（Red Algae Infection Necrosis）、略称ＲＡＩＮである。

ドームによって守られている人間を除けば、感染を避けることはとうてい不可能であり、チミドロは、人間の寿命を勝手に決定する、神にも等しい存在だった。

瑞樹は、はっと顔を上げた。いつのまにか、うとうとしていたらしい。

混沌とした夢を見ていた。家族の夢だ。名状しがたい深い悲しみが胸を満たしている。

報せは、唐突にもたらされた。ドームに入ってからは、スラムとはまったくレベルの違う授業に付いていくだけで必死だった。だから、残してきた家族のことは気になっていたが、会いに行きたいとは、なかなか言い出せなかった。それ以上に、すっかり『漂白』されて、防護服を着た姿で家に帰ることを考えると、二の足を踏まざるをえなかった。

報せは、あまりにも早く、同時に、あまりにも遅かった。

父は一月前に亡くなり、葬儀も終わっていた。瑞樹が、進級試験のために苦闘していることを聞いた家族が、試験が終わってから伝えるよう頼んだらしい。

その後、一度だけ郷里に帰ったが、父の葬儀の様子は聞かなかった。スラムにいたときも、葬儀には立ち会ったことがなかった。だから、実際の雨葬を目の当たりにするのは、今日が初めてだった。

水上町長の葬儀は、ようやく終わったらしい。周囲に人影はなかった。蓋が開いたままの棺桶は、野原の中央に鎮座している。

瑞樹は、ヘルメットと防護服に身を包むと、遺体袋《ボディ・バッグ》を持って木陰から進み出た。

棺桶の中を覗き込む。赤い雨で濡れそぼった遺体は、たった今惨殺されたばかりのように見えた。

作業は、人に見られないよう、手早くすまさなければならない。

瑞樹は、合掌して、遺体の脇の下に手を差し込み、棺桶の中から引っ張り出そうとした。赤く糜爛《びらん》した顔が、ヘルメットの風防に触れそうで、思わず目を背けたくなったが、そんなことでどうするのと自分を叱咤する。これは尊い犠牲者の遺体だ。敬意をもって、扱わなければならない。

そのとき、背後に人の気配を感じて、びくりとする。

「手を貸そうか？」

藤林の声だったので、ほっとする。

「すみません。お願いします」

藤林は、瑞樹の正面に回って遺体の両脚を持ち上げてくれた。そのおかげで、スムーズに運ぶことができた。そのまま遺体袋の中に収めて、気密ファスナーを閉める。

「これから、どうするんだ？」

こめかみと目が落ち窪み、片眼が白く濁った赤銅色の顔は、今でも恐ろしげに映ったが、がらがら声には瑞樹を気遣う気持ちがこもっていた。

「ドームに運び入れます。ＲＡＩＮを扱う設備は整っていますから」

「しかし、その前が問題だろう？　前も言ったが、許可は絶対に下りんはずだ。ドームの、漂……連中は、チミドロ恐怖症にかかっとるからな」

藤林は、言い淀み、そっぽを向いて地面に赤い唾を吐いた。

「ええ。ですから、遺体は、隠したまま搬入します」

瑞樹は、藤林を安心させるために微笑んだ。

「バギーを持ってきますので、ここで、ちょっと待っていていただけますか？」

藤林は、黙ってうなずいた。

バギーを隠してあったのは、五十メートルくらい離れた林の中だった。ブナの樹皮には、一面にチミドロと共生する地衣類であるアカサルオガセが叢生《そうせい》しているために、元の木とは似ても似つかない姿になっていた。紅殻《ベンガラ》色に塗装されたバギーは、アカサルオガセのカモフラージュのおかげで、よほど間近で注意深く見ないかぎり気づかないだろう。

瑞樹は、バギーの上に被さっていた、赤褐色の獣毛のような房を取りのけた。そのとき、視野にちっぽけな赤い粒のようなものが映った。何かが動いている。ヘルメットを近づけて、目を凝らしてみた。

正体は、すぐにわかった。体長一ミリほどの赤いダニ——タカラダニだ。

かつては、地球上のあらゆる場所に存在していたダニ類も、生態系に対するチミドロ《レッド・レイン》の支配が始まってからは、すっかり姿を見なくなっていた。スラムの不潔な寝床や敷物に、コナダニやチリダニ、それらを捕食するツメダニなどが細々と生きながらえているくらいである。

タカラダニは花粉などを餌としているが、現在の植物相《フローラ》では、花を付ける植物は稀にしか見られない。瑞樹は、バギーに積んであった採集用具を取り出すと、スポイト式の吸虫管を使って数百匹のタカラダニを吸い込み、生物試料用のプラスチック容器に収めた。ついでに、アカサルオガセのサンプルも持っていくことにする。

それから、バギーを発進させて、藤林の待つ野原の真ん中へと戻った。

近づいたとき、嫌な予感がした。藤林以外に、もう三人の人影が見えるのだ。何事かを、話し合っているようだ。怒号や叫び声こそ聞こえないが、険悪な雰囲気が伝わってくる。

全員が、こちらを注視している。男が二人に女が一人らしい。みなスラムの住人に特有の鉄錆色の顔色で、目だけがぎらぎらと光っている。

「来るな！　Uターンしろ！　そのまま、行くんだ！」

藤林が、大声で叫んだ。瑞樹はためらったが、遺体を置いては行けない。バギーを進めて、彼らのそばへ行って止まる。三人は、すばやくバギーを取り囲んだ。

「あんた、ドームの人間だよな？」

せり出した額の上で蓬髪《ほうはつ》が逆立っている男が、上目遣いに瑞樹を睨みながら訊ねる。

「……そうですけど」

答える間もなく、残りの二人の手が伸びてきて、瑞樹はバギーから引きずり出された。

「おい！　おまえたち、乱暴をするんじゃない！」

藤林が前に出て瑞樹を助けようとしたが、蓬髪の男に阻まれた。

「先生は、引っ込んでてくれ。俺たちは、天上世界から、こんな下賤な世界へ降臨された、このお嬢さんに訊きたいことがあるんだ」

蓬髪の男は、唇を歪めた。赤茶色の生物膜《バイオ・フィルム》で覆われた乱杭歯《らんぐいば》が剝き出しになる。

「で？　あんたが、ここで何をするつもりだったのか、教えてもらおうか？」

「その前に、名前を言いなさいよ！」

瑞樹が口を開こうとすると、女が嗄れ声で怒鳴った。細い目の下には大きな涙袋が垂れ、赤茶けた髪を後ろで縛っている。手や指は木の根のように節くれ立っていたが、実年齢は、瑞樹と変わらないのではないかという気がした。

「橘、瑞樹です」

「タチバナ？　ドーム育ちのお嬢様は、何だか、名前まで偉そうだね」

女は、喘鳴《ぜんめい》の混じった声で含み笑いを漏らした。

「わたしも、スラムの出身です。……関東第七居住区の」

瑞樹がそう言うと、女の顔から笑みが消えた。

「へー。秀才なんだー。それで、エリートの仲間入りをしたってわけ？」

老婆のような手を伸ばして、ヘルメットを叩く。

「人と話してるときは、こんな物、取りなさいよ！　それとも、あたしたちみたいな汚れた人間とは、同じ空気を吸うのも嫌だってわけ？」

瑞樹は、ヘルメットを脱いだ。女は、糸のような目をますます細くした。

「ふん！　お人形さんみたいに真っ白けになって！　いい気なもんだわねえ！　ちょっと、あたしたちの顔をよく見なさいよ！　赤いでしょう、ほら？　あんたらエリートと違って、チミドロで生き腐れていく人間は、みんな、こんな色してんのよ！」

女は、なおも瑞樹に食ってかかろうとしたが、蓬髪の男が押しのける。

「おい。さっきの質問に答えろ。あんたは、ここで、何をするつもりだった？」

瑞樹は、地面に置かれたままの遺体袋をちらりと見た。蓬髪の男は、その視線を見逃さなかった。遺体袋のファスナーを開けて、目を剝く。

「これ、水上町長だよな？　遺体を盗むつもりだったのか？　いったい何のためにだ？」

「それは……」

「墓場荒らしかよ？　ああ？　罰当たりなことをしやがって！」

「いいえ、そんなつもりじゃ」

瑞樹は、絶句した。どう説明すればいいのだろう。

「そんなつもりじゃねえってのか？　俺たちの遺体ごときは、あんたらには、動物の死骸と一緒だとでも言いたいのか？」

「この鬼！　悪魔！　ちくしょう！　よくも水上町長を辱《はずかし》めやがったな！　この女、絶対、帰したらだめだよ！」

女が、唾を飛ばして叫ぶ。

「落ち着け。そうじゃないんだ。このことは、俺も承知していた」

藤林が、代わって答える。

「はあ？　どう承知してたんだ？」

蓬髪の男が、猜疑心に片目を細める。

「町長の遺体を、この人に預けることにした。町長も、おそらく、草葉の陰で喜んでいるだろう」

「何だって、そんな？」

「馬鹿！　町長が、喜ぶわけないでしょう？　頭おかしいんじゃない？」

蓬髪の男と女が、同時に叫ぶ。

「その人も、俺と同じ医者だ」

「医者？」

もう一人の男――長身で顔の上半分と首に薄汚れた包帯を巻いていた――が、急に興味を掻き立てられたように訊ねる。

「そうだ。その人は、ＲＡＩＮの治療法を見つけようとしている。そのために、どうしてもＲＡＩＮで死んだ遺体が必要なんだ」

藤林が、噛んで含めるように諭すと、三人は、一瞬、黙り込んだ。

「ふざけんな！　そんな話、絶対、信じないからね！」

女が、突然、わめき始めた。

「こんな女――あたしたちが地獄の底を這いずってるのに、自分だけはきれいな顔をして、きれいな服を着て、美味しいものを食べて、清潔な寝床で寝てんだ！　あたしたちだって、同じ人間なんだよ！　死んだ後まで、こいつらに尊厳を踏みにじられてたまるか！」

瑞樹は、女が抱いている強烈な嫉妬を、痛いくらい感じていた。理屈ではない。同じ女でありながら、彼我のあまりの違い――単なる境遇ではなく、存在自体の絶望的な格差――を思い知らされて、怒り狂っているのだ。

おそらく、何を言っても、この女を宥《なだ》めることはできないだろう。

「この女に、思い知らせてやるよ！　馬鹿にするんじゃないよ！　一寸の虫にも五分の魂があるんだよ！　覚悟しな！　ここで、町長と一緒に雨葬にしてやるから！」

女は、腰に差していた鎌を抜くと、瑞樹の方へにじり寄ってきた。

瑞樹は、あまりの恐怖に、動くことができなかった。膝が小刻みに震えて、腰から下が、妙にふわふわして頼りない感じだった。

わたしは、本当に死んでしまうのか。まさか、こんな場所で。こんなことで。

今まで、ずっと頑張ってきたのに。結局、何一つとして果たすことができないまま。

横からすっと手が伸びて、女の鎌を押さえた。

「何すんだよ？」

女は、横を向いて、信じられないという表情でつぶやく。

「殺すな」

包帯の男は、女を見下ろして、静かに答えた。

「何でだよ？　この女は、あたしたちの敵なんだよ？」

包帯の男は、溜め息をつく。

「もしかしたら、ＲＡＩＮの治療法が見つかるかもしれん」

「馬っ鹿じゃないの？　そんなもん、簡単に見つかるわけないじゃん？　この女は、ただ、あたしたちをモルモット代わりにしたいだけなんだよ！」

「もちろん、簡単には見つからんだろうと、俺も思うさ。しかし、ほんの少しでも可能性があるんなら、それに賭けてみたい」

包帯の男は、藤林を見る。

「先生。この人が治療法を発見する可能性は、ゼロじゃねえんだよな？」

藤林は、深くうなずいた。

「むろんだ。そうでなければ、町長の遺体を託したりはせん」

「わかった」

包帯の男は、遺体袋を持ち上げて、軽々とバギーの後部座席に乗せた。慣れた手つきで、ベルトで固定する。

「行ってくれ」

素っ気なく、瑞樹に言う。

「ありがとう」

瑞樹は、お礼もそこそこに、運転席に乗り込んだ。

「馬鹿！　あたしは、大反対だよ！　何でなんだよ……。こんな、盗っ人に追い銭みたいな真似するなんて。町長が、可哀想じゃないのかよ？」

女は、悔しげに叫んだ。

「あんただって、どうせ、もう助からないんだよ？　万が一、治療法が見つかったとしても、絶対、間に合うわけないじゃん？」

「その点は、たぶん、フミの言うとおりだろうな」

包帯の男は、しかつめらしく言う。

「俺は、別に、自分が助かりたくて、この人に賭けたわけじゃねえ」

「じゃあ、何でだよ？」

「チミドロの野郎に、一泡吹かせてやりてえんだよ。人類舐《な》めんなよってさ」

包帯の男は、にやりと笑う。蓬髪の男は、とまどった表情だったが、異を唱えようとはしなかった。

「糞……糞糞糞！　この、糞女！」

フミという女は、狂ったように叫ぶと、鎌を大きく頭上に振りかぶった。危険を感じて、瑞樹はバギーを急発進させる。走り出した瞬間、バギーのパイプフレームに何か硬いものが当たって異音を発した。女が鎌を投げたのだろう。

瑞樹は、バックミラーを見た。

フミが、がっくりと地面に両手をついている。

その後ろでは、藤林と二人の男たちが、身動ぎ一つせずバギーを見送っていた。

4

何らかの生命の含まれるサンプルを外界からドーム内に持ち込むためには、多くの書類を提出して許可を得る必要があった。特にチミドロに関しては厳格で、何重にも密閉された容器に入った極微量ですら、まず許可は下りない。それは、ドームの最高意思決定機関である運営委員会が、盲目的な恐怖に取り憑かれているからではない。

アカミドロ——チミドロの正しい和名——とは、元となった紅藻の一種であるチノリモの四倍体を基にして、渦鞭毛藻類など様々な遺伝子を組み込んで生み出されたキメラの怪物であり、ライフステージにより、とても同一の生き物とは思えないほど異なった貌を見せる。巨大な海藻を形成しているときや、芽胞となった仮死状態では、危険性はほぼゼロである。また、浮遊胞子が皮膚に付着しても、ヘンナのように皮膚を赤く染める以外にこれといった症状が顕われないこともある。アレルギー反応さえ起きなければ、かなりの長期間共生できることもあるが、アカミドロがいつ牙を剝いてRAINを発症するかは予想できないため、バイオセーフティレベル4以上の施設でなければ扱うことができない。さらに恐ろしいのは、海中を活発に泳ぎ回る遊走子であり、たった一個に接触するだけでも、皮膚を食い破られて、体内へ侵入を受ける可能性がある。その場合、もはや治療法は存在せず、爆発的に増殖したアカミドロに全身の細胞を侵されて、十二時間以内に絶命する運命が待っている。遊走子を扱うためには、バイオセーフティレベル5の実験室が必須だった。ドームには、対応可能な実験室——クラスⅣの安全キャビネットを含む——もあったが、これまでにレベル5で運用された実績はなかった。

瑞樹は、水上町長の遺体袋を大型のコンテナボックスの底に隠し、ドームの中に持ち込もうとしていた。単純な二重底だったが、鉄壁のゴールキーパーであるはずのセンサー類も、まさか、故意にドーム内にチミドロを持ち込む人間がいるとは想定もしていなかったため、いとも易々《やすやす》と通してしまう結果となった。

瑞樹は、シャワーを浴びると、コンテナボックスを荷物用のキャブに乗せて、自分専用の実験室へ運ばせた。ここのバイオセーフティレベルは3であり、本来、チミドロを扱うには危険だったが、瑞樹は、クラスⅡの安全キャビネットに手を加えて、クラスⅢに近い性能に高めていた。滅菌吸気を行っているため浮遊胞子が外に漏れ出す可能性はないし、おそらく、誰にも知られずに実験を行うことができるだろう。

そう思って安心していたために、注意がおろそかになった。瑞樹が、コンテナボックスを開け、二重底の下から生物試料用のプラスチック容器を取り出したときに、突然、実験室のチャイムが鳴って、跳び上がりそうになった。

瑞樹がとっさにコンテナボックスを閉じるのと、自動ドアが開いて光一が入室するのとが、ほとんど同時だった。ヒヤリとしながら、ドアはロックしておくべきだったと思う。

「帰ってたんだ」

光一は、実験室の中を見回しながら言った。光一のワークスペースほどは広くない上に、実験器具が所狭しと置いてあるため、たぶん、よけいにごちゃごちゃした印象を与えているだろう。

「何か用？」

気が急いているため、つい無愛想な口調になった。そうした反応に慣れていない光一は、気を悪くするより、不思議そうな表情になった。

「瑞樹のことが、心配だったんだよ。ちょっと休憩して、レクリエーション室へ行かない？」

瑞樹は、床に置いたままのコンテナボックスを見ないように気をつけながら、できるだけ自然に断る口実を考えた。

「……それもいいけど、今、フィールドワークから帰ってきたばかりで、いろいろ整理しておきたいの。暇になったら、コールするから」

「何か、収穫があったの？」

早く帰ってほしかったが、光一は、瑞樹が話題を投げかけたと思ったのか質問をする。

「うん……。ちょっとね」

何も具体例を挙げられなければ、光一は、不審に思うかもしれない。瑞樹は、取り出したばかりのプラスチック容器を見せた。

「これ、何だと思う？」

光一は、容器の中をまじまじと見た。

「驚いたな！　……ダニじゃないか」

「タカラダニだと思う」

瑞樹は、気もそぞろなことを悟られないよう、できるだけ熱意の籠もった口調で言った。

「チミドロが大量絶滅を引き起こしたせいで、動物相《フォーナ》も植物相《フローラ》も、単調きわまりない世界になってしまったって思ってた。……でも、まだ、意外な生き物が生き残ってる生態的地位《ニッチ》があるみたいなの。ね？　けっこう大発見でしょう？」

「そうだな。……こいつらって、たしか、光一は、思った以上に食いついて来る。

早く話を打ち切りたかったが、光一は、思った以上に食いついて来る。

「そうだな。……こいつらって、たしか、花粉を喰ってたんじゃなかったかな。花なんか、ほとんど見ないし、代わりの餌は何なんだろう？」

「そうね。それが謎なんだけど」

瑞樹は、そわそわし始めていた。

「あのさ。瑞樹」

光一は、遠慮がちに言い出す。

「これを見つけたのは、君の功績だよ。でも、ちょっと僕に貸してくれないかな？」

「それを？　どうして？」

思わず訊き返してしまう。もったいを付けず、さっさとダニを渡してしまえば、この部屋から出て行ってもらえたのに。

「こいつのDNAを、調べてみたいんだ。大量絶滅の前と後で、どんな変化があったのか。もしかすると、万に一つの場合だけど、『ブルー・アース・アゲイン』のプロジェクトにも影響があるかもしれない」

光一は、プロジェクトは棚上げになったと宣言したばかりではないか。ダニなんか調べて、いったい何が変わるというのだろう。そう思ったが、瑞樹は表情には出さなかった。

「わかった。……いいよ。何かわかったら、わたしにも教えて」

「ありがとう。恩に着るよ」

光一は、そう言うと、大事そうにプラスチック容器を抱えて、部屋を出て行こうとした。だが、急に振り向いて、瑞樹を見つめる。

「どうしたの？」

「これ、ドームの中に持ち込む許可は、いつ取ったのかな？　だって、瑞樹は、たった今、帰ってきたばかりなんだろう？」

しまったと思う。ＲＡＩＮで死亡した遺体をこっそりドームの中に持ち込むという重大な規則違反を犯していたため、ダニのサンプルについては、気にも留めていなかったのだ。

「ごめん。運営委員会には、黙っててくれる？　許可のことは、うっかりしてた」

「うっかりって……」

光一は、唖然とした顔になったが、微笑んだ。

「いいよ。じゃあ、これについては、一つ貸しだな」

「言っとくけど、ダニを貸したことの方が、ずっと大きいからね」

光一が去ってから、瑞樹は、しばらくの間待った。もう戻ってこないことを確信してから、自動ドアをロックし、コンテナボックスを開ける。

リフトを使って、遺体袋を安全キャビネットの上に移すと、滅菌吸気を行う。それから、防護服を着用し、気密ファスナーを開いた。

水上町長の遺体は、最初に見たときと変化はないようだった。雨滴はまだ乾いてはおらず、まるで血の汗をかいているように見える。

瑞樹は、センサー類をオンにした。

組織標本を作るために包埋《ほうまい》装置を取り出しかけたとき、ふいにアラームが鳴った。

瑞樹は、怪訝な思いでモニターを見た。そして、愕然とする。

バイタル・サインが出ている。

水上町長は、まだ生きているのだ。

病人を安全キャビネットの上に置いたままにするのは良心が咎めたが、だからといって、他の場所に移すこともできなかった。誰にも知られずに病室を使用することなど、とうてい不可能だったし、そもそも、無菌病室のビニールカーテンなどは、ＲＡＩＮに対しては何の意味も持たない。

瑞樹にできることは、医療品の倉庫に行って、必要と思われる薬品や抑制帯をこっそりと持ち出してくることくらいだった。

水上町長は、依然として、死んだように動かなかった。だが、バイタル・サインは、まだ消えていない。危篤状態ながら、容態は安定しているようだった。

そんな患者をネット状の抑制帯で拘束することには、さらなる罪悪感が伴った。しかし、万一、水上町長が安全キャビネットの上から落ちたら、実験室全体がチミドロの胞子で汚染されることになる。それだけは、どんなことをしても避けなければならなかった。

何とかして命を救いたいと思ったが、RAINには、いまだ有効な治療法は存在しない。血圧の低下が著しいので、昇圧剤を打って、とりあえず様子を見ることにした。

それにしても、水上町長が生きていたとは、夢にも思わなかった。RAINの治療法を研究する上では、これは信じられないような僥倖《ぎょうこう》なのかもしれない。

瑞樹は、気持ちを落ち着けて、現状を分析する。遺体さえ入手できれば、研究は飛躍的に進むと思っていたが、生きた患者からわかることは、その比ではないだろう。

とはいえ、いくら治療法を確立するためであっても、水上町長をモルモット扱いするわけにはいかない。当然、ふつうの患者と同じ、人道的な対処をしなければならないのだ。

ジレンマがあった。治療が不可能であるとわかっている患者に、どういう処置を施すべきなのか。延命のための延命はナンセンスだとしても、苦痛を和らげる必要はある。

しかし、この実験室に置いたままで、それができるのか。

いや、できるかどうかではない。やるしかないのだ。瑞樹は、腹を決めた。

今さら、ドームの管理者に、この事実を伝えることはできない。そんなことをしたって、誰にとっても、何一つプラスはないだろう。水上町長は、ただちに安楽死の処分を受けて、遺体はドームの外に運び出され、焼却処分されるはずだ。自分も、ここを放逐《ほうちく》されることだろう。ＲＡＩＮの治療法の研究は頓挫し、スラムの人たちは、赤い雨に打たれ続ける……。

やはり、隠し通すほかはないだろう。今考えなくてはならないのは、この実験室を誰にも見られないようにする方法だった。訪ねてくる人間は光一くらいしかいないが、チャイムを鳴らされてから部屋に入るのを拒否すれば、不審に思われるに違いない。光一は、ドームのルールを破ったり、秘密を共有したりできる人間ではない。たぶん、ためらわずに保安部に連絡することだろう。

光一を遠ざける方法を思案しているとき、ふいに背後から溜め息のような音が聞こえた。瑞樹は、ぎくりとして立ち竦んだ。恐怖のあまり金縛りに遭ったようになり、振り返ることさえできない。

「ここは、どこですか？」

か細い声だが、はっきりとわかる清明な口調である。とたんに金縛りが解けて、瑞樹は、安全キャビネットに駆け寄った。

「水上さん。ご気分は、いかがですか？」

チミドロの寄生によって、赤く糜爛《びらん》した顔。だが、その双眸には命の輝きを宿している。皮膚の引き攣《つ》れのせいで、口の動きに制約があるようだ。声は掠れて、ごろごろいう喘鳴《ぜんめい》が混じっていた。

「あまり、良くありません。頭が痛い。身体全体が、熱を持ってて、焼けるようなんです。私は、いったい……ここは、どこですか？」

「ドームの中です。わたしは、ここの医師で、橘瑞樹といいます」

瑞樹が答えると、水上町長の目が見開かれた。

「ドーム？　どうして、私が？」

それから、身体を動かそうとして、初めて抑制帯の存在に気がついたようだった。

「これは？　なぜ、私は拘束されているのですか？」

「たいへん申し訳ありません。ですが、こうするよりないんです。ＲＡＩＮの感染を拡大させないためです」

「ＲＡＩＮ？」

水上町長は、ぼんやりとした口調で繰り返す。

「覚えておられませんか？　水上さんは、ＲＡＩＮを発症したんです」

「私が？　本当ですか？」

記憶障害を起こしているのだろうか。

「たしか、町議会に出ていたが、体調が優れなくて退席したんじゃなかったかな。その後は、少し休憩して、それから、執務をして……それ以外のことは思い出せません」

水上町長は、瑞樹の方を向こうとしたが、抑制帯に阻まれる。

「これを……外してもらうわけにはいきませんか？　私は、たしかに病気かもしれないが、意識はしっかりしてます。暴れたりはしませんよ」

知性のある、しっかりした喋り方。葬儀で大勢の人が語っていたように、人格者らしい。瑞樹は心が痛んだ。

「これは、取るわけにはいかないんです。規則で。……すみません」

「そうですか。それでは、しかたがありませんね。そうか、私は、RAINなのか」

水上町長は、諦めたようにつぶやいたが、別のことに気がついたようだった。

「しかし、RAINに罹《かか》っている人間が、どうして、ドームの中に入れられたんですか？　ドームの人たちは、病的なまでにチミドロを嫌っているはずですよ。ましてや、RAINの患者など、完全隔離するんじゃ」

「RAINの治療法を、見つけるためです」

瑞樹は、水上町長に近づいて、顔を覗き込んだ。目と目が合う。

はっとした。どこか、父を思い出させるところがある。顔は、もはや似ているかどうかもわからないが、声に共通点があるようなのだ。低くて、ちょっと鋭くて、よく通る。

「……しかし、それは、上の人の許可を得ておられるんですか？」

水上町長は、静かに訊ねる。頭は、しっかりしているようだ。町長だった常識や判断力も健在らしい。この人に、ごまかしは通用しないだろう。

瑞樹は、正直に思いをぶつけることにした。

「いいえ。わたしの独断です。治療法を見つけるためには、こうするしかなくて」

「しかし、それだと、もしバレたら、あなたの立場が危うくなるんじゃないですか？」

水上町長の目には、懸念するような色があった。自分が置かれた状況からすれば、ふつう、他人を心配するどころではないだろう。

「リスクは、承知の上です。でも、やるしかないと思っています。それで」

瑞樹は、口ごもる。

「水上さんにも、ご協力いただきたいんです。こんなことを言うのは、心苦しいんですが、水上さんの病状は、すでに」

「わかっています」

水上町長は、かすかに首を振る。

「私は、もう助からんのでしょう？　当然です。今まで、ＲＡＩＮに罹って生還した人は、見たことがない」

「もちろん、苦痛を和らげられるよう、できるだけの処置は……」

「お願いします。今でももう、苦しくてしかたがありませんから。しかし、私が、少しでもこの病気の解明のお役に立てるのなら、協力は惜しみません」

瑞樹は、水上町長の言葉に深い感銘を受けた。利己的なドームの管理者たちと比べると、何という違いだろうか。

「ですが、くれぐれも、あなたまで感染してしまわぬように気を付けてください。今着てる防護服か何かは、絶対に取らんように」

「だいじょうぶですよ。これまでも、チミドロの胞子は扱ってきましたから」

瑞樹は、微笑んだ。

「しかし、胞子のときとは、リスクが違うはずだ」

表情の変化は読み取れないが、水上町長は、厳しい声になった。

「RAINの患者と濃厚に接触していると、直接感染してしまうことがある。そのことは、もちろん、ご存じですな?」

瑞樹は、愕然とした。

「いいえ。今、初めて聞きました。本当なんですか?」

「冗談で、こんなことは言いませんよ」

水上町長は、喉をごろごろいわせながら、声を絞り出す。

「スラムでは、RAINの患者は、集落から離れた場所に建てられた小屋に入れられます。小屋は、犯罪者を収容する牢屋よりも頑丈に作られており、誰一人近づこうとはしません。そうして、ただ、死ぬのを待つんですよ」

「それは、感染する危険性があるからということですか?」

水上町長は、かすかに顎をうなずかせた。

「かつて、看護しようと小屋に入った家族が、RAINに罹ってしまうことがありました。ふつうなら、まず発症しないような年齢でです。患者から、直接移ったとしか思えませんでした」

「でも、どうして、そんなことになるんですか？　チミドロの胞子は、そこら中に充満してるじゃないですか？」

瑞樹は、茫然としていた。そんなことは、誰も教えてくれなかった。

「胞子とは、わけが違うんですよ。RAINの症状が現れた患者の体内では、チミドロが、狂ったように暴れ回っとるんです。ちょうど、あれみたいです。海辺の飛沫に潜んでいる、悪魔みたいな」

はっとした。遊走子のことを言ってるのだろう。

「でも、葬儀のときには、皆さん、それほど警戒していなかったと思うんですけど」

「それが不思議なんだが、死んでしまえば、とたんに、感染力は失われるんです。やつらは、宿主の死を悟って、もう暴れてもしかたがないと思うようですな」

とんでもないことになった。瑞樹は、じっとりと脇の下に汗を掻いていた。

この実験室のバイオセーフティレベルは、本来、3にすぎない。様々に手を加えることによって、レベル4に近いところまで安全性を引き上げてはいるものの、RAINの存命患者が、チミドロの遊走子並みの危険性を内包しているとしたら、レベル5が必要とされる。

このまま、水上町長をここに置いておいていいのだろうか。

「しかし、今、葬儀とおっしゃいましたな。なるほど。私は、死んだと思われていたのか。あなたも、遺体を搬入したつもりだったわけですね？」

瑞樹の沈黙は、肯定したのと同じだった。

「……まずいな。もし、充分な準備が整ってないとしたら、えらいことになるかもしれん。ドームの中でまで、RAINが蔓延することになったら、それこそ取り返しがつきません。橘さん、でしたな？　今すぐ、私をドームの外に出した方がいい。死体袋か何かに入れて。だいじょうぶ。少しの間くらい、我慢して、音を立てんようにしますから」

一瞬、本当にそうしようかという思いがよぎる。

しかし、それでは、何もかもが無意味だったことになる。いったい何のために、苦労してここまでこぎ着けたのかわからない。

それに、水上町長をドームの外に出すというのは、事実上、遺棄するのと同じことである。たとえ治療する術はなくても、ここでなら、緩和ケアのような手段は残されている。

「心配はいりません。ここにいてください」

瑞樹は、微笑した。

「この実験室から外に、空気が漏れることはありません。後は、わたしさえ気を付ければ、感染が拡大することはありませんから」

「なら、いいんですが」

水上町長は、そう言って、持ち上げかけた首を戻して、深い溜め息をつく。

「いろいろあって、少し疲れたようです。しばらく、眠りたいんですが」

「わかりました。どうぞ、お休みになってください」

瑞樹は、水上町長が規則正しい寝息を立て始めるまで見守ってから、防護服を着たまま、消毒用のブースに入り、熱い薬液の散布を浴びた。

だいじょうぶ。きっと、うまくいく。

そう自分に言い聞かせていた。

今は、運命の分かれ目だ。ここさえ切り抜ければ、きっと未来が開ける。

目の前にあるのは、古い吊り橋だ。勇気を出せば、きっと渡りきることができるはずだ。

たとえ、吊り橋を支える縄が、チミドロの胞子で錆びたような赤に染まっており、今にも朽ち果てそうに見えたとしても。

「ちょっといいかな」

瑞樹が振り返ると、白衣を着た光一のホログラフィック映像が浮かんでいた。いつになく真剣な表情である。

「何？」

「今すぐ、僕のラボに来てほしい。見せたいものがあるんだ」

光一は、前に見たワークスペース以外にも使っている、小さな実験室があった。瑞樹は、部屋を出ると、一人用のキャブに乗り、「麻生光一。ラボ」と告げる。

キャブのドアが開く。光一が、手招きした。

「これだよ。どう思う？」

光一が指し示したのは、テーブルの上に置かれた小さな水槽だった。中を覗いてみると、瑞樹が持ち帰ってきたタカラダニが蠢《うごめ》いていた。

「これがどうしたの？」

瑞樹は、怪訝な思いで訊き返す。

「よく見てくれ。こいつらの摂食行動を」

壁にスクリーンが現れて、水槽の中を拡大して映し出した。

「あれ？　これって、まさか」

「その、まさかだよ」

光一は、興奮を隠せないようだった。

「こいつらが喰ってるのは、チミドロの胞子なんだ！」

「まさか」

瑞樹は、まだ半信半疑だったが、徐々に光一の興奮が伝染する。

「ようやく、見つけた……。このダニは、チミドロの天敵なんだよ」

それが本当だったら、事態は劇的に変わるかもしれない。

「だけど、どうして？　今まで、生きているチミドロを捕食する生き物なんか一種も現れなかったのに」

チミドロの死骸を掃除する動物は、ヤスデやワラジムシなど、何種類かは存在していた。だが、生きているチミドロを食害する生物となると、なぜか、一種も知られていない。

理由には、諸説あった。チミドロが世界を激変させて、動物相《フォーナ》がきわめて貧弱になってしまったため、本来天敵になり得たはずの動物が早々と絶滅してしまったというもの。また、チミドロには、強靱な細胞膜や、神経毒など、捕食されにくい防御機構が備わっている上に、遊走子のステージで、魚などの天敵を逆に殺してしまうからという説明も有力だった。

いずれにせよ、ここへ来て、ようやく例外が現れたことになる。

細々と花粉を食べて命を繋ぎ、ほとんど人間に害を与えることもなかったのに、気持ちが悪いからという理由で駆除されてきた、小さな赤いダニが。

「でも、胞子を食べるだけじゃ、チミドロを駆逐することはできないわね」

瑞樹は、少し冷静さを取り戻して言う。

「いや、そうでもない」

光一は、スクリーンにAIを呼び出した。

「DNAの変化を分析すると、タカラダニが、チミドロの胞子を食べるように食性を変化させたのは、ごく最近のことだとわかった。それで、さっき、試算してみた。このまま行くと、タカラダニとチミドロの生物量《バイオマス》が、どう変化していくのかを」

スクリーンの上に、グラフが現れた。一目見て、瑞樹は息を呑む。

「すごい……！　少なくとも陸上は、タカラダニだらけになっちゃうわね」

「チミドロの方も、食害されるのが胞子だけとはいえ、はっきりと減少している。それに、これは新たな出発点になり得るんだよ！」

光一は、少年のように目を輝かせていた。

「地球はやはり、たった一種類の生物がほとんどの生態的地位《ニッチ》を支配することなど、許さなかった。時間はかかったけど、これから、あらゆる場所でチミドロの天敵が生まれてくるかもしれない。僕らがなすべきことは、可能性がある生き物を保護し、増殖させてやることだ。そうなれば、たとえチミドロを根絶することはできなくても、コントロール可能な量に抑えられるようになるかもしれない」

いったんは挫折した『ブルー・アース・アゲイン』計画が、これで復活するのだろうか。いったんはケンカ別れしていた自然と人間が、タッグを組むことによって。

「赤い雨が、透明に戻る日が来るの？　それに、いつかまた、青い海が見られる？」

「少なくとも、今の血のような色は、ずっと薄くなるだろうな」

光一は、笑った。

「……だとすると、問題は、ＲＡＩＮね」

環境中のチミドロが激減するなら、人間は、再び、地球を取り戻せる。そうなった場合、ネックとなるのは、チミドロが引き起こす疫病である。

「ああ。今度は、君の研究が、ますます重要になってくるだろうな」

光一は、瑞樹の手を取った。

「お手柄だよ」

「光一。わたし……」

瑞樹は、声を詰まらせた。自分のしたことと言えば、たまたまダニを採取しただけだが、それで、突然、未来に光が差してくるなんて。

光一は、瑞樹を抱き寄せた。

「ああ……だめよ。これから、いろいろ、やることがあるから」

瑞樹は、光一を押し戻そうとしたが、逆に抱きすくめられてしまう。

「今の気分は、お祝いだろう？」

「それは、そうだけど」

「さあ、おいで」

光一が両手を拡げると、すべての衣類が摩擦を失って、床に滑り落ちた。

「ほら、君も」

羞恥心が先に立ったが、瑞樹も光一に倣った。全裸になった瞬間、胸でも性器でもなく、反射的に、左の二の腕の奥を手で隠した。人工皮膚を貼り付けてあるが、その下にはうっすらと赤く残るタトゥーがある。大きな大人の手が子供の手を包んでいる、『未来』の図柄だった。

「後ろを向いて」

「どうして？」

「こいつを見て、昂揚感に浸りながら、したいんだ」

光一は、タカラダニの入った水槽を指差して、にやりとした。

瑞樹が、光一のラボから出てキャブに乗りこもうとしたとき、突然、けたたましい警報がドーム内に鳴り響き、落ち着いた女性の合成音声でアナウンスが流れた。

「緊急警報。緊急警報。B—9。B—9。保安要員は、全員、生物防護服着用の上、待機してください」

瑞樹は、ぎょっとした。生物災害のレベル9とは、ありうべからざる事態だ。いったい、何が起こったのだろう。それから、はっと気がつく。まさか。水上町長が……。

「わたしの実験室」

キャブに命じたが、動かない。

「現在、そこへ行くことは禁じられています」

キャブの男性の合成音声に、女性の合成音声が被さった。

「当該区域は、閉鎖中です。……全員、すみやかに近くの部屋に入り、出入り口をロックしてください。出歩くことを止め、すみやかに待避してください」

後半のセリフは、館内アナウンスとシンクロする。

瑞樹は、キャブを飛び出した。

とにかく、何が起きたのか、たしかめなくてはならない。長い廊下を全力疾走しながら、思いは千々に乱れていた。水上町長の存在が発覚したのだろうか。RAINの感染者であることがわかり、誰かが警報を鳴らしたのか。

いや、だとしても、せいぜいB—3かB—4の事案のはずだ。B—9まで発令されるのは行き過ぎである。

何か、もっと悪いことが起こったのか。感染爆発——ドームの終焉につながりかねないような。

廊下を走り、エレベーターが止まっているので、階段を駆け上がった。いつもはキャブに任せているので、これほど距離があるという実感はなかった。息が切れ、足下がふらつく。この状態でチミドロの胞子に晒《さら》されたら、あっというまに肺の奥まで吸い込んでしまうかもしれない。

理性は、今すぐ回れ右をして、アナウンスの指示通り、どこか手近な部屋に飛び込んで、待機すべきだと告げていた。自分が行ったところで、B—9の事態を収拾できるはずもない。水上町長が見つかってしまったのならば、どっちみち責任は問われることになる。せめて、ここは命令に従っておくべきだろう。

だが、瑞樹は走り続けた。

すべては、自分の責任だ。せめて、この目で、何があったのかを見届けなくては。

焼け付くような後悔の念が後押しする。光一の部屋で、あんな痴態に耽っていなければ。すぐに、実験室に戻っていれば、こんな事態は避けられたかもしれないのに。

背後から、乗り物が近づいてくる警告音が聞こえた。キャブはすべて止まっているから、保安要員の乗ったヴィークルだろう。

瑞樹は、前に立ち塞がって、大きく手を振った。

「待って！　わたしも乗せてください！」

「何をやってる？　早く、そこをどきなさい！」

怒声が響いたが、瑞樹は怯まなかった。

「わたしは、医師の橘瑞樹です。現在の事態に関し、事情を知っているので、協力させてください」

「何を知ってるんだ？」

疑い深そうな声で、質問が降ってくる。瑞樹は、瞬時に心を決めた。

「ＲＡＩＮの感染者の素性、どうやってドームに入ったか」

ずんぐりした保安要員用のヴィークルのドアが開いた。

「乗れ！」

生物防護服に身を包んだ男が、叫ぶ。瑞樹が乗り込むと、すぐにヴィークルは発車した。車内には、一ダースほどの同じ服装の男たちが乗り込んでおり、席はすべて埋まっていた。瑞樹は、バーを持って、かろうじて空いた空間に立つ。

「で？　感染者とは、誰なんだ？」

「水上豊さん。第九自治居住区、朝日町の町長です」

透明なヘルメットの風防越しに、男が目を瞠《みは》るのがわかった。

「その男が、どうやってドームに入ったんだ？」

「わたしが、手引きしました」

ヴィークルの中の男たちから、射るような視線が集中した。

「あんたが、手引き？」

男は、愕然としたようだった。

「しかし、どうやって、センサーを擦り抜けた？」

「水上町長は、仮死状態だったんです。わたしは、すでに死亡したものと思っていました。それで、試料のボックスに入れて、運び込みました」

「何のために、そんなことをした？」

男は、手にしていた銃を瑞樹に向けた。

「ＲＡＩＮの治療法を見つけるためです。そのためには、どうしても、ＲＡＩＮによって亡くなった人の遺体が必要でした」

男は、沈黙し、ヘルメットの中で、二言三言、本部と会話する。今の話自体が聞こえているので、指示はすぐに下ったようだった。

「橘瑞樹。おまえのＩＤは確認された。途中で、対テロ部隊に引き渡す。追って審問があるだろう」

「待ってください！」

瑞樹は、懸命に訴えた。

「今の事態は、わたしの責任です！　収拾に協力させてください」

「おまえに、何ができる？」

男は、冷たい声で突き放す。テロリストを見る目だった。

「その前に、今、水上町長は、どこにいるんですか？　それに、なぜＢ―９が？」

男は、また、ヘルメットの中で交信すると、瑞樹の二つの問いに一言で答えた。

「水上は、逃亡中だ」

目の前が、真っ暗になった。

ＲＡＩＮの末期には、妄想などの精神症状も現れる。恐怖に駆られて、闇雲に逃げ出したのだろうか。まだ、歩くことができるとは思わなかったが。

逃げ出す途中で、目撃されたのか。それとも、ドーム内のセンサーに異常が現れたのかもしれない。遠くまでは行っていないと思うが、チミドロの胞子を振りまいているとしたら、たいへんなことになるだろう。しかも、血液中には、さらに恐ろしいチミドロの遊走子まで潜んでいる……。

「水上さんは、おそらく、一時的な譫妄《せんもう》状態にあるんでしょう。もし見つかったら、わたしなら説得できます」

「説得だ？」

男は、ふざけるなと言いたげだったが、本部に指示を仰いだ。

「……よし。とりあえずは、同行を許可するということだ。ただし、勝手な真似はするな。こちらの指示に背いたら、ためらわず射殺しろという命令を受けた」

瑞樹は、男の目をまっすぐに見た。

「わかりました」

ヴィークルの中を沈黙が支配する。瑞樹は、全員から敵意の籠もった目を向けられるのを感じていたが、それもやむを得ない。彼らからすれば、自分は『赤い怒り《レッド・レイジ》』のテロリストに他ならないのだから。

しばらく行ったところで、ヴィークルは止まる。

「降りろ！」

男が銃口を振って、指示する。瑞樹が降りると、両側を屈強な男たちに挟まれた。

「センサーによれば、感染者は、この奥にいるはずだ」

瑞樹は、驚いた。そこは、たくさんの木が植えられた公園だった。瑞樹の実験室からは、百メートル以上は離れている。

「全員、散開して、感染者を包囲しろ。見つけ次第、射殺するんだ」

「待ってください！　まず、わたしに行かせてください」

瑞樹は、男に懇願する。

「行って、どうする？」

男は、厳しい声を浴びせる。

「説得して、投降させます」

「投降の必要はない。射殺しろという命令だ」

「ですけど、水上さんが自分の脚で歩いてくれれば、遺体を運搬する必要もありません し、争いを避けられれば、チミドロの胞子も最小限の放出ですみます」

瑞樹は、必死に説得に努める。男をというより、その背後にいてこちらを見守ってい る、ドームの管理者たちを。

「……だが、おまえは、防護服を着ていない。感染者に咬まれたり、引っかかれたりし たら、感染の危険性があるぞ」

男が、警告する。あいかわらず高圧的な口調だが、思いなしか、目の光は和らいでい るようだった。

「かまいません。これは、わたしが招いた事態ですから」

「おまえが感染すれば、さらに危険が拡大するから、言ってる」

「わたしが感染したとしても、わたしからさらに別の人に感染するには時間がかかります。それでも、危険だと思われたら、遠慮なく、わたしを射殺してください」

男は、またヘルメットの中で口を動かし、指示を仰いでいるようだ。気のせいだろうか、口添えしてくれているような気がした。

「許可が出た。五分やる。その間に、公園に入って、水上を説得し、連れて出て来るんだ。成功すれば、二人とも、命は助かる。……当座はだがな」

「ありがとうございます」

瑞樹は、向きを変え、公園に入っていった。後ろで見守っている保安要員たちの間からは、しわぶき一つ聞こえなかった。

「水上さん。いらっしゃいますか?」

返事はない。

瑞樹は、さらに歩を進める。木々はさほど密生していなかったが、そこそこの太さがあり、隠れようと思えば、どこにでも隠れられるだろう。

心臓が、早鐘を打ち始めた。

もし、水上町長が完全に錯乱していたら、自分のこともわからず、いきなり襲ってくるかもしれない。さっき、保安要員の男が言っていたように、咬まれでもしたら命取りだ。いや、それどころか、至近距離で相対しているだけでも感染の危険性はある。

「水上さん。どこですか? 医師の橘瑞樹です。あなたは、今すぐに治療を受ける必要があります。出て来てください」

依然として、応答は聞こえなかった。もしかしたら、ここにはいないのだろうか。だが、ドーム内のセンサーがチミドロの存在を感知したのなら、ここに入ったのはまちがいないだろう。すでに公園は包囲されているから、ここから出ることはできないはずだし。

公園の一番奥まった場所まで来た。

瑞樹が、大きな楠の裏に回ると、水上町長が地べたに座り込んで別の木にもたれていた。目を半ば閉じて、苦しげに息をついている。

「水上さん。ここだったんですか」

瑞樹は、ほっとして声をかける。反応はなかった。

「歩けますか？　今すぐ、わたしと一緒に行きましょう」

水上町長は、目を見開いた。どきりとする。

白目は、すっかり赤くなっていた。

「水上さん。申し訳ありませんが、どうしても、今すぐにここから出なければなりません。さもないと、保安部隊に射殺されるかもしれないんです」

水上町長は、ようやく口を開いた。

「私は、どうしてここに？」

覚えていないのか。

「水上さんが、ご自分で歩いてこられたんです。……おそらく、ＲＡＩＮのせいで、意識が薄れてたんでしょう」

「そうですか……。それは、危ういことをしました」

水上町長は、沈んだ声で言った。

「周りの人に感染させてしまった可能性がありますね」

瑞樹は、首を振った。

「だいじょうぶです。ここまで、水上さんと接触した人間はいないようですから」

水上町長は、かすかに微笑んだ。

「それは、よかった」

「猶予は五分しかありません。立てますか？」

水上町長は、ゆっくりと首を振る。ああ、そんな……。瑞樹の胃袋は、鉛を呑んだように重くなった。しかたがない。こうなったら。

「わたしの肩につかまって、何とか頑張って立ち上がってみてください」

五分以内に水上町長を連れて公園から出なければ、保安要員は、ためらわずに銃撃するだろう。瑞樹は、水上町長の前に膝を突いて、右肩を貸そうとした。

「橘さんでしたな」

水上町長は、動こうとはしない。

「私に触れてはいけません。感染の危険性がある」

「短時間なら、だいじょうぶです。さあ、早く！」

しかし、水上町長は、依然として動こうとはしなかった。

「どうしたんですか？」

「あなたは、今すぐに戻って、私が動けないと告げてください」

「そんなことをしたら、あの連中は、問答無用で水上さんを殺そうとします！」

瑞樹は、必死に水上町長を説得しようとする。

「いいんですよ。私は、すでに死んだ人間ですから。……それに、あなたに言ったかどうか覚えていませんが、宿主が死ぬと、とたんに感染力は失われるんです。私が死ぬのを待って遺体を回収した方が、リスクが小さいでしょう」

水上町長の目は、充血の域を超えて、染料を流したように真っ赤だったが、話す内容はあくまでも清明だった。

「水上さん。あなたは、まだ生きています！」

瑞樹は、必死に声を励ました。

「わたしは、医師として、あなたの命を守らなければなりません。それに、あなたの存在は、ＲＡＩＮの研究にとって、計り知れない意味を持つんです。……つまり」

「まあ、それはそうでしょうな。ＲＡＩＮの末期患者で、まだ生きている人間は、めったに手に入らんでしょう」

水上町長は、笑った。

「私は、喜んで人体実験に応じますよ。もし、そうすることが、この業病を克服する一助になるのでしたら」

「だったら、今すぐ、わたしにつかまってください」

「……しかし、それも、もう叶わぬ夢でしょう。ドームの連中が、地球上で唯一汚染されていない大切なドームの中で、あなたにそんな危険な実験をさせるとは思えない」

「それは」

瑞樹は、言葉に詰まる。たしかに、その通りである。だが、それでも、ここで水上町長をむざむざと死なせるわけにはいかなかった。

「では、わたしが、水上さんと一緒に、ドームを出ます」

「あなたは、何を言ってるんですか？」

水上町長は、眉をひそめた。

「でも、それしかありません。水上さんを死なせず、そして、ＲＡＩＮの研究を続けるためには」

窮余の一策として、たった今心に浮かんだアイデアである。しかし、瑞樹の心は、すでに決まっていた。

「いけません！　私はともかく、あなたには将来がある。……あなたは、ここへ来るのに、並大抵でない努力を積み重ねてきたはずだ」

瑞樹は、驚いた。なぜ、気がついたのだろう。

「わたしがスラムの出身だと、なぜわかったんですか？」

『漂白』された皮膚が、あまりにも白すぎるためか。それとも、微妙な訛りや言葉癖とか、態度から判断したのか。

「あなたは、赤い雨の降る町で生まれて、育った。そうでなければ、私のようなＲＡＩＮの末期患者を人間扱いすることもないし、ＲＡＩＮの研究に命を懸けることもない」

水上町長の口調は、とても死を目前にした人のものとは思えなかった。

「……わたしは」

瑞樹は絶句した。熱い涙が溢れそうになって、目を閉じて堪える。喉の奥に、塩辛い味が拡がった。

「では、信じていただけますね？　どうか、わたしの言うとおりにしてください」

水上町長は、掌を前に向け、瑞樹の助けは要らないというジェスチャーをした。それから、地面に手を突き、立ち上がろうとした。

それは、生まれたての子鹿よりもっとおぼつかない動きだった。しかし、懸命の努力で、何とか立ち上がることに成功する。

「ありがとうございます！　では、行きましょう！」

時計を見ると、保安要員の男が五分と制限時間を区切ってから、すでに三分半以上が経過していた。急がなければ。

「だいじょうぶ。自分で歩けます」

水上町長は、また瑞樹の手を拒み、そろそろと前に足を踏み出した。苦痛が伴うらしく、顔を歪め、脂汗を流している。

「どうか、つかまってください」

「だいじょうぶだ。せめて最後くらいは、自分の脚で歩きたいんです」

水上町長は、ゾンビのような足取りで、一歩一歩前に進む。

何としても、自分には感染させまいとしている。そう思ったら、また涙が溢れ出しそうになった。瑞樹は、歯を食いしばって泣かないように我慢して、水上町長の横を歩いた。もし途中で倒れそうになったら、すぐに助けられるような態勢で。

「あなたは、どこのスラムの出身なんですか？」

水上町長は、喘ぎながらも、世間話をするような口調で訊ねる。

「第七自治居住区です」

水上町長は、はっとしたようだった。

「第七自治居住区……？　ちょっと待ってください。橘さんということは、もしかしたら、あなたのお父さんは」

父を知っているのか。瑞樹も、身を乗り出した。

そのときだった。前方の木立が激しい炎を上げて燃えだしたのは。

一瞬、何が起きているのかわからなかった。炎は、火の気のない場所から唐突に上がり、横に向かって延びていく。瑞樹は、ようやく我に返って、何が起きているのかを理解した。

火炎放射器だ。

保安要員が、公園の木を焼き払っている。

自分たちも、チミドロもろとも焼き殺すつもりだ。

「待って！　今、出て行くところよ！　まだ、五分たって……！」

だが、懸命に張り上げた声も、とても届きそうになかった。

瑞樹は、駆け出した。

「行くんじゃない」

水上町長のつぶやきのような声が背後から聞こえたのは、ほとんど奇跡のようなものだっただろう。

「やめて！　火炎放射器を止めて！　わたしたちは、今、投降します！」

すぐ目の前の木が、眩い光に包まれた。熱い……。瑞樹は、顔を背けた。熱が顔の皮膚を焦がしている。たまらず、炎に背を向けて逃げ出した。

「こっちだ！　早く、戻ってこい！」

水上町長は、喉も破れよと叫んでいる。

瑞樹は、数歩戻ってから、再び、前に向き直った。

「やめて！　お願い！」

煙の中から、生物防護服に身を包んだ三人の男たちが現れた。中央の人間が火炎放射器を、両脇の二人がマシンガンのような銃を構えている。瑞樹がヴィークルの中で話した男がいるかどうかはわからない。

「五分！　まだ、たってません！　五分という約束だったでしょう？」

瑞樹は、前に進み出た。すると、両脇の二人が銃口を上げ、瑞樹に狙いを付けた。

もう、だめだ……。気が遠くなった。すべては徒労だった。彼らは、最初から、約束など守る気はなかったのだ。いや、それでも三分くらいは待ったのだから、チャンスはゼロではなかったのだろう。待っている間に強硬論が勝ちを収めたのか、あるいは、本部から指令が入ったのか。いずれにしても……。

銃を向けている人間からは、強烈な殺気が放たれていた。

撃たれる。

瑞樹は、死を覚悟した。

「待ってください。その人を撃ってはいけません！」

水上町長が、進み出てきた。足下はふらついていたが、それでも、かなりの早足だった。

三人の保安要員が、たじろいだように二、三歩後ずさる。たぶん、RAINの患者など、生まれて初めて見るのだろう。

「どうか、話を聞いてください。その人……橘さんは、RAINの治療法を発見するかもしれんのです。そのために私をドームの中に運び入れました。本当なら安全な実験室の中で研究が進んでいたはずなんです。しかし、私が熱に浮かされ、外に出てしまったのがいけなかったんです。……ですから、どうか、撃たないで。指示には従います」

火炎放射器を持った男が、両側の二人に、銃を下ろすよう身振りで合図した。

よかった。瑞樹は、心の底からほっとした。

これで、何とか、最悪の事態だけは避けられた。後は、水上町長と自分がドームを出るという条件で、ドームの委員会を説得できるかどうかだが……。

中央の男は、両側の二人が銃口を下げたのを確認してから、火炎放射器の筒先をこちらに向ける。

え。まさか。どういうこと。

事態は明白だったが、瑞樹の脳は、目で見たものを認識することを拒否していた。

なぜ、そんな。だって、ありえない……。

「やめるんだ！　その人に、火炎放射器を向けるな！」

水上町長は、瑞樹を庇うようにして前進した。三人の保安要員は、またずるずると後退していく。

「そんなことをする必要はない！　いいか？　私たちは、逃げも隠れもしないんだ！　私は、第九自治居住区、朝日町町長の水上豊……！」

轟音とともに、眩い炎の舌が伸びて、水上町長を舐めた。

町長の身体はたちまち炎上し、くるりと一回転して、地面に倒れ伏した。

そんな。嘘。こんなこと、ありえない。

瑞樹は、呆然と立ち竦み、顎を震わせ、そして絶叫した。恐怖と悲しみのあまり発した、言葉にならない悲鳴だった。

水上町長が倒れて動かなくなっても、保安要員は、執拗に炎を浴びせ続けた。タンパク質が焼ける悪臭が、あたりに立ちこめる。

水上町長を失った悲しみよりも、絶望感から脚の力が抜け、瑞樹はその場に膝を突いた。RAINを引き起こしていた遊走子は、すっかり燃え尽きてしまった。もはや、RAINの発症メカニズムをあきらかにする研究は、できなくなってしまったのだ。

「ただいまより、ドーム運営規則第九条に基づく、訴追委員会を開会します」

運営委員会の税所《さいしょ》議長が、甲高い声で宣言した。いわゆる『九条委員会』は、ドーム内で起きた重大事故や犯罪を処罰するためのもので、開かれるのは、実に七年ぶりだった。

「訴追人は、運営委員会の鹿園《しかぞの》委員、鷹司《たかつかさ》委員に委嘱します。猶《なお》、前例はありませんが、ドーム運営規則第九条、第十七項には、被告には特別弁護人を付けることができる旨、明記されております」

税所議長は、じろりと瑞樹の隣を見た。

「したがって、今回、麻生光一君を特別弁護人に選任します。ご異議ありませんか？」

議場内には、冷ややかな空気が漂っていた。どのみち有罪は免れないというのに、何を悪足掻きしているのかというのだろう。過去に、九条委員会で訴追され、有罪にならなかった例は一つもないのだから。

「……それでは、ご異議がないようですので、議事を進めます。それでは、鹿園委員より、お願いします」

挙手して質問席に向かった鹿園という男性は、常にきっちりした服装で笑みを絶やさず、ドームの居住者の模範とも言える人物だったが、細く鋭い目はほとんど瞬かず、冷酷な光を湛えていた。

「被告、橘瑞樹は、第七自治居住区の出身でしたが、学業成績がきわめて優秀だったため、特待生としてドームに招かれ、医師の資格を取得し、主にＲＡＩＮの治療法について研究を行っておりました」

鹿園委員は、低いがよく通る声で話し始めた。しかし、どこか退屈そうで、手元の原稿を棒読みしているだけのようにも見える。

「……第九自治居住区朝日町町長であった水上豊の遺体を、ドーム運営規則第三条第一項、第二項、第三項、第七項、第十四項、第十五項、第十六項に違反して、秘密裏にドーム内に運び込み、隠匿していたものであります」

鹿園委員は、議場内の聴衆を見渡した。将来は、議長の座を狙っているという噂だけあって、この場も少しでも自分を印象づけるために使おうとしているようだ。

「ところが、水上は、実際には仮死状態でありました。被告は、そのことに気づきながら、水上を実験室内に放置して席を外したため、意識を取り戻した水上は実験室を抜け出して、ドーム内をさまよい歩くこととなったのです。当時、水上の体内には、RAINを発症して活性化したチミドロの胞子……遊走子が充満しておりました。したがって、このとき、もし、夢遊病患者のごとく徘徊《はいかい》していた水上と接触した人物がいたとしたら、RAINに感染した可能性もあったのです」

どよめきが起こった。

そこに流れていた最も強い感情は恐怖だった。ドーム内の人間にとっては、チミドロほど恐ろしいものはない。まして、RAINを発症していたとなれば、それはもう死神に他ならないのだ。

やがて、恐怖に耐えられなくなった聴衆は、そのエネルギーを別の感情に転化し始めた。怒りである。神聖な楽園であるドーム内に、そのような惨禍をもたらしかねなかった被告に対して、熱い復讐心と冷たい無慈悲が混淆した視線が集中した。

「……よって、当委員会としては、被告、橘瑞樹に対し死刑を求刑します。死刑の執行は、薬物注射または二酸化炭素によって行われ、死体は、RAINの感染の有無を確認した後、ドーム外の焼却炉で完全焼却され、遺灰は廃棄物として海洋投棄するものとします。以上、ドーム運営規則第九条、第三十三条、および第五十四条」

最後は早口で締めくくり、鹿園は席に戻った。

「では、特別弁護人。今の求刑に対して、何かご異議はありますか？」

税所議長の質問に対して、今度は、光一が挙手をして質問席に向かう。

「事実関係に関しましては、おおむね認めます。ただし、求刑は重すぎると考えます」

「その根拠は、何ですか？」

税所議長の声が、ますます高くなった。

「被告の、動機です」

光一は、大きく息を吐くと、聴衆を見渡しながら喋る。

「被告、橘瑞樹は、文字通り寝食を忘れて、懸命にＲＡＩＮの研究に打ち込んできました。これは、本人が認められたいとか、ドーム内で高い地位を得たいという動機によるものではありませんでした。ひとえに、ＲＡＩＮに苦しむ患者たちを救いたい、ひいては、ＲＡＩＮそのものを撲滅したいという、崇高な使命感、そして人類愛に基づくものでした」

光一は、ここで肩を落とし、声のトーンで悲しみを表現する。

「しかし、残念なことに、被告は、誤った方法を採ってしまいました。さきほど鹿園委員からご指摘がありましたように、ドーム運営規則第三条の諸項に違反し、ＲＡＩＮで死亡した遺体を、ドームに持ち込んだのです。これがきわめて危険な行為であったことは、論を俟《ま》ちません」

聴衆は、しんと静まりかえって、光一の抗弁に聞き入っている。

「しかしながら、そこに、今申しましたような崇高な動機が隠されていた場合、はたして、死刑が妥当な刑罰でしょうか？　不注意や判断ミスに対するペナルティは、最も重くても、ドームからの追放というのが判例です。この場合は、あきらかに、被告の重大な判断ミスが危険な事態を招いたわけです」

「異議あり！」

鹿園委員の隣に座っていた鷹司委員が、挙手しながら大声で叫ぶ。鍛えられた肉体を持つ長身の男で、七年前の事件でも訴追人を務めているが、犯罪者に対する苛烈さでつとに有名だった。

「はたして、今回の事件が、単なる判断ミスと言えるのか……？」

「発言は、質問席に着いてからにしてください」

税所議長が、遮る。

「これは、失礼しました。それでは、私の意見を申し上げてよろしいでしょうか？」

鷹司委員は、立ち上がると、まっすぐ質問席に向かった。さっさと場所を空けろと言わんばかりの態度である。光一は、むっとしたようだが、ここで口論になると心証が悪くなると思ったらしく、おとなしく場所を譲る。

「私は、今回の事件は、被告が意図的に引き起こしたものだと考えています」

鷹司は、聴衆を睥睨《へいげい》しながら言い放つ。どよめきが起こった。

「すなわち、被告の罪状は、単なる不注意ではありません。これは歴としたテロ行為だ！」

議場内は騒然となった。

「静かに！　静粛にしてください！」

税所議長が呼びかけるが、騒ぎは一向に静まる気配を見せない。

「テロリストは、死刑だ！」

「さっさと判決を下せ！」

「その女は、ＲＡＩＮの人体実験に使え！」

今にもリンチが始まりそうな恐ろしい雰囲気を制したのは光一だった。

「違う！　これは、テロなどではありません！」

光一は、前に進み出ると、税所議長の倍以上の大きな声で聴衆の注意を引きつけた。

「さっきもご説明したとおり、被告は献身的な医師で、今回の行動に至った唯一の動機は、ＲＡＩＮの治療法の確立です。テロ行為という告発はナンセンスも甚だしい。いったいなぜ、そんなことをする必要があるんでしょうか？」

聴衆は、少しだけ大人しくなったが、納得していないのはあきらかだった。

「……その理由は、これから説明します」

鷹司委員は、身振りで光一を退かせる。

「被告、橘瑞樹は、このドームを破壊する密命を帯びて、送り込まれたテロリストだったのです」

鷹司委員は、鋭い目で瑞樹を睨みつけた。瑞樹は、かすかに首を振る。はなから、この訴追委員会で公正な裁きが行われるとは期待していなかった。とはいえ、テロリスト呼ばわりされたことには驚いたが、今さら、たいして変わりはない。すべては終わったのだ。

水上町長さえ生きていれば、ワクチンが創り出せたかもしれないのに。

もはや希望は残されていない。

たとえ死刑を回避できたとしても、ドームから追放されるのであれば、何の意味もない。それくらいなら、死刑になった方が、苦しみを長引かせないだけましかもしれない。

「どういうことですか？　私は被告のことをよく知っています。テロリストだというのは、冤罪です！」

光一は、瑞樹の気持ちを知ってか知らずか、必死になって弁護しようとしていた。

「ここに、被告の身上調書があります」

鷹司委員は、わずか数枚の書類の束を掲げて見せた。

「橘瑞樹は、八年前に、第七自治居住区で行われた統一学力テストにおいて、一位の成績を収めたため、当ドームに招聘されました。……これによれば、驚くべき抜群の成績です。第七居住区のみならず、全居住区でもトップでした」

鷹司委員は、意味ありげな表情で聴衆を見渡す。何を言うつもりなのだろうと、瑞樹は訝った。

「しかし、もしここに不正行為があったとしたら、どうでしょう？」

「異議あり！」

光一が挙手しながら遮る。

「ありえません。被告は、ドーム内における研修でも、見事な成績だったと聞いています。それに、統一学力テストで不正を行うことは不可能なはずです！」

「なぜ、不可能と言い切れるんですか？」

鷹司委員は、光一に対して皮肉な調子で言う。

「試験問題は、その日の朝にドームから移送されますから、前もって知ることは不可能です。また、全受験生は、試験中は厳しい監視下にあり……」

「そういう話ではない。問題なのは、採点が自治居住区で行われるという点です」

鷹司委員は、光一の答えを遮る。

「テスト用紙もドームに送られてきますし、マークシートは試験の直後に用紙が化学変化を起こすため、改竄《かいざん》はできないはずです」

「改竄する必要はない。用紙を入れ替えればいいだけだ。用紙には受験番号しか書かれていない」

鷹司委員は、せせら笑うようにうそぶく。

「そんな馬鹿な。だいたい、入れ替わりがあったという根拠は何ですか？」

光一は、猛然と反論する。

「第七自治居住区には、もう一人、成績優秀で将来を嘱望されていた少女がいたそうです。山崎百合という名前です。橘瑞樹には彼女と入れ替わったという疑惑がささやかれていた。そのことは身上調書にも記述されているが、明白な証拠が発見されず、事実とは認められなかったということで、それ以上の調査はなされなかった！」

鷹司委員は、左手に持った書類を右手の甲で激しく叩いた。

「だが、実際には、受験の後、二人は入れ替わっていたんです！　第七自治居住区ぐるみの不正であったため、証拠は残されていない。しかし、わざわざ合格者を入れ替える必要は、一つしかない！　ドームを破壊するためです！」

「根拠は、何もないじゃないですか？」

光一の猛抗議も無視して、鷹司委員は続ける。

「黒幕については、皆さん、よくご存じでしょう？　ドームへの狂信的な憎悪に取り憑かれているテロ組織、『赤い怒り《レッド・レイジ》』です！」

聴衆は、恐怖にどよめいた。再び、収拾の付かない騒ぎになりかける。

「証拠どころか、疑うに足る根拠もない！　こんな馬鹿げた告発がありますか？」

光一だけは、必死に声を励まして、流れを押しとどめようとしていた。

「火のない所には、煙は立たない！」

鷹司委員は一蹴する。

「実際に入れ替わりがなかったとしたら、なぜ、そんな噂が立つんだ？　しかも、わざわざ身上調書に記載されているということは、それなりの信憑性があったということだ！」

「そんな無茶な！　だったら、ちょっとでも疑いを持たれた人間は、全員有罪ということなんですか？」

光一の言うとおり、無茶苦茶な言いがかりだった。入れ替わりは、山崎百合の父親が持ちかけてきたことで、実際には行われなかった。だが、ここでは、一度そういう疑いがかけられたら、晴らす方法はない。

すべては、自分がスラム出身だからなのだ。ドーム内で生まれ恵まれた人生を送ってきた人間から見れば、スラムの出身者は、やはりドブネズミでしかないのだ。

ドブネズミは、ネズミ取りの籠に入ったまま水溜まりに浸けられて、息絶える運命なのだろう。

「議長。これ以上の議論は必要ないでしょう。被告がテロリストであることは、あきらかであると思われます。ご裁断をお願いします」

鷹司委員は、まるで瑞樹を完璧に断罪したかのような顔で要求した。

「いや、いったん訴追委員会は休会にしてください！」

光一は、最後の抵抗を見せる。

「休会？　どういうことですか？」

税所議長は、眉根を寄せた。

「橘瑞樹が、テストで不正を行っていないという証明を行いたいんです」

光一は、必死に懇願した。

「そのために、第七自治居住区に行って、聞き取り調査をさせてください」

税所議長は、あきらかに難色を示していた。

「……だが、ドームの外に出るのは危険が伴いますよ？　それに、もし第七自治居住区が『赤い怒り《レッド・レイジ》』の根城だとすると、さらに危ないことになります。悪いことは言いませんから、止めた方がいい」

「このままだと、でたらめな告発が認められてしまうかもしれません。行かせてください」

光一は頑として意思を曲げなかった。ドームでも指折りの有力者の一族に連なるだけに、税所議長も無下に却下することはためらわれたようだ。

「わかりました。それでは、調査は本日中に済ませてください。訴追委員会の続きは、明日同じ時刻に行います」

税所議長の裁定が下り、訴追委員会は休会となった。

「どうする気なの？」

瑞樹は、光一にささやく。

「言ったとおりだよ。これから、君の故郷へ行ってくる」

光一は、笑顔を見せた。

「その、山崎百合という女性に会ってくる。何とかしてここへ連れてきて、不正はなかったという証言をしてもらうよ」

「そんなことしても、意味ないわ」

瑞樹は、本心から言う。

「あの人たちは、スラムの人間の証言なんて一顧だにしないでしょう。そんなことのために、あなたが危険を冒すことはないわ」

「本来は、訴追側が、有罪の証拠を提出しなくてはならないはずだ！」

光一は、怒りに満ちた口調で言った。

「それなのに、そういう噂があったらしいというだけで、君を無理やり有罪にしようとしているんだぜ？　それを反証してくれる証人さえ出てくれば、さすがにおかしいという空気になるはずだ」

だが、それは希望的観測に過ぎない。これは、けっして公正な裁判などではない。ただのセレモニーだ。

「とにかく、安心して僕を待っててくれ。必ず、君を救ってみせるから！」

どこからそんな自信が出てくるのかはわからなかったが、瑞樹は、光一の言葉に不思議と勇気づけられるのを感じた。

「……でも、万が一、処刑されなかったとしても、同じことかも」

言うつもりのなかったことが、つい口を衝いて出てしまった。

「同じこと？　どういう意味？」

光一は、驚いたようだった。その顔を見て、瑞樹は本音を漏らしたことを後悔した。彼は──生まれてこの方、ドームから一歩も出たことのない彼が、これから危険を冒してスラムまで行こうとしているのに。

「ううん。ごめん、何でもない」

瑞樹は、本心を隠して笑顔を作った。

「とにかく、絶対、無理はしないでね？」

「ああ。だいじょうぶ」

光一の表情には、これまでに見たことのないような強靱な意思が宿っていた。


翌日、光一は、訴追委員会が始まる前に瑞樹が勾留《こうりゅう》されている部屋に現れた。

光一は、保安要員と交渉して部屋の外に出てもらったが、その表情には緊張がうかがえた。瑞樹のすぐそばに来ると、小声でささやいた。

「残念だけど、山崎百合さんは、来られない」

彼女は、自分が入れ替わりを断ったことを根に持っているのかもしれない。瑞樹の疑問を表情で読み取ったらしく、光一は首を振る。

「彼女は亡くなっていたよ。彼女のお父さんもだ。入れ替わった事実はないと証言できる人は、他にはいない」

瑞樹は、一番気になったことを訊ねた。

「百合ちゃんは、ＲＡＩＮで？」

「いや、事故らしい。……お父さんの方は、ＲＡＩＮを発症したみたいだけど」

「そう」

いずれにしても、これで、死刑の回避は絶望的になったわけだ。

瑞樹は、笑顔を作った。

「わざわざ、スラムになんか行ってくれて、ありがとう。わたしのことは、もういいよ」

「何言ってるんだ？」

光一は、険しい表情になった。

「瑞樹を殺させたりなんか、絶対にしない。だから、最後まで諦めるな」

……でも、もう打つ手は何も残っていないだろう。

「僕は、立証が不充分だという趣旨で瑞樹を弁護してみる。税所議長に良心と判断力があるなら、まさか死刑にはしないはずだ。だが、もし、最悪の事態になったら」

光一は、さらに声を潜めた。

「これから僕の言うとおりにしてくれ……」

光一の指示に、瑞樹は唖然とした。そんなことをしたら、自分をテロリスト扱いしている相手に塩を送るようなものではないか。

部屋のドアが開き、保安要員が姿を見せる。

「そろそろだ。準備してください」

光一は、念を押した。滅茶苦茶なやり方だとは思うが、考えてみると、どうせ死刑判決を受けた後なら、怖いものはないだろう。光一の言うとおりにしてみるしかないかもしれない。

「いいね？」

訴追委員会は、予想通り、最悪の展開を辿った。

光一が、第七自治居住区で調査を行ったが、山崎百合はすでに死亡していたと告げると、鷹司、鹿園の両委員は、露骨に、それ見たことかという笑みを浮かべた。

続いて、第七自治居住区の住民たちの証言録取が披露された。全員が全員、瑞樹は神童と呼ばれるくらい優秀だったと証言しており、反対尋問に備えてドームの外に複数の証言者が待機している旨を述べたが、完全に無視された。スラムの住人の証言になど価値はないし、RAINを発症しかけているかもしれず、テロリストの可能性もある人間たちをドーム内に入れることなど、もってのほかということなのだろう。

光一は、訴追側がクロの証明をしなければならないという原則を強調した。

「被告、橘瑞樹が『赤い怒り《レッド・レイジ》』の一員であるという根拠は、何一つ示されていません」

光一は、最終弁論で熱弁を振るった。

「いくら何でも、これでテロリストと認定するのは滅茶苦茶です。被告が自治居住区の出身であっても、我々と同じ人間です。『疑わしきは罰せず』という原則は、同じように適用すべきではないでしょうか？」

すると、すでに最終弁論を終えたはずの鷹司委員が、挙手をして立ち上がると、再び話し始める。

「『疑わしきは罰せず』とは、たいへん美しい言葉です。平和で秩序が保たれた社会では、たとえ百人の犯罪者を逃すことになっても、一人の無実の人間を冤罪で罰してはならないという高邁《こうまい》な理想を実践することもできるのでしょう。……しかし、我々が現在置かれている環境は、それを許すほど余裕があるのでしょうか？　完全に有罪であるという証明がなされないかぎりは、無罪放免にできるくらい？　私は、そうは思いません。危機が重大かつ差し迫ったものなら、百パーセントの証明なしでも、クロと認定して処罰するのはやむを得ないことであり、適切と言えるのではないでしょうか？」

鷹司の論法は、『疑わしきは罰せず』という言葉の意味を微妙にずらし、『無罪放免にする』などという事実に反する言葉を使って、聴衆の受ける印象を操作するものだった。

「第一、被告、橘瑞樹が偽計を弄し、ＲＡＩＮの感染者をドームの中に引き入れたことは、本人も認めているように事実なのです。しかも、その後、感染者が意識を取り戻したことを知りながら、逃亡を防ぐための措置をいっさい執らずに、実験室の中に放置していました。そんな状態に置かれていれば、感染者がドーム内をさまよい歩くことは容易に予想が付いたはずです。いや、というより、それを期待していたとしか思えません。

つまり、被告が『赤い怒り《レッド・レイジ》』のメンバーか否かということは、判決を左右する論点にはなりえないのです。被告の行為は、まぎれもなくテロ活動であり、テロリスト集団の正規メンバーであろうがなかろうが、橘瑞樹が、実際に多くの人間を危険にさらし、もしかしたら、このドームを壊滅させていたかも知れないという事実に、変わりはありません」

鷹司委員は、自信たっぷりに聴衆を見回した。

ようやく、自分をテロリストだと糾弾したことは鷹司の策略だったと、瑞樹は気がついた。根も葉もない嫌疑であり何の証拠もないのだから、さすがにそれがそのまま認められるとは思っていなかっただろう。

鷹司の真の狙いは、この最終弁論だったのだ。最初からこうした主張を展開していたら、光一から反論を受けていたはずだ。だが、最後にまとめて主張することで、意図はともかく行為はテロそのものだと印象づけようとしたのだろう。

光一も、すぐに挙手をして、もう一度反論しようとしたが、今度は認められなかったため、引き下がるしかなかった。

税所議長は、わずか十五分の考慮で、判決を出した。

「有罪か無罪かの判断は、明白です。本人が、自分の取った行動を認めているのですから。ドームの中に、策を弄して、危険な遊走子を体内に持つＲＡＩＮの末期患者を運び込んで、放置しました。結果、患者はドーム内で自由に歩き回ることができたのです。

誰一人として接触感染しなかったのは、奇跡というほかありません。皆さんのうちの誰かが、あるいは、ご家族の誰かが犠牲になっていたかもしれないのです」

税所議長の総括は、ほとんど鷹司委員の弁論と変わらないばかりか、さらに聴衆を煽っているようだった。案の定、聴衆は口々に怒りの声を上げ始める。

「私は、被告橘瑞樹は、有罪であると認定します。では、量刑の決定に移ります。こちらは皆さんの挙手による多数決です」

税所議長は、咳払いをする。

「死刑が妥当と思われる方は、挙手をしてください」

間髪を入れず、ほぼ全員と思われる数の手が挙げられた。

終わった。やはり、だめだったか。瑞樹は、目を閉じる。

「多数と認めますが、念のため、こちらも決を採ります。ドームからの追放が妥当な刑罰であると思われる方は、挙手をお願いします」

ただの一本も、手は挙がらない。

「わかりました。全員一致と認めます。被告、橘瑞樹は死刑と決しました。皆様、長時間、ご苦労様でした」

税所議長が解散を告げようとしたとき、光一が挙手をする。

「議長。お話ししたいことがあります」

「弁護人。すでに、判決は下りました」

税所議長は、顔をしかめる。

「そのことについては了解しました。しかし、第七自治居住区で聞き込み調査をした結果、新たな事実が判明したのです。このことは、ドームの安寧にも影響します。解散する前に、どうか説明をさせてください」

「どういうことですか？」

光一は、大きく息を吸い込んで、叫んだ。

「まさかとは思っていましたが、被告橘瑞樹は、鷹司委員が述べられた通り『赤い怒り《レッド・レイジ》』のメンバーであることがわかったのです」

議場内は、再び沸騰した。

「静粛に！　静粛に！」

税所議長は、躍起になって秩序を回復しようとしたが、今度は、いっこうに静まる様子はなかった。

「やっぱり、そうだったのか！」

「殺せ！　今すぐ殺せ！」

「テロリストを殺せ！」

議場を埋め尽くしている聴衆は、いっせいに立ち上がって、今にも瑞樹に向かって殺到しそうな勢いだった。

「静粛に！　これ以上騒いだ人間には、退廷を命じます！」

税所議長は、拡声器を使って警告する。

「猶、命令に従わなかった人間は、100ポイントの減点を行います。全員、ただちに、着席しなさい！」

暴徒と化しかけていた聴衆は、ようやく口をつぐんだが、全員がまだ収まらない様子で、瑞樹を睨みつけている。

「弁護人！　いったい、どういうことですか？　すでに、判決は下りました！　しかも、あなたの仕事は、被告を弁護することでしょう？」

税所議長は、光一に嚙みつく。

「おっしゃる通りです。ですが、本訴追委員会は、勝つか負けるかのゲームを行う場ではなく、真実をあきらかにするために開かれたのだと理解しています」

光一は、動じない。

「したがって、今後のためにも、私の調べた事実を開示すべきと考えました」

「……しかし」

税所議長は、光一の真意を測りかねているようだった。

「今回の事件によって、ドームの安全は、我々が予想していた以上に脅かされている実態が浮かび上がってきました。その最大のリスク要因は、RAINであり、『赤い怒り《レッド・レイジ》』です。それに比べれば、橘瑞樹個人に対する刑罰など、取るに足りないことだと言えるでしょう。どういう背景からテロ行為が行われたのかを、正確に理解すべきなんです！」

　聴衆は、光一の言葉に聞き入っている。何人かは、うなずき、賛意を示していた。

「訴追人は、いかがですか？」

　判断に困ったのか、税所議長は、鹿園委員、鷹司委員の方を向く。

「……弁護人の指摘は、看過できない要素を含んでいます」

　鹿園委員が、しかたなくという調子で答える。

「したがって、第七自治居住区での聞き込み調査の結果を聞くことに、異存はありません」

「ただし、訴追人としましては、もし被告が本当に『赤い怒り《レッド・レイジ》』のメンバーであると証明された場合、さらに量刑を加算すべきだろうと思量します」

　鷹司委員が、大声で注文を付けた。

「ですが、被告は、すでに死刑と決しています。この上、刑を重くするといっても……」

　税所議長は、更に困惑したようだった。

「当初、求刑は死刑でしたが、死刑の執行は、薬物注射または二酸化炭素によるものとしていました。しかし、もし被告の行為が組織的なテロ行為の一環だったとすれば、充分な応報にはならないと考えます」

　鷹司委員は、鋭い目を瑞樹に向けた。

「昨日、聴衆の叫び声のうちの一つが、私の耳朶《じだ》を打ちました。被告人を、RAINの人体実験に使うべしという主張です。これは、天の声と考えます。悪質なテロの実行犯は、せめて、死の際に、医学の進歩に貢献させるべきでしょう！」

わっと聴衆が歓呼の声を上げた。澎湃《ほうはい》と拍手が沸き起こる。

「……なるほど。弁護人も、それでかまいませんか？」

税所議長は、今度は、光一に尋ねる。

「異議はありません」

光一は、無表情に答えた。

「わかりました。それでは、訴追委員会を継続し、弁護人の発言を許可します」

税所議長は、断を下す。

「ありがとうございます。それでは、調査結果について、ご報告します」

光一は、一揖《いちゆう》すると、聴衆に向かって語りかける。

「今回、第七自治居住区へ行って、初めてわかったことがあります。彼らの意識は、我々の常識とはすっかりかけ離れているのです」

先ほどまでとは一転して静まりかえった議場内に、光一の声が響いた。

「我々は、人類の知的遺産を受け継いで、広汎な知識と視野を備え、何事も客観的に眺める習慣を有しています。しかし、自治居住区——いわゆるスラムの住人は、まったく違います。彼らは、日々、生き続けることと、刹那《せつな》的な快楽を得ることしか頭にないのです。これは、彼らの置かれた苛烈な生活環境を考えると、やむを得ないことではあるのですが、しかし、彼らが何代にもわたってそうした生活を続けてきた結果、彼我の意識の差は絶望的なまでに開いてしまいました」

聴衆は、しんとして聞き入っている。

「彼らの生活は苦痛に満ちたものであり、例外なく短命で、最後はＲＡＩＮによって死んでいきます。先ほども言いましたとおり、そのことを、目先の問題と刹那的な快楽により忘れようとはしているのですが、ずっと意識を逸らし続けることはできません。いつかは現実について考えざるを得ないのです。結果として、彼らは、自分たちの不幸はすべて、ドームの人間が元凶であるという危険な考えに染まるようになりました」

どよめきが起こる。目新しい話ではないだろうが、じかにスラムを見てきた人間の話は、それなりに説得力があるのだ。

「これは、一部の過激派に限った思想ではありません。スラムに住む人々全員が、程度の差こそあれ共有している思いなのです。『赤い怒り《レッド・レイジ》』とは、けっして異端ではなく、スラムの住人の集合的意識が生みだした怪物と考えるべきでしょう」

光一の言葉は、無数の針のように、聴衆の耳を突き刺した。

「弁護人は、いったい、何を言いたいんですか？」

鷹司委員が、苛立ったように遮った。

「もう少し、具体的な調査結果を聞けるかと思っていましたが」

光一は、頭を下げる。

「ここまでは、前置きにすぎません。それでは、私が『赤い怒り《レッド・レイジ》』の代表者から直接聞いたメッセージをお伝えしましょう」

今までよりずっと深い、どよめきが起きた。叫び声にさえならない、獣のような唸り声。それは、聴衆が受けた衝撃の大きさを物語っていた。

「『赤い怒り《レッド・レイジ》』の代表者から聞いた？」

税所議長が、信じられないというように繰り返す。

「君は、テロリストと会って話をしたというのか？　そんな行為が、許されると……？」

「こちらから、意図して話をしたわけではありません。私が調査に訪れたと知って、向こうから接触してきたのです」

光一は、低姿勢に徹する。

「待ってください！　議長。弁護人の発言は、中止させるべきです！」

鹿園委員が、立ち上がって、鷹司委員を上回るような大声を上げた。

「弁護人は、当訴追委員会を利用して、テロリストの代弁をしようとしています！　有害なメッセージであった場合、取り返しがつきません！」

「有害かどうかは、どうか、メッセージの内容を聞いてから判断してください」

光一は、訴える。

「それに、メッセージの内容を聞かずに無視した場合、さらに危険な事態に陥る可能性があります」

「それは、どういう意味……？」

税所議長が、質問しかける。

「議長！　これ以上、聞いてはいけません！」

鹿園委員が、あわてて遮った。

「どうしてもと言うなら、まずは、我々だけで、別室で内容を検討すべきです！」

「いいえ。私は、ここにいる方全員が、このメッセージを聞いて、判断を下す権利があると思います」

光一は、聴衆を見渡した。

「メッセージを無視すれば、ドームとスラムとは、全面戦争になりかねません。皆さんが、全員でメッセージを聞いて、判断を下すべきです。皆さんは、蚊帳の外に置かれたままで、運命を決められてしまっていいんですか？」

聴衆は、ざわめいた。

「やつらは、何て言ってるんだ？」

一人が、立ち上がって叫ぶ。

「不規則発言は、やめてください！」

税所議長が制したが、今度は数人が立ち上がった。

「メッセージというのは、何だ？」

「俺たちには、聞く権利がある！」

税所議長は、また拡声器を使った。

「静粛に！　今立ち上がった人たちは、すみやかに退廷するよう命じます！　指示に従わなかった場合は、１００ポイントの減点を……」

すると、さらに十数人が立ち上がる。

「聞く権利がある！」

「聞かせろ！」

「勝手に決めるな！」

まるで暴動の直前のような様相を呈し始めた。税所議長は、強硬策を採るべきかと悩んでいるようだったが、彼らの要求を受け容れる。

「わかりました！　では、特例として、メッセージを聞くことにします」

歓声が沸き起こった。もはや収拾が付きそうになく、鹿園委員と鷹司委員も、ただ茫然と立ち尽くすしかなかった。

「……『赤い怒り《レッド・レイジ》』の代表者からのメッセージは、以下の通りです」

光一は、咳払いをしてから続ける。

「我々は、ドームに住む人々と同じ人間であり、本来同じ権利を有するはずだ。したがって、限られた資源をすべてドームに住む人々が独占している現況は、変えねばならない。我々の生活環境を改善する努力を行うよう要求する」

「馬鹿な。そんな手前勝手な要求を聞けるか！」

鷹司委員が吐き捨てる。

「また、橘瑞樹は、我々がドームへ送り込んだ人間ではあるが、テロを引き起こす意図はなかった。したがって、無傷のまま、我々に引き渡してもらいたい」

「ふざけるな！　あれだけのことをしておいて、テロの意図はなかっただと？」

鷹司委員が、激昂して叫んだが、聴衆の多くは比較的冷静だった。

「もし、我々の要求が満たされなかった場合は、ドームに対する攻撃を本格化させる」

また、言葉にならないどよめきが起きる。しかし、今度は、怒りよりも恐怖が勝っているようだった。

「ドームへの攻撃だと？　ふざけるな！　我々に勝てると思ってるのか？」

今度は、鹿園委員が、怒りの声を上げる。聴衆からも、一定の数が同調した。

「こちらから攻撃すれば、スラムのやつらなど皆殺しにできる！」

「では、そうしますか？」

光一は、静かに問いかける。

「自治居住区の住人たちを全員抹殺して、我々と、あといくつかのドームだけで生きていくんですか？」

鹿園委員は、ぐっと詰まる。

「そんなことができないのは、ご存じでしょう？　倫理的な問題だけじゃなくて、我々は、定期的に新しい血を入れなければ、ドームを維持していけないということを」

光一の指摘は、全員の胸に響いた。

「彼らと話し合いましょう。もっと早く、そうするべきだったんです。彼らも、我々と同じ人間――同胞なんですから」

だが、これに対して、鹿園委員は、大声で笑い始めた。

「なるほど！　そういうことか！　よく考えたもんだ！」

「どういう意味ですか？」

光一の問いに、昂然と頭を上げ、真っ向から対決姿勢を取る。

「とぼけるんじゃない。『赤い怒り《レッド・レイジ》』の代表者と会ったなどというのは、嘘なんだろう？　麻生光一君」

鹿園委員は、嘲弄するような声で言った。

「今言った要求なるものも、全部でっち上げなんだろう？　彼らの生活環境の改善などに、興味はないはずだ。……要は、被告、橘瑞樹の命を救いたいが為の芝居なんだからな」

聴衆は、沈黙している。どちらを信じていいか、わからなくなっているのだろう。

「芝居なんかじゃありませんよ」

光一の態度は、変わらない。

『赤い怒り《レッド・レイジ》』の代表者と会ったのも、本当です。……それから、ドームに対する攻撃は、具体的な武器を見せられました」

「武器だ？　やつらの武器は、チミドロだけだろう？　ドームは、完璧な防疫態勢を敷いている。この女みたいな……」

瑞樹を見ながら、続けた。

「スパイが潜り込まなければ、ここは安全だ」

「それが、そうとも言えなくなったんですよ」

光一は、不吉な口調で言う。

「彼らは、これまではドームそのものを破壊しようとはしていませんでした。貴重な人類の財産だし、彼らにとっては希望でもありましたからね。しかし、我々がいっさい歩み寄ろうとしなければ、ドームを破壊してしまおうというのが、大勢になりつつあります」

「ドームを破壊する？　どうやって、そんなことを？」

黙っていられなくなったらしく、税所議長が口を挟む。

「一種の燃料爆弾です」

光一は、つぶやくように言う。

「お忘れですか？　現在、地球上のどこででも燃料だけには事欠かないんですよ。彼らは、チミドロを原料として強力な爆弾を作る方法を発見したんです。それでドームを狙われたら、永遠に守り切ることは不可能です。彼らを皆殺しにするか、ドームを破壊されるかという、二択になりますね」

沈黙が訪れた。死のように重い沈黙が。

「はったりだ！」

鷹司委員が、叫ぶ。

「全部、おまえの嘘だろう？　証明してみろ！　そのメッセージが本当だということを」

鷹司委員は、聴衆の方を向いて、身振り手振りで、煽ろうとした。

「『赤い怒り《レッド・レイジ》』は、橘瑞樹の釈放など、要求していない。すべて、こいつのでっち上げだ。もっと言えば、橘瑞樹が『赤い怒り《レッド・レイジ》』の一員だというのも、きわめて疑わしい」

信じられないほど露骨な、掌返しだった。

「スラムからドームに来ることは、やつらにとっては、地獄から極楽へ引き上げられるのと同じことだ。自分の将来が安泰になって、いい生活ができるようになれば、スラムに対する忠誠心を持ち続ける者などいるはずがない！」

「あなたがたは、さっきまで、そう主張していたはずですが？」

光一がそう指摘しても、鷹司委員には、いっこうに応えないようだった。

「あれは、撤回しよう。橘瑞樹による単なる不注意だったということにしてもかまわん。それだけでも、万死に値する罪だからな」

鷹司委員は、しゃあしゃあとうそぶく。「そうですか。でも、残念ながら、橘瑞樹が『赤い怒り《レッド・レイジ》』の一員であるというのは、冷厳な事実なんです」

光一は、微動だにしない。

「事実だったら、証明してみろ！　さっきから、そう言ってるだろう？」

鷹司委員は、机を叩きながら喚いた。

「わかりました」

光一は、うなずいた。

「瑞樹。見せてやれ。『赤い怒り《レッド・レイジ》』の印を」

瑞樹は、立ち上がった。

少し前だったら、こんなことをするくらいなら死んだ方がましだと思ったことだろう。だが、今は、何としても、生き続けたいと思うようになっていた。

瑞樹は、服を脱ぎ始めた。

聴衆は呆気にとられ、ざわめき始めた。

「何をしているんだ？　やめなさい！」

税所議長が、驚いて叫んだが、瑞樹は止めなかった。

上半身裸になると、瑞樹は、左腕を前に伸ばし、掌を上に向けて捻った。二の腕の一番奥、脇に近い部分の人工皮膚を剝がした。

現れたのは、直径わずか二センチほどの、昔の肌とそっくりな赤い印である。

もともと線は滲んでいたし、経年変化でしだいに薄くぼやけてきたため、一見したところでは、何を意味しているのかわからないはずだ。

それは、大人の手が、すっぽりと小さな子供の手を包んでいる図柄だった。

『未来』……。瑞樹の生まれ育った第七自治居住区における環境回復運動のシンボルである。

「これが、その印です」

瑞樹は、全員に見えるように、ゆっくりと身体の向きを変えていく。議場内は、寂として声がなかった。

「これまでは、誰にも見られないよう、細心の注意を払ってきました」

「……まさか、本当だったのか？」

鷹司委員が呻いた。皮肉なことに、それが決定打になった。今や、全員が、息を詰めて、瑞樹を見守っている。恐るべきテロリスト集団の尖兵として。

「皆さんには、ようやく事態を理解していただけたことと思います」

光一の声は、静かだが、よく通った。もはや、誰も遮ろうとはしない。

「あとは、彼らの要求を呑むか、それとも全面戦争かという選択を行わねばなりません。……よく考えてください。どちらを選びますか？」

5

赤い雨が、火星の風景のように赤茶けた大地に降り注いでいた。

瑞樹は、ドームの外に、一歩足を踏み出した。

遠目には小糠雨《こぬか》のようだったが、透明なビニールの雨ガッパにはぱらぱらと細かい雨粒が当たった。血の色をした細かい雫は、かすかな色の軌跡を残しながら、目の前の庇から滴り落ちていく。

「そこまで送るよ」

防護服を着た光一が、ヘルメット越しに、くぐもった声で言った。

「ありがとう」

夕焼けのような色の空が映った赤い水溜まりの表面には、細かい波紋が現れては消える。瑞樹は、赤褐色の泥濘《ぬかるみ》に足を取られないよう慎重に歩を運んだ。

ふと、振り返ってドームを眺めたい衝動に駆られたが、やめた。もう自分には関係のない場所なのだから。

「これから、どうするの？」

光一が、訊ねる。

「とりあえず、第七自治居住区に帰るわ」

どう考えても、他に選択肢はなかった。

「……そうか。じゃあ、バギーを取ってくるよ」

光一は、きびすを返しかける。

「いい」

瑞樹は、首を振った。

「わたしのために、使用許可は取れないでしょう？　これ以上、あなたの立場が悪くなると困るから」

「だいじょうぶだよ」

「歩いて行くわ。荷物も軽いし」

着の身着のままの瑞樹がドームから持ち出しを許されたのは、トレッキングシューズと、バックパック一つに入る着替えや身の回りの品だけだった。

二人は、しばらく無言で歩いた。

「……例のタカラダニのことなんだけど、もう隠しておく必要はないからね。ガブリエルにお伺いを立ててみた」

ガブリエルというのは、熱海ドームで最も優れた知性を持つＡＩの愛称だった。

「どう言ってた？」

「この前言った僕の推論は、やっぱり少々単純すぎたみたいだ。タカラダニの数が激増してチミドロの胞子を喰い荒らすようになると、チミドロの方も劇的に進化が促進されるらしい。ダニにとって有毒な成分を体内に蓄えるようになるという予想だった」

「……そう」

やはり、チミドロは、一筋縄では行かないのか。

「……だが、タカラダニの方も、それに合わせるように進化が加速する。しばらくの間は、鼬《いたち》ごっこが続くだろうって」

「それで？」

最終的に、いったいどうなるのだろうか。

「タカラダニは、単独でチミドロの支配を崩すことはできないが、アリの一穴になるんだ。タカラダニとチミドロの相克の過程で、異常に単純になっていた動物相《フォーナ》、植物相《フローラ》が、徐々に多様性を取り戻すはずだと言っていた。そして、その中から新たなチミドロの捕食者が生まれてくる」

瑞樹は、光一の方を振り返った。

「新たな捕食者って？」

ほとんどの種が絶滅してしまった今、タカラダニ以外に、そんな候補がいるだろうか。

「ガブリエルは、地球を覆い尽くしているチミドロを資源として見ると、いかにチミドロを捕食するかという競争になると予想した。その結果、チミドロ自体の中からチミドロを喰うものが必ず誕生するはずだって」

そうか……。瑞樹は、嘆息した。チミドロ自体が分化し生態的地位《ニッチ》を埋めていくとしたら、根絶からはますます遠ざかることになる。とはいえ、それで競争が復活することになれば、状況は変わる。

「チミドロの治世《レイン》は、これまでに考えられていた期間より、大幅に短縮されるだろうっていうことだ」

ほんの少しだが、胸が躍った。

「どのくらい？」

「信じられないくらいに短くなる。……これまでは、一千万年は続くと予想されていたのが、たったの数千年になるらしい」

瑞樹は、笑った。

「すごいじゃない！」

「うん。まあ、我々の生涯では、青い地球を目にすることはできないけど」

「たしかな希望が生まれたわ。いつの日か、地球は再び元に近い姿を取り戻すって」

瑞樹の笑顔に、光一は、目を伏せた。

「どうしたの？」

「君は、どうする？」

瑞樹は、微笑んだ。

「平気よ。元いた場所に戻るだけ」

「……でも」

「仕事はあるわ。知ってる？　医者っていうのは、どんな時代でも、まず失業することはないの。激務を厭わなければね」

光一は、瑞樹を見たが、辛そうに顔を背ける。

「すまない。僕に、もうちょっと力があったら」

「そんなことない。あなたは、信じられないくらい頑張ってくれたもの。何て言ったって、最初からほとんど決まってた、わたしの死刑をひっくり返したんだから」

瑞樹は、心からの感謝を込めて言った。

「それだけじゃない。わたしの心を救ってくれた」

「心を？」

「あの魔女裁判が始まったとき、もう、どうなってもかまわないと思ってたの。水上町長が殺された姿が目に焼き付いて離れなかったし、わたしの未来は完全に消滅したと思ったから。ドームから追放されて赤い雨の中で野垂れ死ぬくらいなら、ひと思いに死刑にしてもらった方が楽だとさえ思ったわ。……でも、あなたが闘ってくれる姿を見て、そうじゃないって、思えるようになった。わたしは、まだ生きている。生きているかぎり、闘うことができる。そして、わたしが本当に闘うべき相手は、つまらないドームの特権階級なんかじゃなくて、ＲＡＩＮだって」

光一が、ヘルメット越しに、目を見開いているのが見えた。

「本気でＲＡＩＮの治療法を見つけようと思ったら、最前線に身を置くしかないじゃない？　そう思うと、今までわたしがやってきたのは、自分の後ろめたさを誤魔化すためめの、研究の真似事に過ぎなかったってわかったの。今度こそ絶対、有効な治療法を見つけてみせるわ。わたしがＲＡＩＮで死ぬ前にね」

光一は、立ち止まった。何かを決意したように唇を真一文字に引き結んでいる。

「どうしたの？　……ああ、そうね。もう、ここでいいわ」

瑞樹は、別れの握手のために手を差し伸べたが、光一は微動だにしなかった。

「瑞樹。……僕は」

「いいの。その先は言わないで」

「いや、そうじゃない。僕は、卑怯者だった。君をドームから追いやっても、自分だけは、ぬくぬくと、あそこで残りの人生をまっとうしようとしていたんだ。しかし、そんなのは、どう考えても間違いだ」

「光一」

「僕は、君と一緒に行くよ。第七自治居住区へ」

「いいの」

「ＲＡＩＮの治療法だって、二人で研究した方が早く見つかるはずだ。僕はけっこう有能な人間なんだよ。わかってるだろう？」

瑞樹は、光一の方に手を伸ばした。

「瑞樹？」

「あなたに、そんなことはさせられない」

「どうして？　だって、僕らは、ずっと」

「将来、本当にＲＡＩＮの治療法が見つかったときは、それを実施するために、ドーム内協力者が必要になる。あなたには、ドームに留まってもらわないと困るの」

「……いや、でも！」

光一は、泣いていた。

「そのときは、必ず連絡するから。楽しみに待っててね」

瑞樹は、無理やり光一の手を握った。

「さようなら」

背を向けながら、言う。返事はなかった。

赤い雨は、さっきよりさらに勢いを増したようだった。バラバラという音を立てながら、瑞樹の頭や肩、背中を打つ。

いつか、この雨が透明に変わる日が来る。

何世代、何十世代後になるかはわからないが、その日まで、わたしの遺伝子は闘い続けるだろう。

瑞樹は、そっと下腹部を押さえた。今、胎内に宿っている新たな命も、きっとその闘いを引き継いでくれるに違いない。

丘の上から振り返ると、光一は、さっきの場所に佇んだままだった。

そして、その向こうには、血煙のような霧に包まれた熱海ドームの威容も見える。
瑞樹は、身体をぐるりと一回転させて大きく手を振ると、故郷へと歩みを進めた。

解説

山田宗樹

思わず初出を確認してしまった。『夜の記憶』が掲載されたS-Fマガジンは一九八七年九月号。一九五九年生まれの作者が二十八歳のとき、つまり『十三番目の人格《ペルソナ》―ISOLA―』で本格的なデビューを果たす九年も前の作品ということだ。マジかよ、である。

〈強い違和感の中で彼は目覚めた。〉

という一文から始まる本作は、読者も違和感にぶつかりながら読み進めることになる。まず数行のうちに、主人公である〈彼〉は知性を持つが、身体は人間のものとは大きく異なり、海洋に適した構造になっていることがわかる。いま〈彼〉はどうやら海中にいるようだが、その海水は〈強酸性〉で、通常の海ではなさそうだ。また〈彼〉が〈鱒〉という名前で呼ぶ魚型生物が登場するが、描写される生態はどう考えても我々の知る〈鱒〉ではない。〈彼〉の用いる語彙は我々と共通しているのに、〈彼〉のいる世界は我々のそれとは似ても似つかない。いったい〈彼〉は何者で、ここはどこなのか。その世界でなにが進行しているのか。具体的な説明のないまま〈彼〉の思考と行動にフォーカスされた描写が続き、読者を違和感の海に引き込んでいく。

並行して語られるもう一つの物語は、我々にも馴染みのある世界が舞台だ。そこには我々の知る海があり、その海で戯れる一組の男女が登場する。二人は恋人同士らしいが、ここでも違和感が、それも不穏な違和感がそこかしこに顔を出す。

一見かけ離れた二つの物語が交互に語られるうちに、両者の違和感が呼応しはじめ、少しずつ解像度を上げていく。読者は世界像を得ようと夢中になるだろう。このあたりの匙加減はすでに手練れの域にあり、本格デビュー前の作家の手によるものとは思えない。二つの流れを使った演出は私もよく用いるが、本作は間違いなく優れた成功例である。二つの世界の繋がりがついに明らかになる瞬間、そこに立ち現れる物語の壮大さは圧巻というしかない。

その『夜の記憶』から二十二年後の二〇〇九年に発表された一編が『呪文』だ。前年に刊行された日本SF大賞受賞の大傑作『新世界より』と同様、本作も作者の充実ぶりが遺憾なく発揮されている。

舞台となるのは、巨大星間企業が銀河を支配する遠い未来、アマテラス第Ⅳ惑星〈まほろば〉だ。主人公である金城と、可憐な声を持ちながらも不気味な顔貌の少女タミのやりとりで幕を開けるこの物語は、彼らの置かれた異様な状況を提示しつつ、宗教、民俗、思想といった要素を色濃くはらんでいく。それだけでも十分に読み応えのあるSF小説たりうるのだが、円熟した作者の視線は、そういったものを突き抜けた先を捉える。

これが架空の世界の物語ではなく、いま正に現代社会で進行しているものの生々しい相似形に思えてならないのは、そのせいだろう。たとえば〈まほろば〉の住人は、顔見知りの者と直に相対するときはきわめて礼儀正しいのに、目に見えない〈マガツ神〉へ怒りを向けるときは憎悪を剝き出しにして半狂乱になる。この様相、面と向かってはにもいえないのに、ネットの向こうにいる相手に対しては感情の抑えが利かなくなるのに似ていないだろうか。会ったこともない誰か（もしくは特定の集団や国など）を憎むべき悪魔であるかのように見なし、怒りに任せて攻撃するうちに、いつしか自分自身が悪魔的な存在になり果てている。本作の元ネタになりかねないそんな事例すら、SNSを眺めれば容易に見つけられる。

本作が書かれたのは日本版ツイッターがリリースされて間もないころであり、いま（二〇一二年）ほどSNSが一般的ではなかったので、はたして作者がどこまで念頭に置いていたのかはわからない。が、そんなことは問題ではない。意識するしないにかかわらず、人間の普遍的な宿痾とも言うべきものまで描き出してしまう。優れた作家とはそういうものだと思い知らされる作品である。

続く表題作『罪人の選択』は、本書で唯一のミステリだ。ここまでのSF二作品に比べると、かなりエンタメに振っているという印象を受けるかもしれない。

舞台は日本。終戦の翌年、ある防空壕の中に三人の男がいる。そのうちの一人が〈罪人〉として、一升瓶と缶詰を前に、どちらかの中身を口にしろと選択を迫られる。一方に猛毒が入っているのだ。〈罪人〉は生き延びるため、わずかなヒントを元に正解にたどり着こうとする。

並行して語られるもう一つの話は、十八年後の同じ防空壕が舞台だ。ここでも別の〈罪人〉が、一升瓶と缶詰を前に、まったく同じ選択を迫られている。だが彼には、十八年前の〈罪人〉よりも一つだけ有利な点があった。

二つの話が交互に語られるという構成は『夜の記憶』と共通で、あちらでも高い効果をあげていたが、その二十五年後に書かれた本作では、作者の到達した境地をまざまざと見せつけられる。

まず特筆すべきは、二つの流れは呼応するだけでなく、互いの緊迫感を増幅し合う構造になっていることだ。読者は、その劇的効果を、三分の一も読み進めないうちに実感できるだろう。そして、二つの時代の出来事の顚末に、さらに時を経た第三の場面が加わった瞬間、この構成が最大限の効果を発揮し、物語が反転する。一分の隙もなく、見事というほかない。

さらに随所に光るのは、読者の意識を自在に操る技の冴えだ。当然、読者もさまざまに推理を働かせて真相を予想するだろうが、そのたびに作者はひらりとかわす。その巧みさは心憎いばかりで、読了したときには爽快感さえ覚えるかもしれない。作者の掌で気持ちよく転がされるという、ミステリならではの体験を味わえる。そんな極上の一編だ。

そして最後を飾る『赤い雨』は、ミステリ的な手法を駆使したSFと言えるだろう。終末SFの重苦しい雰囲気で物語が進む中、ちりばめられた伏線が一気に回収される快感も味わえる贅沢な造りになっている。

舞台は正体不明の微生物〈チミドロ〉によって蹂躙された地球だが、まずこのチミドロの設定が素晴らしい。私は過去に製薬会社の研究所で菌類を扱っていたこともあり、微生物に関してはそれなりの知見を得ているが、作中で語られるチミドロの生態を絵空事とは思えなかった。

チミドロで飽和した世界では、特権階級の人々だけがドーム状の安全な建造物の中で生活し、そのほかの大多数は、チミドロの胞子で赤く染まった雨に打たれながらスラムで短い一生を送るしかない。主人公である瑞樹はスラム出身だったが、類まれな頭脳に恵まれてドームに入ることのできた女性医師で、チミドロによって引き起こされる死病〈RAIN〉の治療法を探している。しかし研究を進めるためにある行動を起こした結果、RAINの感染者をドームに入れるという絶対的な禁忌を犯してしまう。

ドームを危険に晒した罪で裁判にかけられた瑞樹は、聴衆の罵声を浴びる。チミドロの胞子一つにも神経をとがらせる彼らにしてみれば、チミドロにまみれたRAINの感染者をドームの中に引き入れるなどテロ行為に等しい。RAINの治療法を見つけるためという瑞樹や彼女を弁護する光一の言葉にも耳を貸さず、瑞樹を極刑どころか人体実験に使えとまで言い立てる。恐怖は人間の理性を麻痺させ、憎悪を暴走させてしまうのだ。

彼らと対照的な人間の姿も、その少し前に描かれている。RAINで死んだ遺体をスラムから運び出そうとする瑞樹を見咎めた、スラムの男たちだ。瑞樹に対して疑念と憎悪を剝き出しにし、殺すことさえ厭わないかに見えた彼らだが、瑞樹の目的がRAINの克服であることを知ると、なおも殺気立つ仲間を宥め、瑞樹に道を空ける。いつかRAINを克服できるとしても、自分たちにはとうてい間に合わないと承知の上で、彼らは未来の可能性を瑞樹に託すことにしたのだ。

どちらも人間の姿である。だが、どちらがあるべき姿だろうか。

本作はある意味、先に紹介した『呪文』と対をなしている。『呪文』では、惑星〈まほろば〉の住人たちは自らの憎悪が招いた力によって滅んでしまうが、本作の人類はかろうじて踏み留まっている。

圧倒的な困難を前にしても思考を止めないこと。そして恐怖に耐え、未来の可能性への想像力を働かせること。それを希望というのだろう。人は、希望を失わないかぎり、人間らしい生き方ができる。本作を読み終えてなにか力を得たような気がするのは、作者のそんな思いが込められているからではないだろうか。

（作家）

本作品はフィクションであり、実在の場所、団体、個人等とは一切関係ありません。

初出

「夜の記憶」　S-Fマガジン　1987年9月号
「呪文」　SF Japan　2009 AUTUMN
「罪人の選択」　別冊文藝春秋　2012年7月号
「赤い雨」　別冊文藝春秋　2015年6月号～2017年7月号

単行本　2020年3月　文藝春秋刊

本書の無断複写は著作権法上での例外を除き禁じられています。
また、私的使用以外のいかなる電子的複製行為も一切認められておりません。

文春文庫

罪《ざい》人《にん》の選《せん》択《たく》

定価はカバーに
表示してあります

2022年11月10日　第1刷

著　者　貴《き》志《し》祐《ゆう》介《すけ》
発行者　大沼貴之
発行所　株式会社 文藝春秋

東京都千代田区紀尾井町 3-23　〒102-8008
TEL　03・3265・1211㈹
文藝春秋ホームページ　http://www.bunshun.co.jp

落丁、乱丁本は、お手数ですが小社製作部宛お送り下さい。送料小社負担でお取替致します。

印刷・萩原印刷　製本・加藤製本
Printed in Japan
ISBN978-4-16-791955-9

（　）内は解説者。品切の節はご容赦下さい。

北村　薫
水に眠る
同僚への秘めた思い、途切れた父娘の愛、義兄妹の許されぬ感情……。人の数だけ、愛はある。短編ミステリーの名手が挑む十篇の愛の物語。有栖川有栖ら十一人による豪華解説を収録。
き-17-11

桐野夏生
グロテスク（上下）
あたしは仕事ができるだけじゃない。光り輝く夜のあたしを見てくれ――。名門女子高から一流企業に就職し、娼婦になった女の魂の彷徨。泉鏡花文学賞受賞の傑作長篇。（斎藤美奈子）
き-19-9

桐野夏生
ポリティコン（上下）
東北の寒村に芸術家たちが創った理想郷「唯腕村《いわんむら》」。村の後継者となった高浪東一は、流れ者の少女マヤを愛し、憎み、運命を交錯させる。国家崩壊の予兆を描いた渾身の長篇。（原　武史）
き-19-16

貴志祐介
悪の教典（上下）
人気教師の蓮実聖司は裏で巧妙な細工と犯罪を重ねていたが、綻びから狂気の殺戮へ。クラスを襲う戦慄の一夜。ミステリー界の話題を攫った超弩級エンターテインメント。（三池崇史）
き-35-1

京極夏彦
定本　百鬼夜行―陽
『陰摩羅鬼の瑕』ほか、京極堂シリーズの名作を彩った男たち、女たち。彼らの過去と因縁を「妖しのもの」として物語る悲しく恐ろしいスピンオフ・ストーリーズ第二弾。初の文庫化。
き-39-1

北川悦吏子
半分、青い。（上下）
高度成長期の終わり、同日同病院で生まれた幼なじみの鈴愛と律。夢を抱きバブル真っただ中の東京に出た二人を待ち受けるのは……。心は、空を飛ぶ。時間も距離も越えた真実の物語。
き-42-2

北川悦吏子
ウチの娘は、彼氏が出来ない!!
天然シングルマザーの母としっかり者のオタク娘に、突如吹きつけた恋の春一番。娘にとっては人生初の、母にとっては久々の、恋！　トモダチ母娘のエキサイティングラブストーリー。
き-42-4

木下昌輝
宇喜多の楽土
父・直家の跡を継ぎ、豊臣政権の中枢となった宇喜多秀家。関ヶ原で壊滅し、八丈島で長い生涯を閉じるまでを描き切った傑作長編。秀吉の寵愛を受けた秀才の姿とは……。（大西泰正）
き-44-3

木下昌輝
炯眼に候
天候を予測するには？　鉄砲をどう運用するのか？　毛利水軍に勝てる船とは……。信長の戦の裏には恐ろしいまでの合理的思考があった。信長像を大きく飛躍させる傑作小説。（天野純希）
き-44-4

樹林　伸
東京ワイン会ピープル
同僚に誘われ初めてワイン会に参加した桜木紫野。そこで織田一志というベンチャーの若手旗手と出会う。ワインと謎多き彼の魅力に惹かれる紫野だったが、織田にある問題がおきて……。

き-47-1

黒川博行
国境　（上下）
「疫病神コンビ」こと二宮と桑原は、詐欺師を追って北朝鮮に潜入する。だがそこで待っていたものは……。ふたりは本当の黒幕に辿り着けるのか？　圧倒的スケールの傑作！（藤原伊織）
く-9-10

黒川博行
泥濘《ぬかるみ》
歯科医院による診療報酬不正受給事件で、大阪府警OBらが逮捕された。極道の桑原はシノギになると睨み、建設コンサルタントの二宮を連れ「白姚会」組事務所を訪ねる。（小橋めぐみ）
く-9-14

熊谷達也
邂逅《かいこう》の森
秋田の貧しい小作農・富治は、先祖代々受け継がれてきたマタギとなり、山と狩猟への魅力にとりつかれていく。直木賞、山本周五郎賞を史上初めてダブル受賞した感動巨篇！（田辺聖子）
く-29-1

窪　美澄
さよなら、ニルヴァーナ
少年犯罪の加害者、被害者の母、加害者を崇拝する少女、その運命の環の外に立つ女性作家……各々の人生が交錯した時、何を思い、何を見つけたのか。著者渾身の長編小説！（佐藤　優）
く-39-1

（　）内は解説者。品切の節はご容赦下さい。

倉知　淳
片桐大三郎とXYZの悲劇
元銀幕の大スター・片桐大三郎の趣味は、犯罪捜査に首を突っ込む事。その卓越した推理力で、付き人の乃枝と共に事件に迫る。絶妙なコンビが活躍するコミカルで抱腹絶倒のミステリー。
く-40-1

小松左京
アメリカの壁
アメリカと外界とが突然、遮断された。いったい何故？　四十年前にトランプ大統領の登場を予言した、と話題沸騰の表題作を含む、SF界の巨匠の面目躍如たる傑作短編集。（小松実盛）
こ-5-13

小松左京　原作・吉高寿男　ノベライズ
日本沈没2020
二〇二〇年、東京オリンピック直後の日本で大地震が発生。普通の家族を通じて描かれた新たな日本沈没とは。究極の選択を突きつけられた人々の再生の物語。アニメを完全ノベライズ。
こ-5-14

幸田真音
ナナフシ
リーマン・ショックで全てを失った男と将来有望な若きバイオリニストが出会う。病を抱えた彼女を救うべく、男は再び金融市場へ。経済小説の旗手が描く「生への物語」。（倉都康行）
こ-25-6

小池真理子
死の島
末期のがんと判明したひとりの男が「自分らしい幕引き」を求め、周到な準備を進める。ひとり冬の信州に向かった男が選び取った尊厳死とは——圧倒的長編。（白石一文）
こ-29-10

今野　敏
アクティブメジャーズ
「ゼロ」の研修を受けた倉島に先輩公安マンの動向を探るオペレーションが課される。同じころ、新聞社の大物が転落死した。二つの事案は思いがけず繋がりを見せ始める。シリーズ第四弾。
こ-32-4

今野　敏
防諜捜査
ロシア人ホステスの轢死事件が発生。事件はロシア人の殺し屋による暗殺だという日本人の証言者が現れた。ゼロの研修から戻った倉島は、独自の〝作業〟として暗殺者の行方を追う！
こ-32-5

佐藤愛子
血脈
（全三冊）

物語は大正四年、人気作家・佐藤紅緑が、新進女優を狂おしく愛したことに始まった。大正から昭和へ、ハチロー、愛子へと続く佐藤家の凄絶な生の姿。圧倒的迫力と感動の大河長篇。

さ-18-29

笹本稜平
還るべき場所
世界2位の高峰K2で恋人を亡くした山岳家は、この山にツアーガイドとして還ってきた。立ちはだかる雪山の脅威と登山家たちのエゴ。故・児玉清絶賛の傑作山岳小説。（宇田川拓也）
さ-41-3

笹本稜平
大岩壁
ヒマラヤで〝魔の山〟と畏怖されるナンガ・パルバット。立原は冬季登頂に失敗、友の倉本を失う。5年後、兄の雪辱に燃える倉本の弟と再び世界最大の壁に挑むが……。（市毛良枝）
さ-41-6

佐々木　譲
代官山コールドケース
神奈川県警より先に17年前の代官山で起きた女性殺しを解決せよ。密命を受け、特命捜査対策室の刑事・水戸部は女性刑事とコンビを組んで町の奥底へ。シリーズ第二弾。（杉江松恋）
さ-43-7

坂木　司
ワーキング・ホリデー
突然現れた小学生の息子と夏休みの間、同居することになった元ヤンでホストの大和。宅配便配達員に転身するも、謎とトラブルの連続で!?　ぎこちない父子の交流を爽やかに描く。

さ-49-1

坂木　司
ウィンター・ホリデー
冬休みに再び期間限定の大和と進の親子生活が始まるが、クリスマス、正月、バレンタインとイベント続きのこの季節はトラブルも続出……。大人気「ホリデー」シリーズ第二弾。（吉田伸子）
さ-49-2

桜庭一樹
私の男
落魄した貴族のようにどこか優雅な淳悟は、孤児となった花を引き取る。内なる空虚を抱えて、愛に飢えた親子が超えた禁忌を圧倒的な筆力で描く第138回直木賞受賞作。（北上次郎）
さ-50-1

（　）内は解説者。品切の節はご容赦下さい。

桜庭一樹
荒野《こうや》
恋愛小説家の父と鎌倉で暮らす少女・荒野。父の再婚、同級生からの告白、新たな家族の誕生……。十二～十六歳、少女の四年間を瑞々しく描いた成長物語が合本で一冊に。（吉田伸子）
さ-50-8

桜庭一樹
傷痕
人気ポップスターの急死で遺された十一歳の愛娘〝傷痕〟。だがその出生は謎で、遺族を巻き込みつつメディアや世間の注目の的に。彼女は父の死をどう乗り越えるのか。（尾崎世界観）
さ-50-10

桜木紫乃
ブルース
貧しさから這い上がり夜の支配者となった男。彼は外道を生きる孤独な男か？　女たちの夢の男か？　謎の男をめぐる八人の女の物語。著者の新境地にして釧路ノワールの傑作。（壇　蜜）
さ-56-3

坂井希久子
17歳のうた
舞妓、アイドル、マイルドヤンキー。地方都市で背伸びしながらも強がって生きる17歳の少女たち。大人でも子どもでもない少女の心情を鮮やかに切り取った5つの物語。（枝　優花）
さ-59-2

坂上　泉
へぼ侍
明治維新で没落した家を再興すべく西南戦争へ参加した錬一郎。しかし、彼を待っていたのは、一癖も二癖もある厄介者ばかりの部隊だった――。松本清張賞受賞作。（末國善己）
さ-75-1

佐々木　愛
プルースト効果の実験と結果
東京まで新幹線で半日かかる地方都市に住む女子高生の不思議な恋愛を描いた表題作、オール讀物新人賞受賞作「ひどい句点」等こじれ系女子の青春を描いた短篇集。（間室道子）
さ-76-1

篠田節子
冬の光
四国遍路の帰路、冬の海に消えた父。家庭人として企業人として恵まれた人生ではなかったのか……足跡を辿る次女が見た最期の景色と人生の深遠が胸に迫る長編傑作。（八重樫克彦）
し-32-12

柴田よしき

風のベーコンサンド

高原カフェ日誌《ダイアリー》

東京の出版社をやめ、奈穂が開業したのは高原のカフェ。訪れるのは娘を思う父や農家の嫁に疲れた女性……。心の痛みに効くカフェご飯が奇跡を起こす六つの物語。（野間美由紀）

し-34-19

柴田よしき

草原のコック・オー・ヴァン

高原カフェ日誌《ダイアリー》Ⅱ

奈穂のカフェ「Son de vent《ソン・デュ・ヴァン》」二度目の四季。元ロックスターが店にあらわれる。ワイン造りを志す彼を奈穂が助けるうちに、噂が立ち始め――シリーズ第二弾。（藤田香織）

し-34-20

大崎　梢・近藤史恵・篠田真由美・柴田よしき・永嶋恵美
新津きよみ・福田和代・松村比呂美・光原百合

アンソロジー　捨てる

連作ではなく単発でしか描けない世界がある――9人の女性作家が持ち味を存分に発揮し、「捨てる」をテーマに競作！　様々な女性たちの想いが交錯する珠玉の短編小説アンソロジー。

し-34-50

大崎　梢・加納朋子・近藤史恵・篠田真由美・柴田よしき
永嶋恵美・新津きよみ・福田和代・松尾由美・松村比呂美・光原百合

アンソロジー　隠す

誰しも、自分だけの隠しごとを心の奥底に秘めているもの――。実力と人気を兼ね備えた11人の女性作家らがSNS上で語り合い「隠す」をテーマに挑んだエンターテインメントの傑作！

し-34-51

真保裕一

こちら横浜市港湾局みなと振興課です

山下公園、氷川丸や象の鼻パーク、コスモワールドの観覧車、外国人居留地――歴史的名所に隠された謎を解き明かせ。港町・横浜ならではの、出会いと別れの物語。（細谷正充）

し-35-9

重松　清

その日のまえに

僕たちは「その日」に向かって生きてきた――。死にゆく妻を静かに見送る父と子らを中心に、それぞれのなかにある生と死、そして日常のなかにある幸せの意味を見つめる連作短篇集。

し-38-7

重松　清

また次の春へ

同じ高校に合格したのに、浜で行方不明になった幼馴染み。彼の部屋を片付けられないお母さん。突然の喪失を前に、迷いながら、泣きながら、一歩を踏みだす、鎮魂と祈りの七篇。

し-38-14

文春文庫　最新刊

猫を棄てる　父親について語るとき　村上春樹　絵・高妍
父の記憶・体験をたどり、自らのルーツを初めて綴る

十字架のカルテ　知念実希人
容疑者の心の闇に迫る精神鑑定医。自らにも十字架が…

満月珈琲店の星詠み　〜メタモルフォーゼの調べ〜　望月麻衣　画・桜田千尋
満月珈琲店の星遣いの猫たちの変容。冥王星に関わりが？

罪人の選択　貴志祐介
パンデミックであらわになる人間の愚かさを描く作品集

神と王　謀りの玉座　浅葉なつ
その国の命運は女神が握っている。神話ファンタジー第2弾

朝比奈凜之助捕物暦　千野隆司
南町奉行所同心・凜之助に与えられた殺しの探索とは？

空の声　堂場瞬一
当代一の人気アナウンサーが五輪中継のためヘルシンキに

江戸の夢びらき　松井今朝子
謎多き初代團十郎の生涯を元禄の狂乱とともに描き切る

葬式組曲　天祢涼
個性豊かな北条葬儀社は故人の〝謎〟を解明できるか

ボナペティ！　秘密の恋とブイヤベース　徳永圭
経営不振に陥ったビストロ！　オーナーの佳恵も倒れ…

虹の谷のアン　第七巻　L・M・モンゴメリ　松本侑子訳
アン41歳と子どもたち、戦争前の最後の平和な日々

長生きは老化のもと　土屋賢二
諦念を学べ！　コロナ禍でも変わらない悠々自粛の日々

カッティング・エッジ　上下　ジェフリー・ディーヴァー　池田真紀子訳
NYの宝石店で3人が惨殺——ライムシリーズ第14弾！

本当の貧困の話をしよう　未来を変える方程式　石井光太
想像を絶する貧困のリアルと支援の方策。著者初講義本